作家的主体意识和
文化重建的镜像

论当代传统形态历史小说创作

陈建新◎著

中国社会科学出版社

图书在版编目（CIP）数据

作家的主体意识和文化重建的镜像：论当代传统形态历史小说创作/
陈建新著．—北京：中国社会科学出版社，2018.7
（钱江新潮文丛）
ISBN 978－7－5203－2236－2

Ⅰ．①作…　Ⅱ．①陈…　Ⅲ．①历史小说—小说研究—中国—当代
Ⅳ．①I207.42

中国版本图书馆 CIP 数据核字（2018）第 059385 号

| | | |
|---|---|---|
| 出 版 人 | 赵剑英 | |
| 责任编辑 | 郭晓鸿 | |
| 特约编辑 | 席建海 | |
| 责任校对 | 张依婧 | |
| 责任印制 | 戴　宽 | |

| | | |
|---|---|---|
| 出　　版 | 中国社会科学出版社 | |
| 社　　址 | 北京鼓楼西大街甲 158 号 | |
| 邮　　编 | 100720 | |
| 网　　址 | http://www.csspw.cn | |
| 发 行 部 | 010－84083685 | |
| 门 市 部 | 010－84029450 | |
| 经　　销 | 新华书店及其他书店 | |

| | | |
|---|---|---|
| 印　　刷 | 北京明恒达印务有限公司 | |
| 装　　订 | 廊坊市广阳区广增装订厂 | |
| 版　　次 | 2018 年 7 月第 1 版 | |
| 印　　次 | 2018 年 7 月第 1 次印刷 | |

| | | |
|---|---|---|
| 开　　本 | 710×1000　1/16 | |
| 印　　张 | 13.5 | |
| 插　　页 | 2 | |
| 字　　数 | 203 千字 | |
| 定　　价 | 56.00 元 | |

凡购买中国社会科学出版社图书，如有质量问题请与本社营销中心联系调换
电话：010－84083683

# 丛书总序

　　浙江大学是一所人文璀璨、名师荟萃的全国重点大学，其前身是1897年创办的求是书院。百年浙大，一路风雨，一路辉煌。在这块深厚的土地上，它不仅哺育了马叙伦、马一浮、沈尹默、苏步青、王淦昌、贝时璋、张其昀、谈家桢、卢鹤绂等众多的文化名人和科学大师，而且在长期的办学中形成了堪称典范的求是精神。尤其是在竺可桢主政期间，于极其艰难的西迁办学中更是把这种"求是"精神发挥到极致，使浙大声名远播，成为"当时中国最好的四所大学之一"。

　　浙大中文系办学历史悠久。往远说，可追溯到林启主持的求是书院。办学伊始，书院即开设国文课程，先后延请宋恕、陈去病、马叙伦、沈尹默、张相等著名学者授业讲学——以此算起，中文系已历春秋百有十载；往近说，则源于1920年的之江大学国文系和1928年的国立浙江大学国文系——就此而言，中文系悠然已有九十余年历史。它前后历经西迁时期、龙泉分校时期，后又融合之江大学国文系、浙江大学国文系两大主脉。1952年全国高校院系调整，中文系被划归由浙大"母体"孵化出来的新的分支——新成立的浙江师范学院。嗣后1958年，浙江师范学院与新组建的杭州大学合并，称杭州大学；从这时开始，浙大中文系便进入了"杭大中文系"时代，迎来了一个新的发展阶段。"杭大中文系"的系名，一叫便是整整四十年，并已在社会和学界赢得了良好的声誉。直到1998年，原浙江大学、杭州大学、浙江医科大学、浙江农业大学四校合并成立新的浙江大学，中文系在经历了一番分分合合之后又返回到了它的母体怀抱。现在的浙大中文系是以原杭大中文系为主体的，自然，它也整合了其他相关的师资力量。

浙大中文系自建系以来，人才辈出，具有深厚的学术积累。祝文白、缪钺、刘大白、丰子恺、许钦文、夏承焘、姜亮夫、钱南扬、胡士莹、徐声越、陆维钊、任铭善、王季思、郑奠、王驾吾、孙席珍、王西彦、蒋礼鸿、徐朔方等一大批在国内外学界享有盛誉的杏坛名师、学术名流都曾于此任教。他们实践的"传承创造"的学术精神和追求的"卓然独立"的学术境界，为中文系的发展，包括有特色、有影响的学科的创建，也包括有特色、有发展后劲的梯队的形成，奠定了坚实的基础。百年沧桑，艰难困苦，玉汝于成。"近代科学的目标是什么？就是探求真理。科学方法可以随时随地而改变，这科学的目标，祈求真理，也就是科学的精神，是永远不会改变的。"回顾往昔，我们更加真切地体会到了竺可桢老校长在 20 世纪 40 年代所讲的这句话的深刻含意，也越发怀念为中文系发展做出贡献的诸多前辈和老师，并油然萌生了在前人基础上进一步拓宽和发展中文系的一种强烈的责任感、使命感。

我们高兴地看到，经过几代人不懈的努力，浙大中文系已发展成一个实力雄厚、在国内很具声誉和影响的系科。特别是自 1995 年被批准为国家基础科学研究与人才培养基地以来，更是在各个方面都有长足的发展，在全国同类专业的高校排名中一直居于前列。中文系也由原先单一的汉语言文学专业，发展成为涵盖汉语言文学、中国古典文献学、编辑出版学三个本科专业和一个影视与动漫编导方向的立体多元、结构合理的"大中文"专业。目前，中文系已有中国语言文学一级学科博士点以及中国语言文学学科博士后流动站，汉语言文字学、语言学及应用语言学、文艺学、中国古代文学、中国古典文献学、中国现当代文学、比较文学与世界文学 7 个二级学科具有博士学位授予权。中国古典文献学为国家重点学科，中国古代文学、中国古典文献学、汉语言文字学、文艺学 4 个学科为浙江省省级重点学科。汉语史研究中心成为教育部人文社会科学重点研究基地。现有在编教师 50 人，其中教授 26 人（博士生导师 25 人），副教授 14 人。他们不仅在各个学科发挥重要的带头和骨干作用，而且在国内学界也具有举足轻重的地位和影响。正是在这批以四五十岁的青年学者为主体的学术核心的努力和引领下，由夏承焘、姜亮夫等前辈学者所开创的，吴熊和、王元骧等名师宿儒所光大的中文系学脉，方能做到承传有自、薪火绵延。

这次我们编辑出版的这套《钱江新潮文丛》，所收的是工作在教学和科研第一线的在职教师的系列学术论著。他们中有 30 多岁的学术新锐，也有五六十岁的年长或较年长的一代学者。涉及的范围，包括汉语言文字学、语言学及应用语言学、文艺学、中国古代文学、中国古典文献学、中国现当代文学、比较文学与世界文学以及影视文学等不同学科。在这里，学科与学科之间，个体与个体之间，彼此是有差异的，思维理念也不尽一致，但有一点似乎是共同的，那就是都在努力追求和体现中文系传统的"求是博雅"学风。章学诚评价古代两浙学风时曾谓："浙西尚博雅，浙东贵专家。"浙大中文系以"求是博雅"为系训，正是因为非求是则无以成专家，非博雅则无以成通儒。所谓"求是"，就是求真、求实；所谓"博雅"，就是求善、求美。这反映了我们力图贯通浙东西、融合古与今的学术视野与意识，以及从传统的学脉中创造新的浙江学派的愿望，也是我们的世界观、人生观、学术观的一个投影和富有理性的特殊呈现。尽管面对浙大中文系的百年历史和悠久传统，本丛书中的这些成果尚远不能说是"雏凤清于老凤声"，在这方面，我们深知与前辈相比还有一定的差距。但中文系数十位教师用心血和智慧浇灌出来的这些学术之果，毕竟从各个不同的角度对"求是博雅"作了新的诠释，这是很可欣喜的。可看作对中文系近十年学术研究的一次检验，一次富有意味的"集体亮相"。

这些年，由于种种原因，学术浮躁和浮夸之风盛行，违反学术道德和学术规范的不端行为也屡有发生。在这样的情况下，中文系老师"守正创新"，一方面继承了百年来的优良学术传统，不盲从、不浮躁，以"板凳坐得十年冷，文章不写半句空"的严谨求实学风，孜孜不倦地潜心从事学术研究，坚守着学术正道；另一方面不囿于陈说，锐意创新，力求在前人基础上有新的发现，为学术研究做出自己创造性的贡献，这十分难能可贵。而这一点，在这套丛书中也都表现得十分明显。

不尚空谈，不发虚词，以追求真理为目标，以崇尚事实为基础，强调学术研究的"实事求是"与"实事求是"的学术研究。我想，这就是浙大中文系生生不息的学术传统，它贯穿百年而又存活于当下，已内化为我们的一种精神生命，一种支撑当下中文系存在和发展、坚守学术家园的"阿基米德点"。我们出版这套丛书，目的就是弘扬浙大中文系这一学术传统，继往开来，进一步加强中国语言文学学科的建设，为提升和扩大其学术水平及影响尽一份绵薄之力。

本丛书的出版得到了中文系 1984 届校友、浙江通策集团董事局主席吕建明先生的鼎力相助。2007 年 5 月，在浙江大学 110 周年校庆期间，他慷慨捐资百万元支持中文学科建设。他的善举和情意令人感佩，也催发了我们策划并编纂此书的积极性。缘于此，我不仅对本丛书所反映的教师学术才华和追求感到欣慰，同时更对百年浙大中文学科未来的发展前景抱持一份坚定的信心。

钱潮天下奇观，故孙中山先生有"猛进如潮"之赞，学术创新，贵如潮水之猛进荡决；钱潮及期而信，故吴越王钱镠有"日夜波涛不暂息"之感，学脉传承，当如潮水之永不止息。"求是博雅"，就意味着学者既要有弄潮儿那般"溯迎而上，出没于鲸波万仞中"的锐气，也要有"晚来波静，海门飞上明月"的心境。本丛书以"钱江新潮"为名，其微意实在于此。

吴秀明

2009 年 4 月 15 日于浙江大学

# 自　序

　　这部书稿是我的博士论文，完成于 2011 年。通过答辩后，我被检查出患了甲状腺癌，于是在暑假期间住院治疗，切除了单侧甲状腺和淋巴系统，回家后就像一个重症患者般修养。虽然切片检查发现是最不活跃的乳头状癌，但还是感觉自己一下子没了生活的方向，对什么都提不起精神。本来打算再全面修改这部博士论文，对酝酿于六七十年代、改革开放后呈爆炸性展现的传统形态历史小说，在发生论角度做一番探索，尤其是对四零五零后的这一茬历史小说作家做一番专题分析。然而，因为这次手术，以及之后的诸多杂事，修改的事情就被拖了下来。

　　本书研讨的中国当代传统形态历史小说作家，除了姚雪垠出生于1910 年、杨书案出生于 1935 年外，大部分作家都是 1940 年之后出生。四零五零后在中国是一个非常特殊的年龄段。他们出生于 1949 年新中国成立前后，受教育已经是共和国时代了。相对来讲，他们与旧道德和旧文化的联系不是很紧密，虽然不全是出生在新社会，但都成长在红旗下，受中国共产党的教育比较明显。所以，关心社会变革，关心国家大事，世界观和历史观都带有很明显的红色标记。同时，这个群体也同中有异。姚雪垠先生是旧知识分子，但追求进步，努力以他所理解的马克思主义来阐释历史。凌力则以她受到的现代西方文化的熏陶，努力追寻历史人物的心路历程，同时也从改革的角度考察明清的政权更替。与凌力相接近的是刘思奋，他使用现代的眼光来考察明清之际天崩地裂的时代巨变时江南知识分子的表现，尤其重视寻找和表现中国自己的民主主义思想的起源。相对而言，二月河的创作与中国古典小说的精神联系似乎更紧密。他更注意小说的可读性，在一定程度上把历史传奇化，在政治上却倾向于威权主义。在看待清代的政权上，这些历史小说家的认识基本一致。即清王朝是中国少数民族入主中原的政权，明王朝和清王朝之间的争斗，是中华民族内部矛盾的体现。

要说明的是，我研究的"当代传统形态历史小说"，重点在20世纪70年代以来这类题材的小说中最热门、创作成就也最大的明清叙事。从一定意义上说，在当代传统形态历史小说中，明清叙事是迄今为止创作最成功、成果最辉煌的，所以，研究当代传统形态历史小说，不可能绕过它。为何这个历史时期的小说创作最活跃？直接原因和姚雪垠《李自成》有关，但是，这个历史时期是离今天最近的两个封建王朝，素材最丰富，文字记载当然也是最全的，只要关注一下1949年新中国成立前后"清宫戏"和20世纪90年代以来清宫影视剧的繁荣，我们就能理解这一文学现象。明清叙事具有很强的代表性，我对明清叙事研究得出的结论，适合对中国所有传统形态历史小说。

感谢我的导师陈坚教授，这篇序言本来应该请他老人家撰写，但是，前年他的一只眼睛不幸被撞失明，因此我不能劳他的大驾。读本科的时候我就很崇敬陈老师，他在讲台上的风流儒雅和横溢才华令人折服，读硕士时因为对研究话剧兴趣不大而未能成为他的入室弟子，后来有机会攻读论文博士学位，便很自然地选择了陈老师为导师。几年来，陈老师一直关心和督促我写作论文，初稿甫定，他便以极快的速度读完并拿出修改意见。我的论文的完成，与陈老师的悉心指导分不开。

感谢吴秀明教授。吴老师是我亦师亦友的同事，虽只长我两岁，却是浙江大学中国现当代文学的学科带头人，学业上一直是我的榜样。在我的博士论文写作上，他给我的帮助很大。我之所以选择当代历史小说研究作为博士论文的选题，和我在90年代末参与过吴老师的一项国家课题有关。在我的论文写作与修改的过程中，吴老师给予了我很多具体指导和鼓励。

感谢中国现当代文学与文化研究所的同人们，吴晓、黄健、盘剑、姚晓雷、郑淑梅、李杭春、陈力君、王国英，他们对我的论文撰写都给予了关注和勉励。

我还要感谢我的妻子张玲燕，结婚之初我还帮着做一些家务，在写作博士论文期间，我渐渐成了家里的"懒人"，大多数家务都被她包了下来，没有她的支持，我恐怕也难以完成这篇论文。

再次感谢所有支持我完成论文撰写的师长、同事、朋友和亲人们！

陈建新

写于 2017 年 8 月连续酷暑中

# 目 录

# 绪　论

## 一　历史小说的概念及其在当代文学史上的定位

　　历史小说在我国早已有之。在宋元之前，以历史中有名的人与事为讲述对象的叙事文体已经出现，但中国历史小说第一次创作高潮，是出现在明清时期。作为一个学术概念的"历史小说"，最早梁启超提出。他在 1902 年 7 月《新民丛报》第十四号上刊载的《中国唯一之文学报新小说》中提到："历史小说者，专以历史上事实为材料，而用演义体叙述之。盖读正史则易生厌，读演义则易生感。征之陈寿之《三国志》与坊间通行之《三国演义》，其比较厘然矣。"① 但其所指，仍然是中国古代的历史演义小说，目的是为了向大众普及历史知识。相比之下，郁达夫的定义较为周全："现在所说的历史小说，是指由我们一般所承认的历史中取出题材来，以历史上著名的事件和人物为骨干，再配以历史背景的一类小说而言。"② 梁启超专注于历史事件，而郁达夫从西方的小说观出发，把历史事件（情节）、历史人物和历史背景作为历史小说创作的三要

---

① 转引自欧阳健《历史小说史》，浙江古籍出版社 2003 年版，第 382 页。
② 郁达夫：《历史小说论》，《郁达夫全集》第十卷，浙江大学出版社 2007 年版，第 174 页。

素，明确指明所谓"历史小说"是以历史上已有的人和事为题材，展开文学化的描写而成的一种文类。然而，当进入中国当代文学研究的范畴时，我们发现，历史小说仍然是一个值得讨论的概念，因为在当代小说创作中，历史小说是一个内涵和外延都无法具体明确的学术概念。

　　第一，"历史"的概念问题。从时间的角度来考察，以现在时为基点，从远古到现代的哪一个时间点属于"历史"的范畴？在物理时间上，随着时间的推移，眼前刚刚发生的事情，稍过片刻，就可以说是历史了。但这样宽泛的历史概念，显然不能用在历史文学研究中。诚如郁达夫所说："或者有人要说，小说里所叙的事实，有时虽有用现在的动词的，然而当我们读的时候，都当作过去的事实看，所以小说中所记的事情，都可以说是历史。或者是国家的历史，或者是民族的历史，或者是个人的历史，这话原是不错，可是我们在此地所说的历史两字，不能作这样广义的解法。"① 郁达夫提出了"我们一般所承认的历史"作为限制词，作为一种理论阐述，虽然不严谨，但也不失为一种界定。在当代文学领域里，因文化语境而约定俗成的看法是，1949 年之后创作的、以辛亥革命以前真实存在过的人与事为题材的小说称为传统形态历史小说（也有学者把时间下限定在新文化运动发生前，也就是中国大陆史学界认定的现代之前），而把描写中国现代史（五四运动至 1949 年新中国成立）题材的小说另行命名（十七年时期把描写这段历史的小说称为"革命历史题材小说"，但这样的命名不仅有时间的限定，而且有主题和题材的限定。新时期以来，描写这个时间段的小说，由于具体表现对象的差别，被分别称为"新革命历史题材小说"和"民国历史题材小说"，笔者倾向于统一使用"民国历史题材小说"这一概念）。这样的界定在理论上也不能算严谨，却比郁达夫的定义明确，并且是当代文学创作与批评的流变在理论上的体现。清代诗人赵翼在评价苏轼的诗文时说："东坡随物赋形，信笔挥洒，不拘一格。"② 文学研究也应该如此，从创作实践而非理论推导而来，不严谨也许就是常态。但也正因为如此，这样的界定只能是暂

---

① 郁达夫：《历史小说论》，《郁达夫全集》第十卷，浙江大学出版社 2007 年版，第 174 页。
② （清）赵翼：《瓯北诗话·黄山谷诗》。

时的。

　　第二，历史与历史小说的关系，也就是历史真实性问题。历史小说需要忠实于历史记载吗？从字面上看，历史小说自然是描写历史上曾经发生过的人和事的小说，而其题材来源，就是以前的历史记载。但是，细考之，仍然有一些问题值得思考。首先是"历史"的概念。历史作为本体，早已离我们远去，我们了解历史，不外乎这样几种信息渠道：文物遗址、口头传说、文字记载，其中文字记载是意义相对最明确的信息来源。文字记载可分为官方记载（所谓正史）和民间记载（包括野史笔记）两类，如翦伯赞所说："文字的记录，始于记事，故中国古代，文史不分，举凡一切文字的记录，皆可称之为史。"① 然而，这类文字记录的东西可靠吗？第一，要质疑的是记录者有否目睹了历史中的人与事，第二，是记录者的立场及对此人与此事的态度。我们知道，史学研究的主要任务之一，就是对历史的各类文字记录进行去粗取精、去伪存真、由此及彼、由表及里的研究，找出其中内蕴的历史真实。这说明，历史文字记录并不完全可靠。连历史学家都不甚信任的历史记载，难道要求历史小说家亦步亦趋地遵奉？然而，完全离开了这些历史记载，历史小说还能算历史小说吗？我们常把历史文学创作比喻为戴着镣铐的舞蹈，说明历史记载对于历史小说创作的重要性。所以，既不能脱离历史记载，又不能死扣历史记载，这应该是历史小说创作的基本原则。其次，历史小说创作与历史记载之间的吻合度到底多少合适。从目前的历史小说创作现状看，这个吻合度不仅显示出不同作家的写作风格，甚至还是不同类型历史小说的重要指标。马振方在对历史小说下定义时这样表述："它是以真实历史人事为骨干题材的拟实小说。'真实历史人事'，自然不含古小说中的虚拟人事，从而排除再生小说；形态限于'拟实'，就排除了古代与现代、后现代的种种虚幻表意之作。"② 拟实小说，顾名思义，有一点儿类似报告文学，也类似现实题材中的纪实小说，这两种体裁都需要忠实于事实，但又允许作家在很小的限度内适当虚构。这样的界定，

---

① 翦伯赞：《中国史纲要》，人民出版社1995年版，第17页。
② 马振方：《历史小说三论》，《在历史与虚构之间》，北京大学出版社2006年版，第4—5页。

似乎在理论上能自圆其说，但联系当前的创作现状，其实存在着下面两个问题：一是这种所谓拟实，其实是拟"历史记载"，真实与否难以肯定，如果不真实，这个定义的核心要素之一——"真实历史人事"就不复存在；二是难以把当前众多类型的历史小说概括进来。从广义的角度讲，笔者不主张对历史小说与历史记载的吻合度加以限制。也就是说，只要是以历史人事为题材，都可以称为历史小说。但历史小说与历史记载的吻合度可以作为不同类型的历史小说的区分标准，吻合度最低的是新历史小说和戏说类历史小说（马振方所谓的"表意"历史小说），吻合度较高的是古代的历史演义小说以及当代作家创作的传统形态历史小说。

需要说明的是，以吻合度进行这样的区分，并没有价值评判的含义。评价一部历史小说的艺术价值，主要在于其主题的深邃与否、人物的鲜活与典型化程度、艺术表达的完美性与创新度，以及对表现的历史内涵与历史精神的把握，而非与此前的历史记载有多高的吻合度。

从文学研究的严谨态度出发，可以这样来定义中国当代历史小说，即把它们分为广义和狭义两个概念，广义的中国当代历史小说的定义是：新中国成立之后创作的，以1949年之前的中国社会生活为题材，描写曾经发生或可能发生的人与事的小说。狭义的中国当代历史小说又可称为当代传统形态历史小说，其定义是：新中国成立之后创作的，以辛亥革命之前的中国社会生活为题材，以严肃的文学创作姿态、求真求实的现实主义精神以及对历史的某种敬畏感，以历史记载为主要题材来源，以达到真实再现历史面貌的小说（需要说明的是，这里的1949年和辛亥革命两个时限，是相对的，尤其在新中国成立60年之后的今天，已经有一些学者对这样的时间限定表示不满，有人认为新中国成立后30年完全可以划入历史的范畴，更有人主张整个20世纪早已成了历史。当然，这个问题的解决，还要靠时间的延续。不过，到了那个时期，新的类似问题又会接踵而来）。

在当代小说创作中，历史小说向来是一个重要组成部分。新中国成立后的十七年中，由于党的文艺政策受阶级斗争理论与战争文化的影响，历史小说创作主要侧重于新民主主义革命时期的题材，革命历史题材小说成果斐然，尤其是长篇小说，其成就无论数量和质量都胜于现实题材的创作，但传统形态历史小说创作相对较薄弱。这样的创作态势，因为长篇小说《李自成》的出现而开始发生变化。

20 世纪 70 年代，受毛泽东喜爱《李自成》第一卷并对姚雪垠的创作给予关怀的消息的鼓舞，许多作家开始创作反映农民起义题材的长篇历史小说，至 1976 年前后，文坛突然涌现出了一大批以农民起义为题材的传统长篇历史小说，如《星星草》《风萧萧》《九月菊》《庚子风云》《义和拳》《神灯》《天国恨》《天国兴亡录》《陈胜》等。这些小说明显带有时代特点，作家信奉当时流行的阶级斗争学说，以歌颂农民起义及其领袖为写作目标，作品中充满着浓郁的政治情结。从 20 世纪 80 年代中期开始，随着全社会文化反思的展开，农民起义题材历史小说渐渐退出主流地位，代之而起的是广义的文化历史小说。刘斯奋《白门柳》、凌力《少年天子》《倾国倾城》《暮鼓晨钟——少年康熙》《梦断关河》、唐浩明《曾国藩》《旷代逸才——杨度》《张之洞》、韩静霆《孙武》、二月河的"落霞系列"长篇历史小说《康熙大帝》《雍正皇帝》《乾隆皇帝》、杨书案《孔子》《老子》、熊召政《张居正》等，都曾引起读书界的热忱关注。前六届茅盾文学奖共有 5 部传统形态历史小说获奖，它们是第一届的《李自成》（第二卷）、第三届的《少年天子》《金瓯缺》（获荣誉奖）、第四届的《白门柳》（一、二）和第六届的《张居正》，如果算上《黄河东流去》《战争和人》《白鹿原》《尘埃落定》《茶人三部曲》《历史的天空》《东藏记》等民国历史题材小说和新历史小说，历史小说创作几乎占据了茅盾长篇小说奖的半壁江山，充分说明在当代小说创作中，历史小说成了产量和质量都十分稳定的一个小说门类，它受到专家和普通读者的普遍好评。

## 二　当代传统形态历史小说研究现状和问题

中国当代传统形态历史小说的研究，一直是学术界的热点之一，尤其在"文化大革命"之后，随着历史小说创作的逐步兴旺，批评与研究也相继繁荣起来。吴秀明从 20 世纪 80 年代初期发表评论姚雪垠《李自成》开始，发表了《从历史真实到现代消费的两度创造》《当代历史小说中的明清叙事》《历史文学底线原则与创作境界刍议》《论历史真实与作家的理性调节》等数十篇评论与研究历史小说的论文，并著有《在历史与小说之间》《真实的构造》《文学中的历史世界》《论历史文学独特的语言媒介系统》《中国当代长篇历史小说的文化阐释》等多部专著，对新时期以来的历史小说创作进行了全方位的研究，既有单部作品的评论，又有对整个历史小说创作的宏观把握，在历史文学创作的许多理论问题上也都有深入的研究，成绩比较突出。除他之外，很多著名学者如严家炎、敏泽、马振方、曾镇南、雷达、张志忠，对这一领域也有较多涉猎，发表过有影响的论文。刘起林、刘忠、杨建华、李宣平、孙文宪、刘克等青年学者在历史小说研究上颇有建树。在当代传统形态历史小说研究中，学术界尤其对姚雪垠、刘斯奋、杨书案、高阳、凌力、唐浩明、二月河、熊召政的研究比较深入，有较多富有新意的论文出现。

在研究热点上，新时期最先出现的是对《李自成》一、二卷的研讨，囿于当时的社会情势，这一讨论主要是正面的，很多论文对《李自成》一、二卷的思想意义和艺术成就做出了较深入的阐发，但对该书存在的问题缺乏有深度的认识（直至20世纪90年代末，才出现了具有一定反思深度的评论，但该书作为热点早成过去）。《少年天子》《金瓯缺》与《白门柳》的问世，成为80年代中期传统形态历史小说评论的又一个热点。这三部小说被看成当代传统形态历史小说创作的转型之作，其相继获得茅盾长篇小说奖，与评论界的努力分不开。进入90年代后，唐浩明、杨书案、高阳和二月河的创作又一次成为评论家们关注的热点，唐浩明、杨书案和高阳的作品被看作具有新儒家背景的创作，而二月河的创作更具有大众文化的特征。也有研究者从地域文化角度看待唐浩明的创作，如李宣平、杨建华《湖湘文化与唐浩明的历史小说创作》；从民间文化的角度解读二月河的小说，如刘克《二月河历史小说的田野作业》，都有助于我们更好地理解这两位作家的创作。进入21世纪后，熊召政《张居正》再次成为评论热点。大部分评论家对这部小说持肯定态度，但马振方对其与史实相违背的某些描写提出异议，从而引发了一场有关史与诗关系的大讨论。讨论双方谁也没法说服谁，但这场讨论告诉我们，历史小说创作中史与诗的关系问题，仍然是没有解决的一大理论焦点。

90 年代末以来，有不少博士论文以中国现当代历史小说尤其是传统形态历史小说为研究对象，取得了很有意义的成绩，其中如韩元《文学叙述中的历史情味：新时期长篇历史小说研究》、范奇志《中国当代长篇历史小说创作论》、权绘锦《转型与嬗变——中国现代历史小说研究》、蔡爱国《中国当代历史小说的叙事策略与文本分析》是佼佼者。博士生和硕士生加入研究当代传统形态历史小说的行列，表明传统形态历史小说越来越受到学术界尤其是年轻一代学者的关注，这符合本书的判断，传统形态历史小说正从通俗文学向严肃文学转化。

## 三　主体性理论与本书的研究思路及基本框架

主体性哲学起源于康德，作为西方启蒙主义哲学思想的代表，它为西方的现代化在思想上打下了坚实的基础。在我国，文学主体性理论出现于 20 世纪 80 年代。1985 年，刘再复发表《论文学的主体性》，引发了学术界的热烈讨论。按刘再复自己的说法，他的文章受到了李泽厚此前提出的主体性实践哲学的影响。陶东风曾经借用利奥塔的理论进行分析，指出 80 年代的文学主体性理论的精神资源主要有两个：偏重政治的法国自由解放叙事与偏重哲学的德国唯心主义思辨哲学。"以德国思辨为认识论武器，以法国自由主义为政治—文化目的，它们成为文学主体性话语的共同理论资源。文学主体性话语突出体现了启蒙主义关于普遍主体与自由解放的信念与理想，'主体性'、'人的自由与解放'、'人道主义'几乎是当时的相关文章中出现得最多的术语，且这三者之间有明显的关联性（主体性表现为人的自由创造性，而人道主义则是对于人的自由创造精神的肯定）。"[1]

文学主体性理论的中心，强调以人为本，强调人的实践主体性和精

---

[1]　陶东风：《"主体性"》，《南方文坛》1999 年第 2 期，第 12 页。

神主体性。与李泽厚强调类的主体性不同，文学主体性理论中的人，是个体的人，如杨春时指出的："你（指刘再复）讲的文学主体性与李泽厚先生的实践主体性有所区别，并不是简单的移用。李泽厚接受康德和马克思的《手稿》影响比较多，他从历史唯物主义的社会实践和人类心理结构的角度来界定主体性，认为主体性是人类历史实践的在主体心理上的积淀，因此这个主体性偏重于社会集体，偏重于理性。你主要是从个体自由的角度来界定主体性，因此偏重于自我，偏重于感性，认为主体性本质上不是物质实践活动，而是精神上的自由。"① 文学主体性理论之所以偏重个体主体性，是因为文学创作是一种个体的创造活动，具有很强的精神超越性。文学创作应该是一种个体的行为，作家观察世界应该用自己的眼睛，思考生活应该用自己的大脑，表达世界也应该用具有个体性特点的语言。作为个体的作家仍然可能也应该表现出他的独特性，尤其是那些大作家。从某种意义上说，越是能够超越个人所处环境约束的作家，就越可能成为大作家。这无论在莎士比亚、歌德、托尔斯泰，还是在屈原、李白、曹雪芹身上，都得到了充分的证明。

在恩格斯编定的《关于费尔巴哈的提纲》中，马克思这样说："从前的一切唯物主义——包括费尔巴哈的唯物主义——的主要缺点是：对事物、现实、感性，只是从客体的或者直观的形式去理解，而不是把它们当作人的感性活动、当作实践去理解，不是从主观方面去理解。所以，结果竟是这样，和唯物主义相反，能动的方面却被唯心主义发展了，但只是抽象地发展了，因为唯心主义当然是不知道真正现实的、感性的活动的。"② 这是马克思突破旧唯物主义的一个标志性思想。虽然辩证唯物主义认为经济基础决定上层建筑，社会存在决定人的思想，但是，在社会活动中，人是实践主体，他能够能动地改造社会，改变世界。柏拉威尔在《马克思与世界文学》一书中引用了这段话之后解释说："可以认

① 刘再复、杨春时：《关于文学的主体间性的对话》，《南方文坛》2002年第6期，第15页。
② 马克思：《关于费尔巴哈的提纲》，《马克思恩格斯选集》第一卷，人民出版社1972年版，第16页。

为，文学也不应该被看作是对某种外界事物，对一种'物质'现实毫无生气的忠实反映，而应该被看作是一种客观和主观的结合，一种通过各种感觉所理解的世界同特定的思想、气质和性格的结合。这既适用于文学欣赏，也适用于文学创作。"① 人能够能动地反映世界，作家也一样，在这一点上，马克思甚至更强调作家的能动作用。柏拉威尔在结论中这样介绍马克思的观点："马克思认为，虽然许多作家是一个占支配地位的阶级的代言人，但是伟大的文学是能够超越某一流行的意识形态之上的。如果发生这种情况，那么它可能成为一个相对非异化的劳动的领域，在这个领域中，一个作家可以——在相当大的程度上——作为一个全面的人表现自己。"② 该书还引用了阿道弗·桑谢在《艺术与社会》一文中对马克思世界观中这种文学和艺术观点的最终意义做的总结："劳动的艺术性质越确立，它就越接近艺术，那就是说，它越接近人类有意识地把自己的人性本质加以实现和具体化的一种活动。劳动越失去艺术性，它就越脱离艺术，最后成了一种与艺术截然相反的纯形式的和纯机械的活动。劳动领域丧失了精神上的丰富性，这时艺术就成了这种丰富性的适当领域。"③ 马克思正是从经济学的眼光看待艺术生产，认为一般的生产，都带有资本主义异化的特征，唯有艺术生产，能摆脱这种异化，特别是超越了"某一流行的意识形态之上"的艺术生产更是如此。艺术生产之所以有这样的能力，就是因为其个人的创造性比较强。换句话说，是因为艺术生产的主体性更强。应该认识到，马克思的这一观点，带有一定的理想主义色彩。因为在他看来，没有异化的艺术生产，是指荷马、但丁、莎士比亚和歌德这样的超疆界和超时代的伟大作家，而这样的作家并不多。在迄今为止人类的全部艺术生产中，绝大部分作家都受制于现实社会，无法达到马克思所说的理想境界。但是，人类的进步就是一个不断从必然王国向自由王国转变的过程。所以，马克思所理想的完全没有异化的艺术生产，是有可能在人类社会实现的，而这就必须依赖社会的不

---

① ［英］柏拉威尔：《马克思和世界文学》，生活·读书·新知三联书店1982年版，第140页。

② 同上书，第542页。

③ 同上书，第543页。

断进步和艺术家主体意识的强化。

与理论家色彩更浓的马克思相比，列宁就陷入了理论家与政治家的两难境地。在《党的组织与党的出版物》一文中，具有较高文学修养的列宁一方面认识到文学创作需要作家的独创性："无可争论，文学事业最不能作机械的平均、划一、少数服从多数。无可争论，在这个事业中，绝对必须保证有个人创造性和个人爱好的广阔天地，有思想和幻想、形式和内容的广阔天地。"但从革命事业的实际需要出发，他在文章中主要强调了写作事业的党性原则："写作事业应当成为整个无产阶级事业的一部分，成为由整个工人阶级的整个觉悟的先锋队所开动的一部巨大的社会民主主义机器的'齿轮和螺丝钉'。写作事业应当成为社会民主党有组织的、有计划的、统一的党的工作的一个组成部分。"①这里的"写作事业"包含了"文学艺术"。在革命时期，列宁的选择无疑有其合理性。因为无产阶级政党的中心工作，就是夺取政权和巩固政权，文学事业自身的建设，只能滞后了。但列宁提出的两个"无可争论"，仍然显示了革命领袖对文学创作特殊性的认识。然而，随着革命形势的日趋紧张，以及后来的革命领袖对这一问题的不同认识，列宁强调的两个"无可争论"，被文学反映论和意识形态论取代。苏联是如此，新中国成立后三十年的中国也如此。尤其是十年"文化大革命"，把这两"论"推向了极端，这正是新时期出现文学主体性理论的重要社会背景。

不可否认，出现于中国 20 世纪 80 年代中叶的文学主体性理论，不仅在普遍性的意义上强调了"人"在文学艺术创作中的重要作用，即人的能动性作用，而且，它针对长期统治国内文坛的传统文学理论，其现实意义十分突出。刘再复《论文学的主体性》矛头直指统治中国当代文学30 年的文学反映论和意识形态论，面对 20 世纪 80 年代的当代中国文坛，文学主体性理论的提出恰逢其时。正如杨春时在和刘再复对话时回顾的："现在回想起来，在你写作《论文学的主体性》之前，学术界就已经对反映论和意识形态论进行了批判，但是还没有找到一个坚实的理论体系，

① 列宁：《列宁全集》第 13 卷，人民出版社 1987 年版，第 94 页。

包括一个核心的概念和哲学的基点，因此不能有效地批判反映论和意识形态论。"刘再复也对当时文学主体性理论的出现作了精辟的分析："20世纪80年代是高扬主体性的启蒙时期，是'人—个体'重新站立起来的时期。文学创作正在经历着以个体经验语言取代集体经验语言的时期。传统文学理论一方面强调文学是对现实的反映，同时又强调文学的党性和意识形态性，这样就抹杀了文学的深广的人性内容，也就是主体性。作家不是复制现实，而应当以主体的眼光来看待现实，作家应当以一个文学家的身份进行文学创作。他也不是以文学创作来演绎意识形态，而是表达个体的生命体验。文学事实上可定义为自由情感的存在形式。所以，必须把自由还给文学，使主体性获得充分的解放。在各种禁忌束缚文学的历史条件下，我们张扬文学的主体性正是帮助作者获得内在自由，这是非常必要的，也是非常有意义的。中国当代文学的发展已经证明了这一点。"[1] 非常明显，文学主体性理论的现实目标，旨在解除意识形态对文学的束缚，解除意识形态对人特别是作家的束缚，这是新时期主张人的解放的新启蒙主义思潮在文学理论上的体现，它掀起的文艺论争，带有十分明显的新旧文艺思想斗争的性质。因为有三十年文学尤其是"文化大革命"十年的惨痛教训，所以，虽然刘再复的理论显得粗糙，有许多不完善的地方，这场文艺论争仍然以大部分文学界人士接受文学主体性理论而告结束。

　　当然，这个问题也需要我们辩证地看待。是不是需要这样完全把追求个体自由的文学主体性和李泽厚的强调实践的哲学主体性分割开来，还值得商榷。因为"社会实践"这个概念，具有较大的外延，它应该包括作家的写作实践和接触社会的过程。任何作家，如果完全脱离社会，紧紧把自己关闭在象牙塔里，不与外界接触，要想写出伟大的作品尤其是叙事文学作品，是不可能的。而作家只要用任何形式与社会接触，都应该被看作是某种社会实践活动。而且，我们必须承认，人的文学创造能力并非天生，它依赖于人类在这一领域里的长期实践与积累。即使作为文学创造能力的基础、人类的审美能力，也依赖于长期的社会实践，

---

[1]　刘再复、杨春时：《关于文学的主体间性的对话》，《南方文坛》2002年第6期，第14页。

犹如马克思所说："只是由于人的本质的客观地展开的丰富性，主体的、人的感性的丰富性，如有音乐感的耳朵、能感受形式美的眼睛，总之，那些能成为人的享受的感觉，即确证自己是人的本质力量的感觉，才一部分发展起来，一部分产生出来。"① 在今天看来，过去那个以阶级斗争为纲的年代，作家的主体性受到极大地压抑，严重影响了文艺创作在主题上的多样性和艺术上的独创性，因此，刚刚走出"文化大革命"阴影的中国文学，强调作家的主体性，有其解放思想的意义。在那个特殊的年代，不用这样近乎极端的思想来冲击现状，解放思想的效果就出不来。但是，从现在的立场看，如果把作家的主体性强调到可以完全脱离社会影响的地步，多少还是有些偏颇的。

进入 90 年代之后，文学主体性理论显示出它根源于启蒙主义思潮所具有的先天缺陷而受到一些学者的质疑与批判，而提倡与坚持文学主体性理论的学者又致力于发展文学主体间性理论，从而丰富与发展了文学主体性理论，这两方面都体现出文学主体性理论本身具有的活力。笔者尤其赞赏陶东风为克服文学主体性话语困境而提出的引入文化研究的理论与方法的提议。② 使用引入文化研究的理论与方法的文学主体性理论，能帮助我们有效地解读当代历史小说的创作。从现当代历史小说的研究来说，其实已经有不少学者注意到从主体性理论的角度去进行研究，但理论拓展和文本解读的空间仍然很大，特别是在笔者看来，80 年代中期以来的传统形态历史小说创作能够形成一个高峰，正是因为作家进入五四以来一个极好的历史时期，封建主义和极"左"思潮对作家的思想束缚正在逐步减弱，而作家的主体意识与日俱增，再加上经济的腾飞与国家的强盛给文学创作带来的宽松文化环境，许多小说都呈现出作家对历史的独特认识与感知，而这正是传统形态历史小说获得较大成就的重要基础。因此，从主体性理论的角度切入历史小说的研究，具有极强的理论针对性，能让我们更好地解读这一特殊文类的意义和价值。

---

① 马克思：《1844 年经济学哲学手稿》，《马克思恩格斯论艺术》第一卷，中国社会科学出版社 1982 年版，第 155 页。

② 陶东风：《"主体性"》，《南方文坛》1999 年第 2 期，第 14 页。

笔者认为，中国当代传统形态历史小说主要是长篇历史小说，取得的成功是有目共睹的，它在中国当代文坛占据了十分重要的地位，对其进行深入研究，非常必要。在中国人重史的文化心理作用下，传统形态历史小说和广义的历史小说创作必将取得更大的成就，这是笔者寻取当代传统形态历史小说作为研究对象的主要原因。

# 第 一 章

---

# 知识分子主体意识的觉醒与
# 中国历史小说的转型

作家当属知识分子的重要组成部分，考察中国当代历史小说家主体意识的觉醒过程，必须联系近代以来中国知识分子的精神历程以及中国历史小说在这一精神历程背景下的艰难转型。本章着重在这两方面展开讨论，并进而考察新时期以来当代传统形态历史小说的创作风貌、艺术成就及主要特色。

## 一 中国知识分子主体意识的苏醒

在 20 世纪八九十年代，伴随着保守主义思潮的兴起，一些学者和作家在反思 20 世纪初叶的新文化运动时，指责其割断了现代人与中国传统文化的联系，甚至有人认为新文化运动是"文化大革命"十年的思想源头。这种带有相当情绪化的指责，虽然能让我们从另一个角度反思与认识这一场文化革新运动，但是，如果不加分析地全面否定新文化运动，并非科学态度。如果我们回到一百年前，经历一下被封建皇权统治和压迫的滋味，感受在封建主义压迫与束缚中生存的状况，我想，多数人仍然会赞同先贤们的文化立场。新文化运动反对封建主义，提倡人的解放，提倡个性主义，这种启蒙文化运动，彻底打开了中国的现代化之路，在中华民族的发展史上，其重要性无论如何评价都不为过。

中国历史上的改革，几乎都是由知识分子策动和领导的，尤其是掌握了权力的知识分子。这与知识分子的社会地位和作用有关，也与中国古代"士为四民之首"的社会序列有关。但是，从商鞅变法到戊戌变法，历史上所有的改革都不及新文化运动来得彻底。几年中，《新青年》在知识分子和青年学生中间产生了巨大影响，反封建和个性解放成了流行语，造成这样一种情形的原因，有自鸦片战争后启动、始于洋务运动的国人的自强努力，也有西方通过各种渠道对国内各阶层人民尤其是知识阶层的深远文化影响，但是，中国现代知识分子谋身立命的根本基点被改变，投入激进主义阵营的知识分子越来越多，也是主要因素之一。

"知识分子"（Intellectual）是一个现代名词。据有关学者考察，这个单词最早出现在19世纪末的法国。"针对法国的一桩案件，一些文人发表了《知识分子宣言》的文章，在其中表明他们对这一案件的肯定态度。从此，'知识分子'在法国被逐渐广泛地使用起来……逐渐地，贬义也罢，在法国，'知识分子'一词便成了用来描述那些受过教育但又与传统和秩序相悖的人，他们有很强的政治抱负，试图要么直接成为国家的领导人要么间接影响政策的制定。"① "知识分子"这一词语在中国出现于五四时期，1920年11月7日，《共产党》第1期中一篇署名"无懈"的文章《俄国共产政府成立三周年纪念》中首先使用"知识分子"一词，但在1921—1924年无人再次使用，直至1925年下旬才重新在报纸、杂志上出现，并逐渐流行。②

什么是知识分子？一直以来众说纷纭。较常见的是以从事的职业来界定，也就是说，只要受过较多的教育，又从事着知识、技术和思想的创造、传播和应用的人，都可以被认定为知识分子。也有人嫌这样的界定太宽泛，认为科技人员只是在使用人类的知识，不能被认作知识分子。

---

① 黄平：《知识分子：在漂泊中寻求归宿》，许纪霖编《20世纪中国知识分子史论》，新星出版社2005年版，第2页。

② 王增进：《后现代与知识分子社会位置》，中国社会科学出版社2003年版，第12页。

他们认为知识分子应该是创造思想的人。例如，马克斯·韦伯就把知识分子限定于那些因为其赫然成就而被誉为"文化瑰宝"的人，他们是社会群体的精神领袖。这样的界定非常理想化，但是，如果从社会学的角度看，又显得有些不切合实际，因为能够进入这个行列的人寥寥无几，作为一个社会阶层来说，这一点儿人数不合要求。

对知识分子的概念，从不同角度，能给出多种分类。安东尼·葛兰西在他著名的狱中札记里，把知识分子分为两类：有机的和传统的。前者系作为每一个社会经济政治体制内的有机组成部分的那些知识分子，他们为该体制在政治和意识形态上的整合和霸权而存在、汇聚并发挥作用；后者则指每一社会中游离于体制外的那些文人、学者、艺术家，以及部分曾经属于前一社会的体制内的有机知识分子（另一部分可能已融入现存体制中）。葛兰西之所以称他们为传统知识分子，从传统上说，那些游离于体制之外的文人、学者才是被公众当作"真正知识分子"的人，哪怕他们中的一些人也可能成为未来社会中有机知识分子的成员。① 换一种更通俗的语言来表达，有机的知识分子指体制内的知识分子，而传统的知识分子是体制外的知识分子。

在中国古代，士是四民之首。"上古有四民：有士民、有商民、有农民、有工民。"② 在经历了两汉时期的儒生，魏晋南北朝时期的士族，隋、唐、宋、元、明、清的由科举入士的文人官僚（士大夫）的变迁，就其社会地位和政治功能来看，士事实上成了中国封建时代的统治阶级。"传统的中国社会，是一个以士大夫为中心的四民社会。四民社会正如梁漱溟先生所说，是一个伦理本位、职业分途的社会。士、农、工、商，这四大阶级，形成了以儒家价值为核心的社会分层。与欧洲中世纪的封建社会不同，四民社会的等级分层，是上下之间有流动的社会分层，作为社会中心的士大夫阶级，通过制度化的科举制度从社会中选拔精英，保

---

① 参见黄平《知识分子：在漂泊中寻求归宿》，许纪霖编《20 世纪中国知识分子史论》，新星出版社 2005 年版，第 1 页。

② 详见《穀梁传》。

证了精英来源的开放性和竞争性，也维持了社会文化秩序的整合和稳定。"①

用葛兰西的理论来看，中国古代的官僚就是体制内的知识分子，而没有进入官僚阶层的其他读书人，如文学家、艺术家以及落第未中、靠办私塾教书为生的文人，就是体制外的知识分子。中国有机知识分子的社会功能，主要是在体制内参与国家管理，特别在北宋科举制日益成熟之后，中国实行的就是文人治国的模式。除了皇权神圣不可侵犯外，国家的管理权限基本上在一部分居高位的文官那里。因此，进入体制便成了中国古代知识分子大多数人的意愿，他们终其一生刻苦攻读，所谓"学而优则仕"，所谓"学成文武艺，货与帝王家"，目的就是进入政治舞台展现自己的才华，实现自己的价值。除了早期的世袭官员制和后来的少数几次军人当政时期外，中国大部分历史时期都很重视通过选拔的方式让文人管理各级政府。特别在实行科举制之后，选拔官员主要通过这种考试方式来实现。一般读书人没有十几年的苦读，并具有相当的天资，是不可能进入国家管理层的。所以，从这个角度看，古代中国知识分子多数是葛兰西意义上的有机知识分子或"预备"有机知识分子，葛兰西所谓的游离于体制外的文人、学者、艺术家在中国历史上也有，如嵇康、阮籍、陶渊明、林逋等，以老庄为楷模，对现实政治基本失望，只寄情于山水天地间；或如朱熹、王阳明、顾炎武、王夫之、黄宗羲、戴震等，对真理、学术有毕生的追求，虽没有居高位，但被人视为万世师表，他们志在"为天地立心，为生民立命，为往圣继绝学，为万世开太平"（张载语）。这两类人物属于思想家类型，可说是孔孟和老庄在后世的翻版。再加上一些有思想有个性的文学家，可算作"传统知识分子"。但中国这类知识分子的绝对数量很少，无法与有机知识分子抗衡。

传统中国是一个大一统的专制帝国，自从秦始皇统一六国、组建成庞大的秦帝国后，这个实行郡县制、由皇帝在中央垂直统治的帝国模式，就再也没有消失过。汉武帝实行董仲舒的"罢黜百家，独尊儒术"的献

① 许纪霖：《"断裂社会"中的知识分子》，许纪霖编《20世纪中国知识分子史论》，新星出版社 2005 年版，《编者按》第 1 页。

策，在秦始皇的几大统一之外，又多了一个文化大一统。孔子那一套"君君臣臣父父子子"的儒家礼仪，从此成了中国政治和道德的严规，天赋君权，如一道绳索死死地套住了中国人民的脖子。正如曾纪鑫所说："儒学愚民思想可让底层人民浑浑噩噩无知无识，它的等级秩序将民众划分为森严壁垒的级别各自相安，它的仁义礼德束缚着人们的思想行为不敢越轨，它的中庸之道使人保持一种不偏不倚、回避矛盾的处世原则，它的怀念远古、憧憬理想的大同给人一种虚幻的安慰，它残留下来的宗教痕迹使得人们将它视为社会人生的一种准宗教信奉不渝。"① 儒学对中国文人的思想禁锢与束缚，比普通民众更加厉害。文人虽有知识，但有个人意识能独立思考的少之又少。正是这样一种历史背景，五四新文化运动提出人的解放，其意义才更显深刻。

启蒙文化思潮（这个概念与启蒙运动不同，这是一个横贯欧洲文艺复兴到启蒙运动三百年的社会思潮，它可说是西方资本主义从封建时代脱颖而出的"助产士"）产生于 16 世纪欧洲的文艺复兴时期，在西方，它实质上是法国大革命之前，新兴资产阶级向封建阶级夺取政权前的一次舆论大准备，启蒙知识分子用自由、平等、博爱、天赋人权来反对封建专制和特权；用无神论、自然神论或唯物论来反对宗教迷信。随着 18 世纪启蒙运动的兴起，启蒙精神占据了社会的思想主导地位。与文艺复兴相比，启蒙运动"是更大规模、更深入人心的思想解放运动，它的反封建、反教会更强烈、全面而彻底，启蒙思想家和学者们比人文主义者更具革命的彻底性、坚定性和乐观态度。之所以如此，是因为启蒙思想家有了比人文主义者更强有力的思想武器：理性。"② 启蒙运动宣告了统治欧洲人数千年的神权走向没落，"科学理性"和"民主自由"成为 18 世纪之后欧洲的主流意识形态，也成了现代性的核心理念，随着欧洲对世界其他国家影响力的不断增强而持续扩散。

欧洲启蒙文化思潮对人的发现是从肯定人的世俗要求到肯定人的理

---

① 曾纪鑫：《历史的刀锋——剖解影响中国历史的 11 个关键人物》，中国友谊出版公司 2006 年版，第 108 页。

② 蒋承勇：《西方文学"人"的母题研究》，人民出版社 2005 年版，第 186 页。

性力量，逐渐从中世纪神学和封建政权的统治下解放出来，而中国的新文化运动，同样是从传统文化与封建统治的压迫下解放人。在新文化运动时期，这种关于人的解放的思想，是由知识精英开始传播的。陈独秀、胡适、鲁迅等一批具有西方文化背景的知识精英盗得"天火"，并在以《新青年》为代表的一大批报纸、杂志上撰文宣传，使得这一现代观念迅速在全国特别是城市知识阶层中传播。陈独秀在《新青年》发刊词《敬告青年》中提出"人权、平等、自由"的思想，"等一人也，各有自主之权，绝无奴隶他人之权利，亦绝无以奴自处之义务。奴隶云者，古之昏弱对于强暴之横夺，而失其自由权利者之称也。自人权平等之说兴，奴隶之名，非血气所忍受"。又说："儒者三纲之说为吾伦理政治之大原……近世西洋之道德政治，乃以自由、平等、独立之说为大原……此东西文化之一大分水岭也……此而不能觉悟，则前之所谓觉悟者，非彻底之觉悟，盖犹在徜徉迷离之境。吾敢断言曰，伦理之觉悟为最后觉悟之觉悟。""解放云者，脱离夫奴隶之羁绊，以完其自主自由之人格之谓也。我有手足，自谋温饱；我有口舌，自陈好恶；我有心思，自崇所信；绝不认他人之越俎，亦不应主我而奴他人；盖自认为独立自主之人格以上，一切操行，一切权利，一切信仰，唯有听命各自固有之智能，断无盲从隶属他人之理。"[1] 胡适也说："现在有人对你们说：'牺牲你们个人的自由，去求国家的自由！'我对你们说：'争你们个人的自由，便是为国家争自由！争你们自己的人格，便是为国家争人格！自由平等的国家不是一群奴才建造得起来的！'"[2] 鲁迅对个性解放的认识，比陈、胡两位更早。在日本留学期间，鲁迅就提出了"立人"的主张："……是故将生存两间，角逐列国是务，其首在立人，人立而后凡事举；若其道术，乃必尊个性而张精神。假不如是，槁丧且不俟夫一世。"[3] 在《灯下漫笔》中他又写道："中国人向来就没有争到过'人'的价格，至多不过是奴隶。"他直接把中国的历史归纳为"一，想做奴隶而不得的时代；二，暂时做稳了

---

① 陈独秀：《吾人最后之觉悟》，《青年》第 1 卷第 6 号。
② 见《胡适文存》第四集，卷四，《介绍我自己的思想》，上海科学技术文献出版社 2015 年版，第 612 页。
③ 鲁迅：《坟·文化偏至论》，《鲁迅全集》第 1 卷，人民文学出版社 1981 年版，第 57 页。

奴隶的时代"。把中国文明称为"人肉的筵宴"。①

用独立、自由、平等的现代民主理念对抗传统的三纲五常封建道德，以解放被压迫了几千年的中国人。在人的发现这一点上，中国的新文化运动和西方的文艺复兴完全一致，把人从几千年的神权、君权中解放出来，这是新文化运动的最大功绩。正如李泽厚所说："康有为《大同书》最重要的一章就是'去家界为天民'，但他当时不敢公开提倡。谭嗣同也说过，五伦中只可以保留朋友这一'伦'。但直到'五四'才强烈地成为一个发现个人、突出个人的运动。逻辑与历史、思想与现实有一段时间差。"②

所谓人的解放，关键是人的主体意识的觉醒。即每个人都能明确意识到个体的独立存在，每个人都不依赖于他人而生存，每个人都能独立支配自己的身体与思想，都有自己的尊严和价值，都是社会大家庭的平等一员。这样的感觉，在中国的封建时代是绝不会有的。封建统治者大力颂扬的是三纲五常，即所谓"君要臣死，臣不得不死。父要子亡，子不得不亡"。如果没有新文化运动，中国人不知还将在那样的文化氛围中生活多久。

在这一过程中，五四新文学起了极大的作用，新文学作家不仅是人的解放思想的热情和有力的传播者，他们自身也是人的解放思想的实践者，是主体意识最早觉醒的中国人。我们在鲁迅的小说中，听到了反抗封建主义压迫人性的"呐喊"；在郭沫若的诗歌中，读到了肯定自我价值和人的尊严的宣言。周作人更是用"人的文学"来概括新文学的特征。他说："我们现在应该提倡的新文学，简单地说一句，是'人的文学'。应该排斥的，便是反对的非人的文学。"又说，"但现在还须说明，我所说的人道主义，并非世间所谓'悲天悯人'或'博施济众'的慈善主义，乃是一种个人主义的人间本位主义。"③ 发现人，肯定人，对新文学作家来说，不仅是一个理论问题，更是一种人生的体验。

---

① 鲁迅：《灯下漫笔》，《鲁迅全集》第1卷，人民文学出版社1981年版，第213—217页。
② 李泽厚：《世纪新梦》，安徽文艺出版社1998年版，第424页。
③ 周作人：《人的文学》，《新青年》1918年12月第5卷第6号。

鲁迅笔下的旧知识分子，几乎都处于这样一种不觉醒的状态。但到了五四时期，知识分子的自我意识飞速发展。"我是我自己的，他们谁也没有干涉我的权利！"《伤逝》中子君这句话，现在看来并不激烈，在五四时期却是很新潮的。在漫长的封建时代，婚姻大事从来都需要"父母之命，媒妁之言"来决定，女子更是如此，所以，杜丽娘、祝英台、林黛玉都不可能说这样的话，但在鲁迅的笔下，一个普通的知识女性都会这样说，可见新文化运动的影响力。

中国现代知识分子能引领文化和社会改革的风潮，与其思想的活跃，感受的灵敏，以及有机会更早地与西方文化的接触有关。正是他们，把西方的个性主义、人道主义、无政府主义和马克思主义等文化思潮或政治思潮引入国内，首先在知识分子群体中传播，然后逐步影响到人民大众中去。正因为有这样的完全不同于中国传统文化的另一种文化系统作为参照，所以，他们能够对原有的文化进行全面地审视，他们的批判也才能切中要害。现代文明的核心是人，人的觉醒、人性的自由绽放、人的天赋权利、人道主义、人的现代化，一切都围绕着人展开。这对数千年来的封建统治来说，不啻一个巨大的冲击。

除此之外，知识分子自身境遇变化引发的转型，也是促使他们觉醒的重要原因。

中国现代知识分子的转型，从体制的变化上说，发端于1905年科举的废除。正如笔者前面所说，士之所以能成为四民之首，全赖于他们是中国官僚阶层的候选者，是未来的"劳心者"。而在这个社会结构中，科举制起到了举足轻重的作用。"可以说，前近代中国社会的重心正是处于社会结构中心地位而居'四民之首'的士，这一社会重心的制度基础就是从汉代发端到唐宋成熟的通过考试选官的科举制。""科举制使政教相连的传统政治理论和耕读仕进的社会变动落在实处，是一项集文化、教育、政治、社会等多方面功能的基本体制（institution），其废除不啻给其相关的所有成文制度和更多的约定俗成的习惯行为等都打上一个难以逆转的句号。"① 1905年

---

① 罗志田：《近代中国社会权势的转移——知识分子的边缘化与边缘知识分子的兴起》，许纪霖编《20世纪中国知识分子史论》，新星出版社2005年版，第127—128页。

清政府颁布废除科举制的法令，封死了知识分子通向仕途的道路。在一个新的"礼崩乐坏"时代里，传统知识分子仿佛被社会完全抛弃，又一次成了"游士"。

其次，社会的转型给知识分子增添了许多前所未有的新岗位，这让他们顺利地转型为现代意义上的知识分子。科举的废除和紧跟着的最后一个封建王朝的垮台，使整个社会结构发生了巨大的变化。

第一，表现在现代教育的启动。虽然新学堂在洋务运动时期就已经出现，但大规模的创建新式学堂，是在 1905 年之后，到辛亥革命前全国已经有了 6 万多所新学堂。新学堂引入新的教育理念，开设了许多新学科。自然知识和规范知识的"天堑"被填平，许多青年都热衷于学习科学知识，立志当科学家和工程师。新学堂还成了传播启蒙思想的温床，中国现代史上许多启蒙运动和革命运动的著名活动家，几乎都在这样的新学堂里得到熏陶，如鲁迅、周作人曾在南京水师学堂求学，胡适也曾入上海的梅溪学堂、中国公学学习。除了培育大批崭新的新型知识分子外，学校特别是大学还创造了学术社群。"学术社群以大学为中心，辅之以基金会、学术社团和同人刊物。他们属于知识的生产领域。"① 特别是中国第一所国立大学北京大学，在蔡元培先生主政后，高扬"科学、民主"的大旗，以思想自由、兼容并包的胸怀，聚集了很多学贯中西的大师，如陈独秀、李大钊、胡适、鲁迅、周作人、钱玄同、刘半农等，形成了一个具有广泛影响的学术社群。像这样的以新型学校为基地的学术社群在当时风起云涌，遍及全国。

第二，现代平面媒体的涌现。当时的现代平面媒体主要是报纸、杂志和图书出版业，属于知识的流通领域。这些报纸、杂志需要大量的文章书稿，很多知识分子都因而转型成了依附于现代平面媒体的自由撰稿人。如王德威所说："晚清的最后十年里，至少曾有一百七十余家出版机构此起彼落；照顾的阅读人口，在两百万到四百万之间。而晚清最重要的文类——小说——的发行，多经由四种媒介：报纸、游戏小报、小说

---

① 许纪霖：《"断裂社会"中的知识分子》，许纪霖编《20 世纪中国知识分子史论》，新星出版社 2005 年版，第 3 页。

杂志与成书。"① 这两个领域都聚集了大批知识分子，这不仅使他们有了新的安身立命之处，而且，在切断了通向仕途的道路后，虽然处在体制之外，却具有影响社会舆论的话语权。

不论站在体制之内，还是站在体制之外，都直接影响着知识分子对现实社会批判的强度以及改革的彻底性。这只要把以康有为为代表的维新派，以孙中山为代表的革命党，五四时期以陈独秀、胡适、李大钊、鲁迅为代表的启蒙主义群体相比较，我们就能看出，站在体制外的知识分子其革新激烈程度远非体制内的知识分子可比拟。这也许能解释为何辛亥革命之后的知识分子，持激进态度的越来越多这一社会现象。

正如我们熟知的那样，作为一个群体，在整个社会日益激进的背景下，走过了政治改革—文化改革—政治改革的历史循环，多数中国知识分子最终都聚集在马克思主义旗帜下，或者成为亲马克思主义的左翼文化人。最有代表性的，就是毛泽东在《别了，司徒雷登》一文中提到的两位著名的中国现代作家，闻一多和朱自清。这两位作家都经历过五四的洗礼，但其后都并非激进分子。在抗日战争结束后，他们却不约而同地站到了民主阵营一边，反独裁、反内战，并以他们壮烈的牺牲成为时代的象征。解放战争三年半，大批原本处于中间立场的知识分子都走向同样的倒戈行列。如毛泽东在文中所说："他（司徒雷登）还看见了一种现象，就是中国的自由主义者或民主个人主义者也大群地和工农兵学生等人一道喊口号，讲革命。"② 中国知识分子的日益激进化，成了 20 世纪的一道风景。这种历史趋势的出现，有两个原因。首先因为激进主义在鸦片战争之后成了思想文化上的主潮。从洋务运动开始，中国的现代化转型在国际国内的形势逼迫下，步伐越来越快。每当一种风潮过去，引领风潮的领袖人物很快就会成为过时的人物，甚至被新的一波风潮当作反动分子看待。洋务运动的领导人曾国藩、李鸿章、张之洞以及魏源、严复，戊戌变法的领导人康有为、梁启超，辛亥革命的重要参与者章太炎，新文化运动的发起人陈独秀、胡适，都在引领风骚几年后，便被后

---

① 王德威：《被压抑的现代性——晚清小说新论》，北京大学出版社 2005 年版，第 2 页。

② 毛泽东：《毛泽东选集》第四卷，人民出版社 1991 年第二版，第 1496 页。

来者当作反动分子搁置在一边，不被当作主要敌人攻击，已经非常幸运了。余英时先生曾经对 20 世纪中国思想界的这一激进化趋势做过一个描述，他说："客观地看，抗战后期以来思想的激进化仍是同一历史趋势的继续发展，不过因为民族危机而一度停顿而已。危机一过，它自然又抬头了。最根本的原因还是知识分子对于愈来愈坏的现状不可能认同。因此彻底打破现状，建造一个全新的理想社会，对于知识分子而言，还是具有最大的吸引力。"① 也就是说，出于对现实的不满而日趋激进，这是知识分子"左"倾的主要原因。其次是中国文人的文化遗传密码中固有的以民族和国家为己任的传统。中国的现代化是被动的，在现代化启动的同时，就面临着被西方列强瓜分的威胁。所以，启蒙与救亡几乎同步展开。中国的现代知识分子虽然接受了启蒙主义的洗礼，在以天下为己任以及对国是的当下关怀上，却与封建时代的士大夫一脉相承。余英时在讨论五四精英们与传统的关系时就说过："我们看了鲁迅的例子便最能明白'五四'的新文化运动，其所凭借于旧传统者是多么的深厚。当时在思想界有影响力的人物，在他们反传统、反礼教之际首先便有意或无意地回到传统中非正统或反正统的源头上去寻找根据。因为这些正是他们比较熟悉的东西，至于外来的新思想，由于他们接触不久，了解不深，只有附会于传统中的某些已有的观念上，才能发生真实的意义。"② 这话是很有道理的。五四以来的中国知识分子，虽然具备了许多现代特征，但在精神上，却与传统士人有着千丝万缕的联系。鲁迅的"我以我血荐轩辕"，令我们想起屈原的"亦余心之所善兮，虽九死其犹未悔"，想起范仲淹的"先天下之忧而忧，后天下之乐而乐"。五四学生爱国运动，以及其后的一二·九运动，也都让我们看到东汉太学与宦官的斗争，明末东林党人与魏忠贤阉党的斗争这样的历史壮举。启蒙与救亡的二重奏，在中国知识分子内心引发的是大我与小我的斗争。到底是为大我——完成民族的独立和自由呢，还是为小我——个人的自由解放而奋

---

① 余英时：《中国近代思想史上的激进与保守——香港中文大学 25 周年纪念讲座第四讲（1988 年 9 月）》，李世涛主编《知识分子立场——激进与保守之间的动荡》，时代文艺出版社 2000 年版，第 16 页。

② 余英时：《中国思想传统的现代诠释》，江苏人民出版社 1989 年版，第 364 页。

斗？大多数知识分子都选择了前者，而正是中国共产党，以救国救民的伟大目标为己任，赢得了他们的认可。

新中国成立后的三十年社会主义实践，受到国际国内各种因素的影响，以及某些领导人在认识上的偏差，过于强调国家和民族而忽略了个人的独立和解放，再加上"左"倾思想的日益严重，党内"一言堂"盛行，全国的一体化体制几乎完全窒息了个人的自由空间。如果把新文化运动看成中国人追求个性解放和主体意识觉醒的开始，那么，在民族解放的大潮中，前者逐渐被后者掩盖了。其实，在民族解放与个性解放两件大事上，有着一定的逻辑关系。在民族解放的危急关头，个性解放先让位于民族解放，是合理的。但是，到了民族解放取得胜利之后，仍然不给个性解放一定的空间，这反过来必然会危害民族的生存。因为，个性解放不仅仅是个人意义上的解放，更是民族彻底解放的坚实基础。中国人是在经过"文化大革命"的挫折后，才认识到这一点的。新时期的思想解放运动和新启蒙运动，多少给国人补了个性解放的课程。中国的知识分子，正是在这样的历史过程中，重新回到了新文化运动启蒙精神的原点。

## 二　中国现当代历史小说的艰难转型

中国 20 世纪文学是中国历史上一种全新的文学。以白话文取代文言文为契机，五四新文学发生了质的变化。在文学主题上，"科学""民主""个性解放""国民性批判"等诉求取代了旧文学的文以载道之"道"。文学主角也从帝王将相和才子佳人向底层社会转移，劳苦大众和穷苦读书人成了新文学描写的主要对象。而藏在这些现象后面的，是文学创作主体的变化，以新小说为代表的近代文学创作主体主要是正在转型的旧文人，而到了五四一代，创作主体换成了留学生和新型大学生。这一代作家，不仅具有和前辈文人完全不同的知识结构，他们的独立意识和批判意识也远非前辈们可比。这样翻天覆地的变化，都基于近代以来中国社会的现代化进程。关于现代化，学界有多种说法，但就中国来说，这是自鸦片战争以来从传统社会向现代社会的转型，这种转型是一种系统性的转变。历史小说在 20 世纪艰难曲折的发展，也正适应了这一社会的转型。本章拟从现代性的角度，简略梳理 20 世纪中国历史小说的发展脉络，以及历史小说作家的主体意识在不同历史时期的表现形态。需要说明的是，在论及现代历史小说的时候，笔者没有严格局限在传统形态历史小说的范围里。这是因为，这段文学史中历史小说的变化，主要发生在新作家中，而正是以鲁迅为代表的新作家，打破了以传统史学为创作基石的写作模式，开创了全新的历史小说类型。讨论十七年时期的历史小说创作时，笔者则有意涉及当时的其他历史文学，原因是这个时期的历史小说创作相对较少，有些问题却在整个历史文学创作中有所表现。而他们的创作，直接影响了新时期以来当代传统长篇历史小说的创作。

五四时期是中国历史上第一次彻底疑古非古的时代，一直被国人看作万古明灯的儒家学说遭到了激烈的否定性批判，其他古代学说的命运也一样。随着对西方文化日益深入的认识，中国人越过了"中体西用"的阶段，全面质疑中国传统文化。李泽厚评论说："要改变中国的面貌，以前的变法、革命都不行，必须首先要'多数国民'产生与'儒者三纲之说'的传统观念相决裂，转而接受西方的'自由、平等、独立之说'的'最后觉悟之觉悟'，才有可能。从而，主张彻底扔弃固有传统，全盘输入西方文化，便成为新文化运动基本特征之一。"① 新文化运动的这种姿态，在中国现代历史小说创作中有很明显的体现。

在中国古代小说史上，历史小说占了很大的比重。著名小说如《三国演义》和《水浒传》，不仅被历代中国读者欢迎，在国外也有很大影响。中国古代历史小说在普及历史知识以及给当时新兴的市民阶层以文化娱乐等方面，都极有意义。但是，以现代历史小说的眼光看，古代历史小说有两个方面的缺陷。

第一，古代历史小说家通常把自己的文学创作看成是正史的补缺和普及，是"史之余"，如王富仁先生所说："从中国古代历史小说的产生到中国现代历史小说的产生这样一个漫长的历史时期里，中国历史小说

① 李泽厚：《中国现代思想史论》，东方出版社 1987 年版，第 11 页。

的独立性还是极其有限的。在很大程度上，这种独立性还仅仅是文体形式上的，而在内容上，在思想意义上，乃至在存在的合法性上，它还是不具有真正的独立性的。这种情况，是由于当时'小说'和'历史'的不平等地位造成的。这首先表现在'历史小说'和'历史'的整体关系上。即使在当时历史小说家和评论家的观念中，历史小说也只是历史的一种附庸，它是附着在历史上获得自己的存在权利的。历史小说演的是正史之义，正史是本，小说是末；正史是源，小说是流。小说家只有敷衍铺陈历史事实、将历史著作中蕴含的微言大义表现得更加生动具体的义务，而没有自己独立地把握历史、表现并评价历史和历史人物的权利。几乎当时所有的小说作家都自觉地把自己置于历史家之下，把自己的小说创作称为'正史之余'（笑花主人）、'史之支流'（蔡元放）。而他们的最高目标就是'可进于史'（闲斋老人）、'与经史并传'（陈继儒）。这种观念几乎一直持续到'五四'新文化运动之前。"[1]

第二，古代历史小说家在思想上深受正统儒家观念的影响，推崇仁义道德，崇拜皇权。我们不能否认，一些优秀的古代历史小说如《三国演义》《水浒传》《杨家将》《说岳全传》等，反映了人民群众反抗暴政、抵御外敌侵略、惩恶扬善等愿望，但是，小说的主要思想文化倾向，与整个封建文化基本一致。即使在这些相对优秀的小说中，我们也很少能看到作家对历史的独立理解和判断。这样的创作，到五四时期才宣告结束。

在中国现代文学的第一个十年中，历史小说创作在数量上很少（这一判断并不包括通俗历史小说），鲁迅、郁达夫、郭沫若等人的创作具有开创性的意义。鲁迅1922年11月写了《不周山》（收入《呐喊》时改名《补天》），这是中国现代文学史上第一篇新型的历史小说，后来又创作了《奔月》和《铸剑》；郁达夫1923年发表《采石矶》，他俩被称为中国现代历史小说的开创者。这个时期还有郭沫若《漆园吏游梁》和《柱下史入关》，冯至《仲尼之将丧》，王独清《子畏于匡》和废名《石勒的杀

---

[1] 王富仁、柳凤久：《中国现代历史小说论（一）》，《鲁迅研究月刊》1998年第3期，第16页。

人》，但历史小说的总体数量很少，如果和这个十年的现实题材小说比较，两者在比例上严重失衡。产生这种现象的原因当然不难寻找，当一大批知识精英从梦中醒来，现实生活满眼都是文学创作的题材，揭露黑暗，寻找光明，他们的眼光很难向后看。而新文化运动主将们对传统文化的鄙视和否定，也阻碍着作家们从历史中寻找题材。这样的状况，直到第二个十年才有所改观，这与革命文学的大众化努力有一定关系。中国人重史的文化特点使历史小说的受众面比较广，为影响更多的老百姓，部分左翼作家主动用历史题材进行小说创作。在抗日战争爆发后，文学作品的宣传作用更被强调，用小说鼓舞全民族的抗战意志，成了广大进步作家的主要任务。所以，这个时期的历史小说创作展现出繁荣景象。

鲁迅《故事新编》，不仅开创了"只取一点因由，随意点染，铺成一篇"①的新的历史小说创作法，而且，这一历史文学领域里的创新，与中国现代文学的其他文体一样，表征了中国现代知识分子对传统的文化反省和文化批判。中国现代知识分子已经打破了传统"士"的文化立场，在浩瀚的历史典籍面前，敢于表达独立的历史认识。如王富仁、柳凤久所说："真正的、有成就的现代历史小说家的历史小说作品，并不产生在他们对中国古代历史著作历史事实记述方式的顺从愿望里，而产生在对历史记述的不满感受里。"②从1840年鸦片战争开始的中国社会现代化进程，逐步培育了一个受西方现代文化洗礼、在物质和精神上都相对独立于统治阶级、具有强烈的文化批判和文化建构精神的知识分子群体，这是中国现代历史小说得以诞生的社会基础。

继鲁迅、郁达夫、郭沫若等作家之后，越来越多的作家投入中国现代历史小说的创作中。随着历史的进展，从20年代的文化启蒙、30年代的阶级斗争，一直到现代文学最后十年的爱国主义主题，历史小说的占主流地位的主题不断变化，创作方法上也是百花齐放，既有郁达夫式的抒情体历史小说，也有茅盾式的写实体历史小说；既有郑振铎式的"博

---

① 鲁迅：《故事新编·序言》，《鲁迅全集》第2卷，人民文学出版社1981年版，第342页。

② 王富仁、柳凤久：《中国现代历史小说论（一）》，《鲁迅研究月刊》1998年第3期，第17页。

考文献、言必有据"的"教授小说"，也有施蛰存式的心理分析历史小说。总体上看，从历史观、题材到人物塑造，现代历史小说都呈现出与中国古代历史小说完全不同的面貌。

对于中国现代历史小说的全貌，王富仁先生的文章已经归纳得比较完整。现代文学三十年，历史小说创作也可以分为三个阶段。第一个十年是诞生期，第二个十年是繁荣期，第三个十年是发展期。该文把第二个十年的历史小说分为五类：（1）农民起义题材的历史小说；（2）爱国主义题材的历史小说；（3）政治斗争的历史小说；（4）心理分析型的历史小说；（5）长篇历史小说。到了第三个十年，在上述五类历史小说之外，又多了人生哲理型的历史小说和历史爱情小说。① 这些小说，明显表现出与古代历史小说的巨大差异。

首先，语言和小说形式的现代化。虽然多数古代历史小说都使用古白话，但这种半文半白的语言，与新文化运动提倡的白话文仍然有较大差距。胡适《文学改良刍议》提旧文学应改革的八事，在古代历史小说，尤其是二、三流以下的文本里很普遍。现代历史小说完全以白话文的形式出现，在思想和情感的表达上颇具现代感。小说形式上，如横截面的结构法、第一人称或第三人称有限视角的使用，都与古代历史小说差别很大，而与现代小说的改革步伐一致。古代历史小说以叙述为主的写法被置换为以描写为主的现代小说写法，情节的重要性自然就退居二线。主人公也不再如古代历史小说那样都是帝王将相、才子佳人，而是根据作家的主题表达的要求选择相应的人物。如第一个十年以文化批判和文化重建为中心，文化名人做主角的历史小说成了主流，第二个十年政治革命成了时代主题，农民起义领袖自然登上了历史小说舞台的中央。例如，茅盾1930年写了三篇历史小说《豹子头林冲》《石碣》《大泽乡》，都以农民起义为题材。

其次，作品主题思想的现代化。晚清以来，中国知识分子"被脱离"于体制，浮游在社会中，他们的思想不太受制于统治者的束缚，加上西潮的冲击，自由、平等、独立的现代思想开始影响这些新晋作家，并在

---

① 见王富仁、柳凤久《中国现代历史小说论》，《鲁迅研究月刊》1998年第3—7期连载。

他们的创作中表现出来。从鲁迅开始的现代历史小说创作，多数新作家已经不再把古代的史籍当作他们创作的蓝本，特别是不接受正史的观念，对这种钦定的正史持最大的怀疑态度。鲁迅曾经说过这样的话："现在我们再看历史，在历史上的记载和论断有时也是极靠不住的，不能相信的地方很多，因为通常我们晓得，某朝的年代长一点，其中必定好人多；某朝的年代短一点，其中差不多没有好人。为什么呢？因为年代长了，做史的是本朝人，当然恭维本朝的人物，年代短了，做史的是别朝人，便很自由地贬斥其异朝的人物，所以在秦朝，差不多在史的记载上半个好人也没有。"① 又说，"先前，听到二十四史不过是'相斫书'，是'独夫的家谱'一类的话，便以为诚然。后来自己看起来，明白了：何尝如此。历史上都写着中国的灵魂，指示着将来的命运，只因为涂饰太厚，废话太多，所以很不容易察出底细来。正如通过密叶投射在莓苔上面的月光，只看见点点的碎影。但如看野史和杂记，可更容易了然了，因为他们究竟不必太摆史官的架子。"② 这种对古代历史记载的怀疑态度代表了中国现代作家的文化立场，是中国现代历史小说现代化的前提和思想保证。所以，在这个文学史阶段，除了像蔡东藩这样的少数通俗历史小说作家还坚持做中国历史记载的通俗化工作外，新文学作家中很少有人创作这样的历史小说。

中国现代历史小说的上述特点，体现了中国现代作家主体性的强化。历史小说家已经不再像古代作家那样跪拜在历史记载面前，他们只是把历史材料作为一种创作题材使用，借古人之酒，浇自己之块垒，如郁达夫所说："历史小说的好处，就在小说家可以不被史实所拘，而可以利用历史。"③ 所以，我们看到的中国现代历史小说，都是现代作家心目中的中国历史，其中充满了现代作家的史识和史胆。在他们的笔下，中国历史呈现出一种全新的面貌，而表达的主题，再也不是忠孝节义那一套，

---

① 鲁迅：《而已集·魏晋风度及文章与药及酒之关系》，《鲁迅全集》第 3 卷，人民文学出版社 1981 年版，第 501 页。

② 鲁迅：《华盖集·忽然想到（四）》，《鲁迅全集》第 3 卷，人民文学出版社 1981 年版，第 17 页。

③ 郁达夫：《历史小说论》，《郁达夫全集》第十卷，浙江大学出版社 2007 年版，第 178 页。

而是对这类封建道德的严厉批判。按鲁迅先生的说法，就是"把那些坏种的祖坟刨一下"①。我们读鲁迅的《故事新编》，能感受到他对封建文化深刻批判的寓意。八篇小说，或取材于神话或传说，或取材于典籍，或取材于野史笔记。除了《铸剑》外，历史背景都放在先秦时期，这符合"刨祖坟"的原意，因为中华民族的文化起源于先秦时期。从作家对主人公的态度看，《补天》《奔月》《理水》《铸剑》和《非攻》大致属于正面肯定，其余三篇则否定的含义多一些。肯定的五篇，带有强烈的悲剧色彩，主人公的立场往往不被周围的人理解和支持，因而成为一种孤独的英雄。而作家的批判锋芒就是指向主人公周围的人，如女娲两腿间的小道学家、后羿身边的嫦娥和逢蒙、《理水》中的考察大员和学者们等一类人物。《非攻》主要情节集中在墨子阻止楚王和公输般进攻宋国，但小说结尾，墨子"一进宋国界，就被搜检了两回；走近都城，又遇到募捐救国队，募去了破包袱；到得南关外，又遇着大雨，到城门下想避避雨，被两个执戈的巡兵赶开了，淋得一身湿，从此鼻子塞了十多天"②。这个结尾，并非一般的幽默和调侃，它深刻地表现了鲁迅先生对历史的一种认知。英雄们对社会做出奉献，但往往得不到民众的理解和支持，鲁迅的批判锋芒，指向了整个社会与文化。"鲁迅的八篇历史小说综合起来观察的时候，我们看到的是什么呢？看到的是中国古代一部完整的文化史和精神史。在这部历史上，有中华民族的脊梁式的人物，他们是中华民族的生命力的象征，是为了中华民族的生存和发展发挥了积极作用的人物……但是，中华民族却没有把他们的精神转化为自己的整体精神，而把他们置于了极难发挥自己创造才能的困窘境地。"③《采薇》《出关》与《起死》刻画的是儒道两家向来肯定的典范人物，在鲁迅笔下，他们都失去了那些后人加上去的耀眼光环，鲁迅只是如实地（生活化）描写了伯夷、叔齐、老子、孔子和庄子的形象，就令这些长期受人膜拜的人

---

① 鲁迅：《书信·致萧军、萧红》，《鲁迅全集》第 13 卷，人民文学出版社 1981 年版，第 4 页。

② 鲁迅：《故事新编·非攻》，《鲁迅全集》第 2 卷，人民文学出版社 1981 年版，第 464 页。

③ 王富仁、柳凤久：《中国现代历史小说论（二）》，《鲁迅研究月刊》1998 年第 4 期，第 15 页。

物显出喜剧化色彩。鲁迅在这里表现了真正的讽刺艺术，如他自己所说："其实，现在的所谓讽刺作品，大抵倒是写实。非写实决不能成为所谓'讽刺'；非写实的讽刺，即使能有这样的东西，也不过是造谣和诬蔑而已。"① 又说，"我想：一个作者，用了精炼的，或者简直有些夸张的笔墨——但自然也必须是艺术地——写出或一群人的或一面的真实来，这被写的一群人，就称这作品为'讽刺'。"② 不靠造谣和诬蔑，只是平实地写来，但因为有此前数千年的神化的历史大背景，这些人物形象身上均表现出极强的反讽意义。伯夷、叔齐以贤闻名于世，周武王伐纣时，敢于叩马而谏，当面指责武王不孝不仁。周取代商后，义不食周粟，隐于首阳山，采薇而食，直至饿死。然而，当鲁迅采用了《古史考》里的材料，让一个名叫阿金姐的丫头当面去指责他俩："'普天之下，莫非王土'，你们现在吃的薇，难道不是我们圣上的吗？"就让伯夷、叔齐一下子处在了一个非常尴尬的地位：要么坚持做前朝的遗民而饿死，要么改变自己的立场。他们其实并无抗争历史潮流的力量而为无道的纣献身，也不可能得到人民大众的支持，所以他们只能消极避世以保全自己的名誉。《出关》中的孔子，虽然没有多少笔墨描写他，但从老子口中猜测的"他以后就不再来，也再不叫我先生，只叫我老头子，背地里还要玩花样了呀"③，让我们仿佛看见民间传说中向猫学本领的老虎，而非被人们尊为至圣先师的孔子。被人看作是圣经一般的五千言《道德经》，在小说中也只是老子为了出关被迫写给关尹喜们的讲课教材，账房先生拿到这"一串木札"，想的是能不能赚回来送给老子的十五个饽饽。《起死》把一个寓言合理地延伸想象了一下，就让庄子的齐物论在现实面前大出了一个洋相。鲁迅通过这种近于喜剧化的描写，展示了他心中真正的历史。

与鲁迅一同开创中国现代历史小说的郁达夫，虽然只写了《采石矶》和《碧浪湖的秋夜》两篇历史小说，但开创了全新的历史小说创作法。

---

① 鲁迅：《且介亭杂文二集·论讽刺》，《鲁迅全集》第 6 卷，人民文学出版社 1981 年版，第 279 页。

② 鲁迅：《且介亭杂文二集·什么是"讽刺"？》，《鲁迅全集》第 6 卷，人民文学出版社 1981 年版，第 328 页。

③ 鲁迅：《故事新编·出关》，《鲁迅全集》第 2 卷，人民文学出版社 1981 年版，第 442 页。

在他的《历史小说论》中，他提出了两种历史小说创作法的定义。"第一种是我们当读历史的时候，找到了题材，把我们现代人的生活内容，灌注到古代人身上去的方法……第二种历史小说，是小说家在现实生活里，得到了暗示，若把这题材率直的写出来，反觉实感不深，有种种不便的时候，就把这中心思想，藏在心头，向历史上去找出与此相像的事实来，使它可以如实地表现出这一个实感，同时又可免掉种种现实的不便的方法。"① 第一种可称为以今观古，即用今人的生活经验去理解古人，阐发古人。第二种可称为以古映今，又可称为影射法，即用古代的人与事来表现现代生活。这两种方法都明显具有把历史与现实联系起来的倾向。我们不能说，古代历史小说就没有这样的倾向。例如，《三国演义》中的尊刘抑曹的立场明显带有元代汉族人民反对异族统治的色彩，而《水浒传》也表达了小说成稿时代的人民群众对封建官僚统治的仇恨。但是，如此强调历史与现实生活的紧密关系，在古代小说史上很难找到相似的理论阐释。郁达夫的历史小说观最重要的实践者是郭沫若，与郁达夫相比，郭沫若在历史文学创作上倾注了更多的心血。除了历史小说，他还创作了不少历史剧，尤以 40 年代《屈原》、50 年代《蔡文姬》《武则天》最见功力。《屈原》创作于国民党发动"皖南事变"之后，从政治的角度看，这部剧作在当时发挥了巨大的战斗作用，所以周恩来在为《屈原》演出成功举行的宴会上说，在连续不断的反共高潮中，我们钻了国民党反动派一个空子，在戏剧舞台上打开了一个缺口，在这场战争中，郭沫若同志立了大功。② 然而，郭沫若的创作也把影射历史文学推向了极致，在他的笔下，历史真的如胡适所说成了任人打扮的小姑娘。这是历史文学创作中作家主体性强化后极有可能发生的事情。十七年时期和后来的"文化大革命"，这类曲解历史以影射现实生活的文学创作，在文学为政治服务的口号下成了主流。而这样的文风，多少与郭沫若式的历史文学创作有关。从总体上说，中国现代历史小说创作，在摆脱历史文本的束缚，表达作家个体对历史的体验和领悟上，取得了长足的进步。但是，

① 郁达夫：《历史小说论》，《郁达夫全集》第十卷，浙江大学出版社 2007 年版，第 178 页。
② 《郭沫若〈屈原〉激情"大爆炸"》，《重庆晚报》2005 年 8 月 5 日。

在阶级斗争和民族斗争日益激烈的中国现代文学史后两个十年，让文学创作与现实斗争的关系过于紧密，对历史小说创作来说，也并非福祉。

新中国成立后，明确提出让文学创作服务于现实，服务于政治，甚至服务于一时一地的政策，更使历史小说创作走到了一种困难的境地。应该承认，在民族危亡，人民受难的紧急时期，要求文学创作服务于现实斗争，有其合理性。但这毕竟让文学创作回到了"文以载道"的旧窠臼中去了，违背了文学创作的个性化特征，历史小说的创作也是如此。作家不能把对历史的个性化认识写出来，需要个体创造性发挥的历史文学创作成了千人一面的东西，新中国成立后30年的文学实践，谁都无法否认这样的事实。对于刚刚夺取政权的革命者来说，用马克思主义重新阐释历史，并把这种新的历史阐释用文学的形式传输给人民大众，从而影响大众对历史的认知，这是需要的。新中国成立后文学界的一系列斗争，从一定意义上说，就是主流意识形态逐步规范作家对历史的阐释的过程。从巩固一个刚建立的新生革命政权来说，这样的控制自有其合理成分，在十七年中，宣传中国人民在中国共产党的领导下，经历血雨腥风的艰苦斗争，终于迎来当家做主的新时代，能够激发人民的自豪感，鼓励大家向着新的革命目标前进。新中国能够稳固并逐渐壮大，和这样的意识形态努力不无关系。但是，这种过于严厉的意识形态控制，消解了在五四新文化运动中建立和强化起来的作家主体精神，在一定程度上切断了鲁迅开创的中国现代历史小说创作传统。十七年历史小说与其他文学创作一样，主要在于传达意识形态的意志，这对当代历史文学的发展，有较大的负面影响。但是，我们在十七年为数不多的传统形态历史小说创作中，还是能够看到当代知识分子受压抑的主体意识有意或无意地在作品中顽强地表现出来，从而使这一时期的传统形态历史小说叙事在皈依与反叛的矛盾冲突中充满了艺术的张力。

历史文学从本质上说，是作家对历史的当代阐释。在电视尚未在我国出现的年代，文学特别是小说作为一种重要传播媒介，对人民大众的影响力十分巨大。正因为如此，新中国的领导人对历史文学创作一直都非常重视。新中国成立后文艺界第一次思想斗争，就是1951年开展的针对电影《武训传》的批判。这场运动的要害，就是要用唯物主义历史观取代形形色色的旧的史学观。这种唯物主义历史观具有中国特色，其核心是阶级斗争学说。为了巩固新生的红色政权，为了证明新生的红色政权的合法性，毛泽东认为有必要明确革命造反的合理性，明确人民武装斗争夺取政权的合理性。《武训传》用太平天国的失败来反衬武训的成功，显然与毛泽东的历史观存在着严重的抵牾。

紧随批判电影《武训传》之后，是毛泽东在《关于红楼梦研究问题的信》中对电影《清宫秘史》的批评："被人称为爱国主义影片而实际是卖国主义影片的《清宫秘史》，在全国放映之后至今没有被批判。"① 这封信虽然只是在部分高层人员中传阅，但影响面很大。韦君宜在《思痛录》中这样描述自己当时的反应："尤其令人想不通的是附带打击《清宫秘史》，说是'卖国主义的影片'。这个，我就感到更与前两个问题不同了，这不是马列主义常识问题，而是违反马列主义历史唯物主义的提法了。以光绪帝与慈禧来比，谁是开明的谁是守旧的？以戊戌六君子与荣禄比，谁是爱国的谁是卖国的？这不是我们在中学念历史时就知道的吗？马列主义总不能违反历史吧。那时候我们还很尊敬苏联，学苏联。苏联不也肯定库图佐夫甚至肯定彼得大帝吗？骂戊戌变法是卖国主义，当时我实在无法想通。"她敏锐地感到，"以前几个运动也大半涉及知识分子，这回就专门向知识分子开刀了。"② 韦君宜的判断是准确的。就批判《武训传》和《清宫秘史》来说，一方面，这是新中国成立后逐步展开的对知识分子思想批判运动的序曲，另一方面，在文学创作领域里，这也是"左"倾思潮严密控制历史阐释权的表征。相对于中国现代文学史上的历史题材小说创作，十七年时期这一领域小说创作的衰微，根源就在于此。60 年代初，由于党的文艺政策趋于宽松，引发了 1962 年前后历史小说创作的短暂井喷期，但随着 1963 年和 1964 年毛泽东对文学艺术的两个批示，随着"阶级斗争"的锣鼓声越敲越响，随着柯庆施提出"大写十三年"的口号，历史题材小说创作再次陷入低谷。

---

① 洪子诚主编：《中国当代文学史·史料选（1945—1999）》（上），长江文艺出版社 2002 年版，第 235 页。

② 参见韦君谊《思痛录》第二章《解放初期有那么一点点运动》，十月文艺出版社 1998 年版。

　　应该说，主流意识形态对历史文学的控制在小说创作领域中是卓有成效的，这不仅体现在这一领域中传统形态历史小说衰微①而革命历史题材小说创作繁荣，而且，作家们在进行传统形态历史小说创作时，都自觉以新的历史观为自己的创作做指导思想。看一看姚雪垠在"文化大革命"刚结束时的自我表白吧："伟大祖国的解放诞生了新的历史时代，给我这个旧社会来的知识分子提供了思想改造的条件，也提供了更多的学习马克思列宁主义、毛泽东思想的机会。随着我在新的条件下不断学习马克思列宁主义、毛泽东思想，我对接触过的历史资料获得了新的认识，从而形成了《李自成》的主题思想。""我在封建文化和资本主义文化中泡了半辈子，所走的道路是资产阶级的文艺道路。倘若用我原来的思想感情和遵循原来的写作道路去写农民革命战争小说，必然是南辕北辙。要用艺术笔墨拥护什么，歌颂什么，批判什么，揭露什么，必须先在我的思想感情中大破大立。"② 一个在抗日战争时期就因为发表小说而成名的作家，到了七十多岁，"文化大革命"已经结束，还如此战战兢兢地表白自己创作一部历史小说，并非因为对历史有多少个人的感悟，而是经过长期的"思想改造"后，从主流意识形态中获得了作品的主题。这不能不说是特定历史时期的一种现象。

　　面对历史，十七年时期的许多历史文学家或多或少都和姚雪垠一样，主动或被迫放弃鲁迅开创的对历史的独立思考和表达的权力，皈依于主流意识形态。每一个作家的这种皈依，当然都经历了大同小异的痛苦的"思想改造"过程。

　　当然，这只是事情的一个方面。从十七年传统形态历史小说的创作情况看，这种皈依并不彻底。在皈依的主旋律中，也时有作品表现出作家对历史的独特感受。

　　十七年时期中国历史文学存在着三种叙事形态，第一种是鲁迅开创的现代历史文学传统（不是单纯用形象表现历史记载，而是在小说中表

---

　　① 整个十七年，传统历史题材小说创作主要成果是数十篇短篇小说。唯一的一部中篇历史小说《柳宗元》在 1962 年上半年的《羊城晚报》上连载三章后即被腰斩，唯一的长篇历史小说《李自成》只在 1963 年出版了第一部。

　　② 姚雪垠：《李自成·前言》，《李自成》第一卷重版本，中国青年出版社 1977 年版，第 1 页。

达作家对历史的独立思考和认知，当然，因为社会背景的差异，这类历史小说不可能和鲁迅式的历史小说完全一样）。第二种是从延安文学发展而来的主流历史小说。第三种就是传统戏曲。

在当时的戏曲舞台上，仍然以演出传统历史剧为主。很多新编的戏曲曲目，著名的如吴晗《海瑞罢官》、田汉《谢瑶环》、孟超《李慧娘》以及浙江的昆曲《十五贯》都是历史剧。由于在这个领域中，旧的剧目占绝大多数，新中国成立后不仅无法完全根绝，还影响了新剧目的创作。所以，毛泽东发动"文化大革命"的第一目标，就是要改造这类旧文艺。1963 年 12 月 12 日，在对文学艺术的批示中说："各种艺术形式——戏剧、曲艺、音乐、美术、舞蹈、电影、诗和文学等等，问题不少，人数很多，社会主义改造在许多部门中，至今收效甚微。许多部门至今还是'死人'统治着。"并强调，"至于戏剧等部门，问题就更大了。"[①] 江青在"京剧现代戏观摩演出人员座谈会"上也感叹"在戏曲舞台上，都是帝王将相，才子佳人，还有牛鬼蛇神"[②]。60 年代兴起的现代题材戏曲创作和汇演热潮，正是主流意识形态期望改变这一现状的努力。

与戏曲和话剧历史题材创作相比较，主流意识形态的控制对历史小说创作的影响最大。从作品数量上看，除了姚雪垠《李自成》第一部外，剩下的都是短篇小说，受到人们关注的有陈翔鹤《陶渊明写〈挽歌〉》《广陵散》，黄秋耘《杜子美还家》《鲁亮侪摘印》，冯至《白发生黑丝》，徐懋庸《鸡肋》等。这些小说，基本上都是在 60 年代初期的文艺政策调整之后创作和发表的。也就是说，假如没有文艺政策的调整，就不可能出现这一批可称为十七年时期硕果仅存的历史小说。文化生态环境对历史小说创作的影响之大，在此可见一斑。

与现实题材的文学创作相比，历史题材文学创作对作者有特殊的要求，即作者必须具有一定的史识。史识包括丰富的历史知识以及对描写历史对象的理解和把握。文学创作本来是一种感性的创造（当然也不排

---

① 《毛泽东对文学艺术的批示》，洪子诚主编《中国当代文学史·史料选：1945—1999》（下），长江文艺出版社 2002 年版，第 512 页。

② 江青：《谈京剧革命》，同上书，第 514 页。

斥要求作家对生活有一定的理性认识），犹如严羽所说："夫诗有别材，非关书也；诗有别趣，非关理也。"① 但对于历史文学创作来说，书本知识的作用是至关重要的。创作现实题材的文学作品，需要的是对生活的感受、体验和认知，即使十七年时期的革命历史题材小说也如此（十七年时期的革命历史题材小说实际上并非传统意义的历史小说，因为这类作品描写的历史，都是作者亲历的，无须传统历史题材小说创作所必需的广泛阅读相关历史材料这一环节）。所以，革命历史小说的作者一般都来自革命斗争的基层，他们中的多数人在开始创作小说时，文化水平都不高，甚至有高玉宝这样从部队扫盲班出来的作者。相反，要创作传统历史文学作品，在写作材料尤其在历史材料的搜集上，需要下很大的功夫。据姚雪垠自述，他为写《李自成》，从 40 年代就开始搜集有关材料。卡片做了好几箱。陈翔鹤也早在 30 年代就开始构思他的以 12位古代文化名人为主人公的历史小说，搜集和阅读了相当多的相关历史材料。看一看十七年时期创作过历史题材文学作品的作家名单：郭沫若、田汉、曹禺、陈翔鹤、冯至、徐懋庸、吴晗、孟超、师陀、黄秋耘、姚雪垠，都是新中国成立前成名的作家和学者，像郭沫若、田汉、冯至在现代文学史上还创作过成功的历史文学作品。虽然文学工作者都应算知识分子，但这些历史文学作品的作者们，其知识分子的特征更明显。十七年时期，"左"倾思潮始终不放心而必须要对之实行思想改造的，就是这样一群"资产阶级知识分子"。这就不难理解为何在十七年文学中，传统形态历史小说创作受到的戕害最严重，成就也最小。

除了戏曲创作外，十七年的历史文学创作，主要是两类。一类配合"左"倾思潮的要求，在"古为今用"的口号下为现实政治服务，或通过对历史上有为的政治家的歌颂来礼赞新生的红色政权和革命领袖，或采取直接描写历史上的农民造反来表达对中国共产党和领导的军队的颂扬。前者以郭沫若《蔡文姬》和《武则天》为代表，后者以姚雪垠《李自成》的影响最大（笔者这样说，并非说这部小说的创作目的仅仅是这一个，从姚雪垠的创作自述以及相关材料分析，这部小说的创作动机比较

---

① （南宋）严羽：《沧浪诗话》。

复杂。最直接的动机之一，应该是作家在接受历史唯物主义之后对农民起义的新认识，想写出他心目中的明末农民革命真相，从而揭示中国历史的发展规律）。

另一类则是在"左"倾思潮允许或暂时允许的情况下，继承鲁迅的文化立场，曲折地表达知识分子对历史的独立认知和对现实生活的独特感受。这一类作品也可再分成两种，第一种展示了作者积极入世的态度，或为民请命，或与恶劣势力作顽强的斗争，小说《西门豹的遭遇》《海瑞之死》等可做代表；第二种则曲折地表达了知识分子在恶劣的文化环境中萌生退意的情愫，《陶渊明写〈挽歌〉》《广陵散》《杜子美还家》和《白发生黑丝》当为其中的佼佼者。

陈翔鹤、冯至、黄秋耘的小说表达了中国文人"独善其身"的情怀。他们笔下的陶渊明、嵇康、杜甫，作为特定时代的历史解读，有着丰富的现实意义。新中国成立后，日益恶化的文化生态环境，让这些作家不约而同地到古代文化名人身上去寻求共鸣。黄秋耘当年在评论《陶渊明写〈挽歌〉》时这样说："写历史小说，其窍门倒不在于征考文献，搜集资料，言必有据；他拘泥于史实，有时反而会将古人写得更死。更重要的是，作者要能够以今人的眼光，洞察古人的心灵，要能够跟所描写的对象'神交'，用句雅一点的话来说，也就是'心有灵犀一点通'罢。只有这样，才能真正体会到古人的情怀，揣摩到古人的心事，从而展示出古人的风貌，让古人有血有肉地再现在读者的面前。《陶渊明写〈挽歌〉》是做到了这一点的。"[1] 这不仅是黄秋耘对陈翔鹤历史小说创作的一种理解，也是作为一名历史小说家的黄秋耘的夫子自道。同为知识分子，同样处在一个日益恶化的文化生态环境中，那种中国文人身上常常会出现的洁身自好的内心倾向会不自觉地袭来，这是他们写作这类独白式作品的心理依据。这种"心有灵犀一点通"，不仅使他们能够成功地写活古人，也使他们成功地通过这类艺术形象曲折地表达了自己。

从知识分子的表达来看，十七年历史小说创作有它强烈的现实意

---

① 黄秋耘：《空谷足音——〈陶渊明写〈挽歌〉〉读后感》，《文艺报》1961 年第 12 期。

义。对于党内的"左"倾思潮及其带来的文化生态的恶化，知识分子并没有完全沉默，他们一直在用纸和笔作着抗争。即使如陈翔鹤、冯至、黄秋耘写的小说，表达的也并非全是"独善其身"。陶渊明弃官回家，还要褒贬慧远和尚和庐山法会，褒贬檀道济和颜延之之流；杜甫被逼离职探亲，还时时想起朝政；嵇康虽然回到了故乡山阳，远离京城洛阳，可他并没有真正跳出三界外，最后为了主持正义，不惜自投罗网，以身殉自己的信念。这些人物，说到底还是心系天下的。所以，从60年代这批作家采用历史小说的方法来曲折表达对现实社会的思考这一点上看，他们的确有着自己的特点，或可如陈顺馨所说，"显得老气或世故"。① 但从这些作品表达的内涵来看，其批判"左"倾思潮给新生的共和国带来的危害，抗争"左"倾思潮对知识分子的压迫，这样的寓意还是非常明显的。

但是，在充分肯定十七年历史小说的时代意义和思想价值的同时，我们必须指出，这一时期的历史小说也有着明显的时代局限。20世纪中国文学从30年代开始，随着国内政治斗争的日益激化，文学与现实政治的关系越来越紧密。这虽然是现实斗争的需要，但对于文学自身来说，受到的负面影响也是有目共睹的。主题的直白浅露，艺术形象的人性内涵不足，题材相对过于集中在社会政治领域，这几乎是左翼文学、解放区文学直至十七年文学的通病，十七年历史小说创作也没能逃脱这样的命运。

我们这样说，丝毫没有贬损十七年时期历史小说作家的意思。因为在那个主流意识形态越来越"左"倾、文化生态环境越来越恶化的年代，我们的作家们顶着压力，向读者奉献出这样的作品，生活在今天的我们，应该向他们致敬。而留给我们的思考是，社会应该如何来创造一个完美的文化生态环境，使我们的文学创作获得更好的发展。

---

① 陈顺馨：《1962：夹缝中的生存》，山东教育出版社2002年版，第33页。

## 三　新时期以来当代传统形态历史小说的成就与特征

1978 年的十一届三中全会和同年蓬勃开展起来的思想解放运动，标志着新时期的开端。与现实题材的大部分文学创作不同，当代传统形态历史小说的转型似乎要慢一拍。从 1976 年底开始，传统形态历史小说的出版数量明显增多，进入了新中国成立以来的创作活跃期，这个阶段以老作家姚雪垠的《李自成》第二卷问世作为重要标志。在百废待兴的新时期伊始，对文学作品的禁令还未完全解除，让很多人仍然无法读到被封禁的许多国内外文学作品，有的即使看到了，因为受十年极"左"思潮的影响，心理上有着强烈的抵触情绪而不愿阅读（刘心武《班主任》就反映了这样一种阅读现象）。而被毛泽东特批在"文化大革命"时期创作的这部历史小说，正好填补了这段空白，成了这个特殊历史时期广大读者追捧的对象。《李自成》一、二卷新书一到新华书店，立即被早已排着队等候的读者一抢而空。中央人民广播电台迅速播送这部小说，受到广大听众的热烈欢迎。《李自成》的轰动效应还鼓舞了很多作家参与传统形态历史小说的创作。在《李自成》第二卷问世后不久，《星星草》《陈胜》《风萧萧》《九月菊》《庚子风云》《义和拳》《神灯》《天国恨》《天国兴亡录》等一大批传统形态历史小说相继出版。这批小说的主题多数与《李自成》相似，表现和歌颂历史上的农民革命运动。从作品主题的角度看，作家们仍然延续了为政治服务的延安文学精神。

与十七年和"文化大革命"时期不同的是，在那个拨乱反正的年代，高层领导虽然同心一致地消除了"四人帮"的政治隐患，但面对未来，却发生了重大分裂。改革派与"凡是"派的斗争决定着中国往何处去。这段时期是中国文学自 20 世纪初在改良派发动的诗界革命和小说界革命中与政治结下同盟之后，或许是最后一次为政治"献身"。中国文学被压抑了十年之后，爆炸式地涌现出了大量作品，被称为"伤痕文学"和"反思文学"的文学思潮对"文化大革命"和十七年时期的极左政治路线展开了猛烈的攻击。一些标志性的当代历史事件，诸如"四五"运动、彭德怀反党集团案、反右扩大化等，都首先在文学作品中受到质疑以致重新评价，这些文学作品一发表立即得到了广大读者的强烈共鸣，文学在政治的拨乱反正中起到了排头兵的作用。

与现实题材的文学作品相比，历史文学相对较难介入当下政治，除非采用影射的手法。郭沫若式的影射历史文学，"文化大革命"结束后，在历史文学领域也曾出现过。最有代表性并得到了观众和评论家们一致好评的，就是陈白尘《大风歌》。这部话剧描写的虽然是西汉初年的事情，但当时的观众都很自然地把汉高祖、吕后、周勃、陈平等剧中人与现实生活对照起来看，得到的审美快感是超历史和超文学的。我这样说，并非指这部剧作本身在创作时，为了影射现实生活而如何改写了历史，正好相反，陈白尘写《大风歌》时态度很严谨，整个故事的框架基本按照历史记载构思，在剧中，汉高祖死后吕后统治了中国十五年，作家没有修改这段史实，让吕后像江青等人那样立即遭到逮捕。在尊重历史事实这一点上，《大风歌》与 1957 年许多写勾践复国的历史剧有天壤之别。这部话剧的最大优点，一是尊重基本史实，不胡编乱造，因而有较大的可信度；二是人物形象鲜明；三是结构宏大。还有一个值得一提的优点，就是在"文化大革命"后首次打破了描写帝王将相的文艺禁区，正面刻画吕后、周勃、陈平等历史上重要的政治人物（《李自成》虽然也写了崇祯皇帝，但是作为反面人物描写的）。这与极"左"思潮肆虐时不许以帝王将相、才子佳人为表现对象的清规戒律背道而驰，从一定意义上为后来以帝王将相、才子佳人为描写对象的文化历史小说打开了一个富有意义的缺口。虽然有上述优点，但是，在粉碎"四人帮"之后动手创作、不久就开始在京城公演的这部戏，话剧的内容和现实生活太相似，所以，这部剧作当年的轰动效应，较多的是来自它与现实生活的关联度，反而把《大风歌》的艺术内涵遮蔽了。

有意味的是，这个时期的传统形态历史小说居然没有一部与《大风歌》类似。除了任光椿《戊戌喋血记》在题材上跳出了农民起义和爱国主义的圈子，歌颂一直被极"左"思潮诟病的 19 世纪末的改良主义运动外，其余小说多数是《李自成》第一卷的翻版。当然，因为创作时间靠后，这些长篇小说对所刻画的农民起义领导人已经不像《李自成》第一卷那样具有较浓郁的神化倾向，但总体上作家们仍然认同毛泽东的农民起义动力说，对农民革命领袖敬仰有加，几乎没有作家敢于像鲁迅那样持俯视与批判的姿态检视农民革命领袖和农民革命运动的弱点。如凌力在反思《星星草》的创作时就说过："十年动乱中，我被捻军英雄们身处逆境而奋斗不止的精神所鼓舞所激励，写下了《星星草》；处于改革的八十年代，我被立志而又步履维艰的顺治皇帝的独特命运所吸引，被他那深拒固闭的传统意识压制不住的人性光华所感动，又写了《少年天子》。《星星草》的主人公们，是我精神上崇敬的英雄（着重号为笔者所加）；而《少年天子》中的福临、庄太后等人，像是我自认为深深同情和理解的朋友。"① 精神上崇敬，便不敢或不愿检视其不足，更不用说刚刚过去的那个历史时期，农民造反是不容人随意褒贬的禁区。

与影射型历史文学作品不同，这批传统形态历史小说大多把写作的重点放到了历史对象自身，让历史人物和历史事件鲜活地展现出来，作为今天人们行事做人的参照对象。如姚雪垠所说："研究李自成，主要是研究这次农民革命，研究其历史的成败规律……我写《李自成》的目的，不仅仅是反映历史事件和历史发展的规律，而且还要通过小说的艺术再现，让读者认识历史上的经验和教训，从而对人们认识重大事件时起积极作用。"② 凌力也说："从创作《星星草》到创作《少年天子》，我都力求深入历史而后跳出历史。不过，写《星星草》时，考虑得较多的是再现历史原貌，甚至是再现史实。捻军最后四年的战斗历程；大大小小的战役；忽东忽西的进军路线；捻、清双方调兵遣将等等，都比较严格地遵照史实去写。我觉得，非这样写不足以真实地反映那次气势磅礴、波涛壮阔的农民起义……《星星草》中也有虚构的情节和人物……虽是虚构，但也要达到言之有据的程度，心里才踏实。可见作者的立足点主要是在再现史实，解释史实。所以，《星星草》有历史感强的特点，却缺少

---

① 凌力：《从〈星星草〉到〈少年天子〉的创作反思》，《少年天子》，北京十月文艺出版社 1987 年版，第 696—697 页。

② 转引自于继增《毛泽东保护小说〈李自成〉》，《文史精华》2007 年第 10 期。

性格突出、血肉丰满、栩栩如生的艺术形象。"① 总体上给笔者的感觉是，当众多以现实为题材的文学作品都积极投身拨乱反正和思想解放的历史洪流时，长篇历史小说却仍然把注意力集中在农民革命运动题材上，思想解放运动和稍后的新启蒙思潮，并没有在这个文学体裁的创作中立即表现出来。造成这种现象的原因大约有这样几点：

第一，长篇小说的创作周期较长，尤其是长篇历史小说，需要在前期花费很多时间和精力搜集、阅读消化资料，因此，这一时间出版的长篇小说，几乎都是前一阶段的创作成果。

第二，作家们无意于用历史小说影射现实。姚海天在接受《哈尔滨日报》采访时说："……历史小说创作，要深入历史，跳出历史，我父亲生前最反对借古喻今，影射现实。"② 这样的说法基本符合姚雪垠的创作实际。虽然《李自成》前两部发表后，很多人认为高夫人太高，红娘子太红，主人公李自成更被刻画成近于中国共产党人的高大形象，这多少也有把这场农民运动当作现代革命来描写的倾向，但必须看到，这与当时的时代氛围和政治气氛有关，以姚雪垠当时的处境，换了任何人，也很难写出超越《李自成》的小说来。从姚雪垠创作时对史料的重视，以及创作中以史实为主、适当虚构的写作方法，都反映了作家尊重历史主体的严谨创作态度，与郁达夫、郭沫若式的历史小说创作相比，两者的差别很大。这一时期的绝大多数长篇历史小说，都以《李自成》为表率，所以，不以影射方式介入当下政治，就成了它们的共同特征。

这个阶段的传统形态历史小说创作，却给稍后的同一文类小说创作高潮的到来，奠定了扎实的基础。

首先，是对传统形态历史小说创作群体的培育。这个阶段的历史小说作家，除了像姚雪垠这样极个别的老作家外，多数都是新晋作家。其中像凌力，后来有长足的发展，成为后"文化大革命"时期传统形态历史小说创作的最优秀作家之一。

---

① 凌力：《从〈星星草〉到〈少年天子〉的创作反思》，《少年天子》，北京十月文艺出版社 1987 年版，第 698 页。

② 《专访姚雪垠之子姚海天　谈历史小说现状》，《哈尔滨日报》2009 年 4 月 30 日。

其次，是对创作氛围的营造。正如本书前面说到的，自新中国成立后，传统形态历史小说的创作受到"左"倾思潮种种清规戒律的压制，前30年这一体裁领域的创作几近空白。"文化大革命"的结束，尤其是思想解放运动促进了作家们的创作热情，不断公开发表和出版的传统形态历史小说又刺激着后来者大胆拿起笔来。如果说文学创作是一锅正在烧的热水，那么，开始发表的作品犹如渐渐趋温的水，它为后来的沸腾作了准备。

最后，是对创作观念的变革。当代传统形态历史小说的真正突破，是在1985年之后，但这个阶段文学创作观念有了一些明显的松动。比如对帝王将相的描写，已经不复有当年那样的禁令，作家们可以从人性的角度进行刻画。而前面提到的文学为政治的服务，也不再是新中国成立后30年那种急功近利式的服务，作家能够出自自己对某段历史的研究和认识，来结构情节，塑造人物。

80年代中期是中国当代文学的转折期，这个转折，既来自文学自身发展的需求，也来自整个社会的转型。当年为了动员尽可能多的民众参与民族的改良和国家的自强，梁启超提出了"小说界革命""诗界革命"和"文界革命"，特别是把向来被中国人看作下里巴人的小说提升到前所未有的高度，在中国文学史上具有革命意义。五四时期，陈独秀、胡适、李大钊、鲁迅等人对文学尤其是小说的推崇，除了西方文学观念的影响之外，和梁启超的影响有很大的关系。然而，改革家对文学的高度推崇，有利于文学的发展，也对文学产生了一定的负面影响。宏观地看，从"小说界革命"开始，中国文学就承担了过于繁重的政治改革的使命，文学的社会功用被日益强调，而原本很重要的美学价值和娱乐价值受到不应有的贬抑。在国家兴亡的关键时刻，文学做出这样的牺牲是应该的。然而，到了20世纪80年代，中华民族的生存危机已经基本解除，中国文学身上的沉重社会负担理应减少，如山东作家李贯通所说："小说曾被看重，影响到国家的兴亡。殊不知泰极否来，被看重时就隐含着被遗弃的命运……小说真的影响到国家的兴亡，是小说的不幸，是小说因国家兴亡而不幸失了艺术的贞操。小说与国同难。小说不过尔尔。民族危难之时，小说是可以'载道'的，呼吁与唤醒与针砭，与'引起疗救的注意'。当今，不是进入了政治稳定、经济腾飞的时代了吗？那么，小说理所应当地应该'守身如玉'了。绝对纯粹的玉是没有的，正如那个彼岸永不会到达。我们脚下是茫茫尘世，只能尽其所能，少沾染而已。"① 文学创作终于从这个时期开始，获得了较大的宽松与自由的社会环境。以汪曾祺《受戒》为标志，具有较强艺术色彩的文学作品越来越受到欢迎。文学作品社会内涵的重要性逐渐降低，而审美价值或娱乐价值越来越被看好，这标志着中国当代文学进入一个崭新的时代。当然，文学创作应该以多元的形态存在。从理性角度说，我们喜欢审美价值高的作品，但也不反对那些直面人生，甚至干预人生的文学作品。80 年代中国文学向审美和娱乐的倾斜，只是对以前的文学重心的纠偏。80 年代中期文学对政治的离心倾向，在整个社会的转型中悄悄进行。70 至 80 年代之交文学与政治之间的几次龃龉，只是加速了文学向本体的回归而已。寻根文学与先锋文学，是最早表现出逃离"文艺为政治服务"的窠臼，寻找文学的独立意义和审美价值的文学思潮。

传统形态历史小说创作也从 1985 年左右开始转型。这个转型的标志，首先表现在题材上。从延安时期开始，毛泽东就主张让工农兵占领文艺舞台，从为工农兵服务，到歌颂工农兵，以工农兵为文艺作品的主人公，成为此后数十年当代中国文艺的基本政策。如果说，《在延安文艺座谈会上的讲话》中提出的很多政策，带有明显的战时体制色彩，但要把工农兵树为文艺舞台上的主人公，则是毛泽东终生的理想。然而，任何事情都过犹不及。把写工农兵绝对化，排斥所有的非工农兵阶层，或者把非工农兵阶层只作为反面人物描写，这样的文学在中国当代持续了数十年。从现实题材的大写工农兵，现代史题材创作歌颂中国共产党和新民主主义革命，到古代史题材创作主要写农民起义，传统历史文学创作在题材上日益狭窄化，"文化大革命"把这样的倾向发展到了极点。直到 1985年，帝王将相和才子佳人才真正重新回到历史小说舞台上来。

转型还表现在文学主题上。作家们已经不再仅仅从阶级斗争的角度去认识历史，所以，这个时期出版的传统形态历史小说，几乎很少有表

---

① 李贯通：《创作谈》，《小说月报》1994 年第 2 期。

现阶级斗争主题的，多数作品转而表现人的现代化主题、社会改革主题、文化主题、权力叙事主题，等等。从总体上来看，传统形态历史小说在主题上比此前的创作要丰富得多。

这个时期出版的最有影响的传统形态历史小说，当数刘斯奋《白门柳》、凌力《少年天子》、徐兴业《金瓯缺》和二月河《康熙大帝》。在寻找文化之根和寻求文化自信上，历史小说有着相当重要的地位和责任。相对于寻根文学作家，历史小说家的知识储备重点在历史知识上。凡是传统形态历史小说，也许故事和人物可以适当虚构，但是，如凌力所说的历史感或历史氛围，则必须由相应的历史文化烘托构造。文化的定义很多，按照人类学的大文化概念，它包含四个层面，即物质文化、制度文化、人的行为方式和精神文化，而精神文化又包含了价值观念和意义体系。要写出历史中的人，不了解那段历史中的文化，是不可能做到的。所以，当代历史小说家，都在这方面做足了功课。如凌力不仅在"文化大革命"中搜集和研究了大量的清史资料，还因此在"文化大革命"结束后调入中国人民大学清史研究所。唐浩明毕业于华中师范大学中文系，获文学硕士学位，在创作《曾国藩》之前，已经完成了30册曾国藩全集的编纂工作，还发表了十几万研究曾国藩的学术论文。二月河虽然没有机会进大学求学，但开始创作历史小说前，他在《红楼梦》研究中已崭露头角，发表了好几篇学术论文，在这一过程中，他对清史特别是康雍乾三代已经非常熟悉。

文化热和寻根文学对当代历史小说创作的影响，最重要的是文学观念的变化。从文化的视角与从政治的视角看世界，是迥然不的同。从文化的角度看，历史已经不再只是阶级斗争史，帝王将相也不再只有反动派和人民的敌人这样一种政治属性。所以，凌力能从满族入关后统治阶级内部改革与保守的矛盾冲突中，表现作为帝王的少年顺治人性的一面。刘斯奋在明清交替之际的山崩海啸中，跳开农民起义军和明王朝的冲突，以及汉族和满族的民族矛盾，着眼于中国知识分子在这个历史关头的种种表现，浓墨重彩地表现民主主义思想的萌芽。禁区被打破，思想得解放，这正是传统形态历史小说创作的主题多元化的主要原因。这个时期的传统形态历史小说创作为90年代的进一步繁荣，打下了良好的基础。

　　中国当代文学在很长一段时间里，外部的约束主要来自主流意识形态。按照陈思和的观点，因为战争文化的延续，整个新中国成立后30年，文学创作都受到战争文化的影响。80年代整体上要宽松一点，但真正让中国文学从这样一种战争文化中解放出来的，却是突然被解禁的市场经济。在90年代之前，文学与政治只是一种两极关系，进入90年代后，市场成了第三极介入了这种关系中，对文学的生产和传播产生了巨大影响，权力、金钱（常与大众文化共谋）与知识分子精英，三种力量的矛盾与交融，令文坛充满了张力。陈思和称90年代的中国文学为"无名"时代，"当时代含有重大而统一的主题时，知识分子思考问题和探索问题的材料都来自时代的主题，个人的独立性被掩盖在时代主题之下"。这是所谓的"共名"时代，而"无名"时代是，"当时代进入比较稳定、开放、多元的社会时期，人们的精神生活日益丰富，那种重大而统一的时代主题往往就拢不住民族的精神走向，于是价值多元、共生共存的状态就会出现。文化工作和文学创造都反映了时代的一部分主题，却不能达到一种共名状态，我们把这样的状态称作'无名'。无名不是没有主题，而是有多种主题并存"①。多种题材、多种主题、多种价值观在文学创作中共存，这样的时代给作家带来了真正的解放："首先是作家个人对世界的知觉恢复了，他不再依靠某种时代共名的指导来认识生活，而是对生活保持了血肉相连的活力，作家所表现的，将是自己感情的自然流露和个人处境的写照。其次是人性的自由展现，也就是所谓进一步追求人性的解放，作家不再把自己雕塑成完美无瑕的道德形象，而是直接地以自身为剖析对象，表达了对精神快乐与物质享受的强烈欲望。"② 这样的描述基本是正确的，因为陈思和表达的，其实正是中国作家们主体意识的恢复。90年代的这种无名状态与20世纪中国文学前面几次的无名时代产生的原因有明显的区别。1911年至1917年的无名时代产生的原因是，清王朝垮台后，北洋政府并没有建立起真正强有力的中央政权，全

---

　　① 陈思和：《共名与无名》，《写在子夜》，上海人民出版社1996年版，第11页。
　　② 陈思和：《试论90年代文学的无名特征及其当代性》，《中国当代文学关键词十讲》，复旦大学出版社2002年版，第200页。

国处于半失控状态，特别是在文化上。1927 年至 1937 年的无名时代，也是因为国民党政府并未真正控制全国。军事上，不仅有共产党的红色割据，还有各地军阀的军事割据。文化上，以租界为主要活动场所的左翼文化非常活跃，北京等地的学院派文人（所谓京派）也没有被国民党政府所控制。所以，正是国民党中央政权的失控，造成了这个时期的无名状态。而 90 年代的"无名"，根本原因有三，一是主流意识形态的有意放松；二是市场经济的强势介入；三是知识分子主体意识的恢复。正是在这三种力的作用下，文化和文学上的"无名"状态就迅速形成了。

　　然而，无名并非无主题。就文学来说，多种主题的此起彼伏，在 90 年代仍然延续着。只不过，这些主题之间没有了原来那种宏大的背景，所以表现出多种热点并举、众声喧哗的特色。写作形式的多样，表达方式的多样，写作目的的多样，成为 90 年代文学的主要特征。传统形态历史小说的创作也如此，吴秀明曾经概括这个时期历史小说的几种形态或模式，即主旋律范畴的"革命纪实历史小说"、以阶级斗争和民族斗争为主旨的"政治历史小说"、取法西方异质文化的"现代主义历史小说"和"女性主义历史小说"、固守本土民族之根的"文化历史小说"、与新历史主义密切相关的"新历史小说"、模仿鲁迅《故事新编》的"新故事新编"、崇尚娱乐消遣的"游戏历史小说"。"需要特别强调的是，在上述诸种模式形态中，数量最多、影响最大并始终占据主导地位的，还是对本土民族和传统文化进行阐扬的这批作品。"① 笔者同意这样的结论。开始于前一个阶段的文化历史小说，在这个阶段有了更大的发展。在这个文学的无名时代，传统形态历史小说家仍然把目光投向文化层面。从时间的角度看，先秦时期和明清两朝似乎特别受小说家们的关注，前者以杨书案《孔子》《庄子》、韩静霆《孙武》等为代表，后者以凌力"百年辉煌"三部曲、唐浩明《曾国藩》、二月河"落霞系列"、熊召政《张居正》等为代表。先秦是中国文化的发生期，而明清两朝正逢封建时代的末期，一个亘古未有的大变革正在悄悄靠近。历史小说家把目光对准这两个时期，与文化寻根的基本思路是对接的。从表现层面看，帝王将相

---

① 参见吴秀明《长篇历史小说的文化阐释》，文化艺术出版社 2007 年版，第 23—25 页。

仍然是热点题材，主题却表现出较大差异。在文化寻根和文化重建的旗号下，90年代思想文化界的某些文化思潮在传统形态历史小说创作中有着一定程度的反映。90年代以来，传统形态历史小说的创作还呈现出这样一个特点：相对于现实题材小说创作中个人化写作蔚然成风，文学的宏大叙事受到多数作家的疏离乃至遗弃，在传统形态历史小说创作中，曲折反映和表达对国是关注的宏大叙事，反倒成了一种主流创作思潮，这形成了从80年代后半叶开始的文化历史小说的重要创作特色。

# 第二章

# 当代传统形态历史小说
# 创作与历史观

历史观与文学创作的关系密切，对于历史小说的创作来说，历史观尤其重要。本书虽然致力于从作家主体意识的角度研讨当代历史小说创作，但是，考察自古到今几种历史观的演变，对我们认识当代历史小说创作仍然极为重要。因为，历史观对历史小说创作的影响，需要通过作家主体来实现，作家自主认同和采用而非被迫接受某种历史观，正是主体意识的一种表征。

近年以来，已经有一些学者注意到了历史观与文学创作尤其是历史小说创作的关系，如刘俐俐《历史观：中国文学批评的重要视角与方法》、王晓文《当代历史小说中的历史观的流变》以及权绘锦的博士论文《转型与嬗变》的部分有关历史观的章节等。可以说，近代以来中国历史小说的发展与国人历史观的演变有极大的关系。

所谓历史观，是属于世界观的一部分，它是人们对社会历史的根本观点和总的看法。历史观包括这样三个方面：第一，社会存在和社会意识的关系问题；第二，历史发展的演变规律；第三，推动历史发展的动力。本章将围绕上述几个问题，对中国人近代以来的历史观演变及其对历史小说的创作展开讨论。

# 一　多种历史观的并存

社会存在和社会意识的关系问题是哲学的基本问题，它在历史观中也占有很重要的位置。所谓社会存在，是指社会物质生活条件，主要是指物质生活资料的生产及生产方式，核心是以工具变革为主要内容的人类物质实践，而社会意识是社会存在在社会精神领域中的反映，是精神现象的总和，包括社会的人的一切意识要素和观念形态。社会存在和社会意识两者间谁是第一性的问题，是唯物主义和唯心主义的分水岭。然而，考察五四以来中国思想界对这个问题的不同看法，特别是新中国成立以来的认识变化，可以看出这一问题的复杂性。在笔者看来，除了唯物主义中存在机械唯物论和庸俗唯物论之外，还因为，历史的发展常常以偶然的形态出现，而个人对历史的影响有时也会表现得非常巨大。这就很容易使社会存在对社会意识的决定性作用被遮蔽，这也是世界范围内唯心主义在历史观上常常沉渣泛起的主要原因。

就影响文学创作的角度看，近代以来，我国主要存在这样几种历史观。

## （一）历史循环论

中国的历史循环论在源头上有两种：一是孟子代表的一治一乱说。见于《孟子》"天下之生久矣，一治一乱""五百年必有王者兴"。二是邹衍五德终始论。[①] 现在看来，邹衍五德终始论把五行学说生硬地和历史发展规律联系起来，牵强附会的色彩太明显，而孟子的观点大致吻合辛亥革命前的中国社会历史。也就是说，中国封建社会的历史基本上表现为一乱一治的发展规律，而隔着几百年，就会出现一个杰出的领袖式人物，如秦皇、汉武、唐宗、宋祖、成吉思汗、康熙等人。当然，在漫长

---

① 参见杨翼骧讲授、姜胜利整理《中国史学史讲义》，天津古籍出版社 2006 年版。

的奴隶社会和封建社会里，随着社会生产力的逐步发展，中国社会其实不断发生着一些深层次的质的变化，比如宋元时期商业的发展和商业城市的发育，明清时期民主主义思想的萌芽，都证明着历史发展并非就是简单的治乱交替。由于中国社会的长期超稳定运行，这种一治一乱说对后来中国人的历史认知产生了深远影响。历史循环论在中国文学中的最典型表现，就是《三国演义》，小说开篇第一句所谓"天下大势，分久必合，合久必分"，分明是一治一乱说的另外一种表述。小说描写当时国内形势从东汉的治到汉末的乱，最后三国归晋，完成了一个循环，完整地体现了从治到乱再到治的全过程。循环史观表现出我们的祖先对历史发展规律的艰苦探寻，但从现代的眼光看，它只注意到历史发展的表象，并没有进入社会的更深层次探讨历史发展的规律，也没有解答历史发展的动力，其缺陷是很明显的。

## （二）进化史观

19 世纪末，进化论进入中国，打开了国人的视野。进化论是英国博物学家查理·达尔文开创的，他通过对自然界的大量研究，推翻了之前被基督教推崇的"特创论"和"物种不变论"，认为世界上的所有物种都存在着进化的现象。他的学说可以归纳为"物竞天择"和"适者生存"。进化论的创立，不仅把最后一门自然科学——生物学从神学的禁锢中解放出来，而且还给了人们一个启示，即自然界包括人类社会都处在一种进化的状态中，都是从低级向高级的进化。进化史观最早通过严复传入近代中国，对当时的知识分子影响很大，他把达尔文的学说翻译为《天演论》，特别强调人类社会"适者生存"的严酷性，以惊醒沉睡的国人，激发"保种强国"的意识。他在《天演论》的按语中指出，植物、动物中都不乏生存竞争、适者生存、不适者淘汰的例子，人类亦然。人类竞争其胜负不在人数之多寡，而在其种其力之强弱。面对列强四围的国际环境，中国人再不能夜郎自大，否则很有可能就会亡国灭种。周作人在回忆鲁迅的南京学堂生涯时说："那时中国也还没有专讲进化论的书，鲁迅只于课外买到一册严复译的《天演论》，才知道有什么'物竞天择'这些道理，与进化论初次发生了接触。不过那《天演论》原本只是赫胥黎的一篇论文，题名《进化与伦理》，后半便大讲其与哲学的关系，不能把进化论说得很清楚，在当时的作用是提出'优胜劣败'的原则来，给予国人以一个警告罢了。"① 进化论和进化史观能很快被当时的知识精英普遍接受，和列强环伺的国际环境和知识精英的报国热情有很大关系。进化史观的另一个重要作用，是打破了中国人的循环史观和祖先崇拜，人们不再把三皇五帝当作永世的楷模，而是接受了未来胜于过去的观念。康有为在领导戊戌变法时，还需要使用托古改制的方式，搬出孔子来为自己的改革主张撑腰，犹如马克思曾经指出过的世界历史中的这样一种现象："一切已死的先辈们的传统，像梦魇一样纠缠着活人的头脑。当人们好像只是在忙于改造自己和周围的事物并创造前所未闻的事物时，恰好在这种革命危机时代，他们战战兢兢地请出亡灵来给他们以帮助，借用它们的名字、战斗口号和衣服，以便穿着这种久受崇敬的服装，用这种借来的语言，演出世界历史的新场面。"② 但是有意义的是，在辛亥革命之后，这样的现象很少在中国重现，人们仿佛一下子对"古"失去了兴趣，甚至以"古"为耻。究其原因，主要是激进主义主宰了中国的主流思潮，而进化史观在其中也起了十分重要的作用。从孙中山领导的民主革命开始，几乎所有的革命和改良都面向未来，不再拿古人说事。这从一个侧面证明了进化史观已经被中国民众尤其是知识界普遍接受。虽然在西方，从进化论发展出来的社会达尔文主义成了帝国主义弱肉强食的理论依据，但就中国而言，进化论和进化史观的进步作用十分突出。在文学创作上，从梁启超《新中国未来记》到鲁迅《狂人日记》，都透出作者们坚信未来一定胜于过去的理念。前期的鲁迅是进化史观的信仰者，对未来一直充满着乐观的期待，他曾经这样说过："先觉的人，历来总被阴险的小人昏庸的群众迫压排挤倾陷放逐杀戮。中国又格外凶。然而酋长终于改了君主。君主终于预备立宪，预备立宪又终于变了共和了。喜

---

① 周作人:《关于鲁迅·鲁迅与中学知识》，新疆人民出版社1997年版，第434页。
② 马克思:《路易·波拿巴的雾月十八日》，《马克思恩格斯选集》第一卷，人民出版社1972年版，第3页。

欢暗夜的妖怪多，虽然能教暂时黯淡一点，光明却总要来。有如天亮，遮掩不住。想遮掩白费气力的。"① 可以看出，鲁迅对未来的想象虽然朦胧，但总体表现出乐观的倾向，这可以代表五四时期多数激进知识分子的思想状态。

从新文化运动的整体思想文化现状来考察，当时的进化史观还与欧美先进说紧密联系在一起。自鸦片战争以来，西方列强的军舰大炮让中国人认识到中国的贫弱，中国人从对"蛮夷"的无知鄙视转而变为极度崇拜，进化论和进化史观被知识精英普遍接受，显然和这样的历史背景有关。落后与中国传统文化相联系，先进与欧美文化相联系，现代化就是西方化，这也成了很多中国知识精英的共识。批判传统文化和信奉进化史观并行不悖，仿佛是一个硬币的两面一样天经地义。鲁迅《补天》《奔月》《铸剑》，鲜明地体现了进化史观在中国现代历史小说创作中的影响。批判中国传统文化，对中国文化和中国历史进行整体解剖，可以看作《故事新编》这部中国现代文学史上最杰出历史小说集的总主题。在鲁迅之后，还有被王富仁、柳凤久称为个人道德表现型的郁达夫《采石矶》和郭沫若《漆园吏游梁》《柱下史人关》，以及冯至《仲尼之将丧》、废名《石勒的杀人》等历史小说，它们共同构成了这个时期历史小说创作的风貌，"都表现着对固有历史记述的超越态度，他们都不那么迷信历史和历史人物，都把历史和历史人物当作过去时代的现实人物来理解、来把握、来描写、来表现；在历史与现实的关系上，他们都更重视历史小说的现实主义，不是为写历史而写历史，不是为了显示自己的历史知识的广博和学问的宏富"② 。而新的历史观对他们创作的影响，也是十分明显的。

从本质上说，循环史观和进化史观都属于唯心史观的范畴。它们虽然抓住了历史发展的一些重要现象并给予了解答，但无法科学回答人类历史发展的根本动力和发展方向。所以，在马克思主义进入中国，并日

---

① 鲁迅：《集外集拾遗补编·寸铁》，《鲁迅全集》第 8 卷，人民文学出版社 1981 年版，第 89—90 页。

② 王富仁、柳凤久：《中国现代历史小说论（一）》，《鲁迅研究月刊》1998 年第 3 期，第 22 页。

益扩大其影响的 20 世纪 20 年代之后，循环史观和进化史观被中国的激进知识分子抛弃，似乎是一个很自然的结果。

## （三）唯物史观

唯物史观又可称为历史唯物主义，它取代进化史观被中国主流知识分子接受，是在 1927 年之后。唯物史观创造性地把辩证唯物主义用到了历史观上，同时使用了经济学的方法，比较科学地描述了这一进化的相关原理。唯物史观一词最早来自恩格斯在《反杜林论》的序言中所说的："马克思和我，可以说是把自觉的辩证法从德国唯心主义哲学中拯救出来并用于唯物主义的自然观和历史观的唯一的人。"[①] 但是，唯物史观萌芽于马克思 1845 年春天写下的《关于费尔巴哈的提纲》，恩格斯评价说，这个提纲是包含着新世界观的天才萌芽的第一个文件，是历史唯物主义的起源。[②] 在其后不久，马克思、恩格斯合作撰写的一部巨著——《德意志意识形态》中，他俩第一次完整地对唯物史观作了表述。1859 年在《政治经济学批判》序言中，马克思对唯物史观作了如下经典表述："人们在自己生活的社会生产中发生一定的、必然的、不以他们的意志为转移的关系，即同他们的物质生产力的一定发展阶段相适合的生产关系。这些生产关系的总和构成社会的经济结构，即有法律的和政治的上层建筑竖立其上并有一定的社会意识形式与之相适应的现实基础。""社会的物质生产力发展到一定阶段，便同它们一直在其中活动的现存生产关系或财产关系（这只是生产关系的法律用语）发生矛盾。于是这些关系便由生产力的发展形式变成生产力的桎梏。那时社会革命的时代就到来了。随着经济基础的变更，全部庞大的上层建筑也或慢或快地发生变革。"[③] 对唯物史观的基本内容及其在人类认识史上的伟大意义，恩格斯作了这样的揭示："正像达尔文发现有机界的发展规律一样，马克思发现了人类

---

① 《马克思恩格斯选集》第三卷，人民出版社 1972 年版，第 349 页。
② 《马克思恩格斯选集》第四卷，人民出版社 1972 年版，第 213、721 页。
③ 《马克思恩格斯选集》第二卷，人民出版社 1972 年版，第 82 页。

历史的发展规律，即历来为繁茂芜杂的意识形态所掩盖着的一个简单事实：人们首先必须吃、喝、住、穿，然后才能从事政治、科学、艺术、宗教等；所以，直接的物质的生活资料的生产，因而一个民族或一个时代的一定的经济发展阶段，便构成为基础，人们的国家制度、法的观点、艺术以至宗教观念，就是从这个基础上发展起来的，因而，也必须由这个基础来解释，而不是像过去那样做得相反。"① 这是人类第一次科学地阐释历史发展的内在规律，相对于中国古代的循环史观和西方的进化史观，唯物史观的理论更完整，论证更严密。当然，唯物史观和进化史观也有相同之处，那就是它们都乐观地看待这个世界，都认为未来胜于过去。认为人类社会处在一种进化的状态中，是从低级向高级进化。

鲁迅在国民党改动"四·一二"政变后，所信奉的进化史观就在他的心里轰然倒塌，他在《答有恒先生》中说："我至今为止，时时有一种乐观，以为压迫、杀戮青年的，大概是老人。这种老人渐渐死去，中国总可比较地有生气。现在我知道不然了，杀戮青年的，似乎倒大概是青年，而且对于别个的不能再造的生命和青春，更无顾惜……血的游戏已经开头，而角色又是青年，并且有得意之色。我现在已经看不见这出戏的收场。"② 鲁迅代表了很大一批先进知识分子的迷茫心情，马克思主义的唯物史观和阶级斗争学说，却能有效地解释当时的社会现象，所以，1927 年后，大部分激进知识分子都转而信奉唯物史观。

唯物史观在中国的传播，最早可以追溯到新文化运动时期。不仅如陈独秀、李大钊这样的左翼知识分子热衷于介绍唯物史观，国民党的一些思想家如戴季陶、胡汉民等人也写文章进行介绍。30 年代之后，以郭沫若为代表的新史学家，用历史唯物主义的观点解释历史，特别强调正确评价人民群众创造历史的伟大作用。在学术界，唯心史观与唯物史观展开了激烈斗争。斗争的焦点，集中在如何评价中国历史上的农民起义。这样的学术争论有其现实政治背景，因为任何对历史上农民起义的否定，

---

① 《马克思恩格斯选集》第三卷，人民出版社 1972 年版，第 574 页。

② 鲁迅：《而已集·答有恒先生》，《鲁迅全集》第 3 卷，人民文学出版社 1981 年版，第453—454 页。

其矛头实质上都针对着中国共产党领导的农村武装斗争。这就是为何在40年代中期，郭沫若研究明末历史的一篇学术论文《甲申三百年祭》，会在全国引起如此大的不同凡响的主要原因。

## （四）文化形态史观

文化形态史观由德国斯宾格勒创立，英国汤因比给予创造性的发展。"文化形态史观又称历史形态学（Morphology of History）或文化形态学。它实际上是把文化（或文明）作为一种具有高度自律性的、同时具有生、长、盛、衰等发展阶段的有机体，并试图通过比较各个文化的兴衰过程，揭示其不同的特点，以分析、解释人类历史的发展进程。"① 这两位西方史学家提出这一崭新的史学思想，有一定的社会背景。资本主义进入帝国主义阶段后，特别是第一次世界大战的爆发，让很多有识之士对资本主义社会产生了怀疑和动摇。斯宾格勒首创这一新的史学观念，其动机不乏对西方史学界长期持有的西方中心论的否定，以及对西方文明的质疑。汤因比虽然比斯宾格勒乐观，并不认为西方文化即将衰落，但仍然否定了西方中心论和西方优越论，这自有其革命性的意义。然而，他们虽然认为各个文明体都要经历起源、生长、衰落和解体的四个连续发展阶段，但并没有能够回答促成文明体如此发展变化的根本动力。所以，汤因比认为西方文明能够吸取以往文明的教训而逃脱灭亡的厄运，但他只能把这样的美好愿望寄托在"我们身上"的"创造性的神火"上。②

文化形态史观最早在20世纪20年代被介绍到中国，在当时的影响并不大。40年代初，"战国策"派的一些学人重新引入这一历史观，著书立说，以解释历史与现实。③ 但是，因为此后政治格局的变迁，以及马克思主义的史学观一统天下，文化形态史观很快就在国内销声匿迹。80年代

---

① 张广智：《西方文化形态史观的中国回应》，《复旦大学学报》（社会科学版）2004年第1期，第30页。

② ［英］汤因比：《历史研究》（中），曹未风等译，上海人民出版社1962年版，第15页。

③ 详见张广智《西方文化形态史观的中国回应》，《复旦大学学报》（社会科学版）2004年第1期；张和声《文化形态史观与战国策派的史学》，《史林》1992年第2期。

以来，随着新保守主义思潮的崛起，文化形态史观又一次引起国人的注意。与文化形态史观首创者借文化生态模型的揭示向人们显示一种等价性、共时性与多样性的世界文化发展的规律从而打破西方中心论的陈旧观念不同，作为一种历史观，文化形态史观并没有被广泛认可，即使在史学界也如此。因此，在我国当代历史小说创作中，它并没有也不可能完全取代唯物史观而影响作家们对历史的认识。特别是30年代至50年代出生的几代中国大陆作家，唯物史观几乎是根深蒂固地印在脑海中，轻易不会抛弃。文化形态史观的影响，或许让中国作家对本民族的历史和文化有了比五四时期更强的自信心，但这仍然不会动摇他们心中未来胜于过去，历史是发展的，而发展的动力乃是基于生产力的发展这样一些基本的理论信仰。

从历史小说创作的实践来讲，我们也不能因为20世纪最后20年传统形态历史小说塑造的主要人物从农民起义领袖变为与古代历史小说一样的帝王将相，就断定是文化史观的影响造成的结果。因为这一时期的传统形态历史小说，并非都只是对中国文化和代表这种文化的帝王将相、才子佳人持一味赞许姿态。比如凌力《倾国倾城》，正是在对以徐光启的得意门生孙元化为代表的正直官吏与整个腐败的明王朝的矛盾冲突中，写出了明朝亡国的深层次原因。在她的"百年辉煌"三部曲中，作家透过徐光启、孙元化、顺治、康熙等人对西方文化和科技的喜爱和接受，通过西洋大炮和西洋历法的成功，肯定和赞扬了西方近代文化的先进性以及国内有识之士对外开放的立场，批判了守旧势力的愚昧。刘斯奋《白门柳》更是"通过描写明末清初著名思想家黄宗羲以及其他具有变革色彩的士大夫知识分子，在'天崩地解'式的社会巨变中所走过的坎坷曲折道路，来揭示我国十七世纪早期民主思想产生的社会历史根源"①。作家对以黄宗羲为代表的进步知识分子是肯定的，但小说还有很大篇幅对复社中的钱谦益、冒辟疆等人作了中肯的批评，而如马士英、阮大铖等士林败类，小说的批判锋芒更是尖锐泼辣。熊召政《张居正》也并非一部对传统文化的颂扬之作，作家以现代人的眼光，冷静地解剖历史，

---

① 刘斯奋：《〈白门柳〉的追述及其他》，《文学评论》1994年第6期，第26页。

总结历史经验，以利于我们今天更好地选择国策，推动改革的深化。作家多次明确表示他的小说创作是在对历史上的改革家的描述中，为我们当前的改革寻求借鉴。在他们的作品中，并无对传统文化无原则的歌功颂德，而是有褒有贬，其文化立场是现代性的。

常常被人说成是"文化历史观"的代表作家，是二月河、唐浩明、杨书案和韩静霆等人。许多评论文章批评二月河的"落霞"系列三部曲过于张扬古代中国的权谋文化，也有学者为之辩护，说是"弘扬'优根性'"①。但这部小说虽然颇多对清朝皇帝的溢美之词，表现封建王朝的权谋文化，以满足大众对了解这类故事的需求外，还表现以清初统治阶级内部改革与保守的争斗，来表达作家对现实改革与治理的认识。唐浩明的"近代枢纽性人物"系列《曾国藩》《旷代逸才——杨度》《张之洞》，在重现近代史的过程中弘扬传统文化的魅力，但作家对塑造的主要人物并非一味颂扬，比如对曾国藩的心理刻画时，不时写出其心理中的阴暗灰色层面。相对来说，杨书案的"中华文化渊源"三部曲《炎黄》《老子》《孔子》，韩静霆《孙武》等称得上是正面肯定传统文化且写得比较成功的历史小说。这几位作家明显受到以新儒家为代表的文化保守主义思潮影响，在阐发中国传统文化上，取得了一定的成就。然而，对中国传统文化的优点进行挖掘弘扬，是否就能证明这些作家的历史观就是文化形态史观呢？

笔者认为，如果把文化历史观当成新时期以来历史小说创作中的主要历史观，这是一个明显的错觉。造成这种错觉的重要原因，和长篇历史小说受欢迎的社会文化背景非常相似。造成长篇历史小说受欢迎的重要原因，一是它的可读性，二是它的文化性。如有的学者指出的那样："奔忙于文化失范状态的人们其实更渴望获得一种深层的精神依托来安身立命。这种精神依托期待并不表现为对话语权威、价值权威的寻求，而是体现为对有着多向启发性的'经典'生活图景和生存样式的关注。中国的传统文化从理性层面已被摒出社会生活的主流，但在民族集体无意识中的积淀异常地深厚稳固……目前的历史小说以载于史籍的'民族经

---

① 刘俐俐：《隐秘的历史河流》，天津人民出版社 2002 年版，第 16 页。

典’型的生活图景和历史人物作为表现对象，读者当然易于产生‘经典’感、信赖感，愿以它为参照系来思索今天、为依托物寻找安身立命之所。而无论表述的优劣，历史小说总给人一种文化蕴含其中的幻觉，也就总能获得广大的阅读面。"① 另一位学者的观点也相似，当二月河、唐浩明、杨书案和韩静霆等当代作家创作时，他们"眼中看到的是传统生活氛围和生产方式中人的心理活动，以及这个正日渐消逝的世界所散发出来的迷人光彩，他们的书写中蕴含着对民族文化的无限眷恋和回眸"②。读者从历史小说中感受到的正是这样一种文化幻觉，而我们的一些学者也从历史小说的题材、人物和文化氛围以及作品的艺术样式中得到错觉，以为这就是对传统文化的弘扬了，并以文化历史观命名之。

实际上，正如我们前面所说，20 世纪最后 20 年的中国历史小说家的思想文化立场并非那么单一，由于思想的解放和多元文化的发展，作家们的历史观也趋向多元，而这种文化背景，又恰恰是这一时期的历史小说得以繁荣的重要原因之一。

## 二 历史现象与历史本质

历史发展是无序的、随机的，还是有着内在的规律性，这是历史观中一个很重要的问题。对这个问题的不同回答，可以基本上分为决定论和非决定论两类，决定论者认为历史发展是有规律可循的，在无序的历史表象后面，存在着历史发展的基本规律，而非决定论者否定历史发展具有规律性，他们强调历史表象的无序性和偶然性。人类早期的非决定论，是把历史的发展与神联系起来，认为历史是神的意志的表现，特别是当历史的发展完全出乎人们意料时，用神的意志来解释，似乎就是最简单的事。现代的非决定论，主要存在于分析的历史哲学思潮中。"分析

---

① 刘起林：《长篇历史小说热：转型期的尴尬与辉煌》，《理论与创作》1996 年第 6 期，第 9 页。

② 刘俐俐：《历史观：中国文学批评的重要视角与方法》，《天津社会科学》2003 年第 4 期，第 113 页。

派的历史哲学家们肯定了在人类历史的锁链中，人类主观的意图和努力乃是其中最本质的一环，所以不少分析派的历史哲学家就由此径直走向了根本就不承认历史有客观规律的地步，从而也就不承认历史的发展和演变是可以预见的。"① 这其实是把历史发展的偶然性加以无限扩大，用偶然性否定必然性。

决定论在人类的早期已经出现，中国古代就有许多哲人在思考与寻找历史发展的规律。"司马迁写《史记》的一个重要目的，就是要考察历史上的'成败兴衰之理'，因而重视对'事势'的分析。后来，杜佑讲'事理'，柳宗元讲'势'，直到王夫之提出'顺必然之势者，理也'，都反映了古人从历史中认识事物发展趋势的进程。"② 历史循环论可算是我国古代几乎公认的一种历史决定论，孟子在中国文明史的草创期就提出"五百年必有王者兴"的观点，这不仅是对此前中国历史的总结，也被孟子之后的中国封建社会历史所反复证明。西方的决定论主要存在于思辨的历史哲学中，思辨历史哲学内部对规律的不同认识，又可以分成社会形态决定论历史观和文化决定论历史观。③

"社会形态决定论历史观认为，全人类各民族都注定要遵循'普遍规律'，也就预示着各民族都要经历奴隶社会、封建社会、资本主义社会等阶段，不过是先后而已。"④ 社会形态决定论实际上主要就是唯物主义历史观，因为唯物主义历史观认为生产力决定生产关系，经济基础决定上层建筑，历史的发展有其内在的规律可循。马克思主义经典作家描绘的人类历史从原始社会向奴隶社会、封建社会、资本主义社会、社会主义社会和共产主义社会不断演进的全貌，就是根据人类的社会生产力不断发展的基本前提得出的结论。文化决定论则是我们前一节提到的文化形态史观。它也同样认为历史发展是有规律可循的，但这个规律不是建筑

---

① 见张文杰《历史哲学综论》，《新华文摘》1999 年第 5 期，第 79 页。

② 瞿林东：《历史与认识》，《中国史学散论》，湖南教育出版社 1992 年版，第 332 页。

③ 参见刘俐俐《历史观：中国文学批评的重要视角与方法》，《天津社会科学》2003 年第 4 期。

④ 刘俐俐：《历史观：中国文学批评的重要视角与方法》，《天津社会科学》2003 年第 4 期，第 110 页。

在生产力发展的基石上，而是建筑在各区域文化的基础上，也就是说，各民族文化是决定本民族历史发展的主要因素。因而，全世界各民族的历史发展没有共通性，历史的发展决定于各民族文化的差异性。

决定论和非决定论的分歧之所以至今存在，与人类历史从短期看似乎无序，但在较长的历史阶段中又似乎有某种规律性存在，历史的表面杂乱无章，充满着偶然性，但在深层有着某种必然性可寻这样一种情况有关。如果只看到历史的无序与偶然性，就会得出历史并无规律的结论，反之，如果承认在这种偶然性后面存在着必然性，就会得出历史发展有规律的结论。例如，中国五千年文明史，一直处于治乱变化中，孟子敏锐地抓住这种治乱兴衰的变化周期，用盛极必衰、衰极必盛的辩证思想来考察这样的历史变化，得出五百年的约数，认为当社会衰退到一定程度，必然会出现一个强者来拨乱反正，把社会导向新的盛世。纵观整个中国封建社会，正是这样一个治乱交替的历史过程。然而，在历史的进展中，究竟由谁来充当这个英雄，却是无规律的，偶然性很强。在乱世中能够揭竿而起，一呼百应，并最终能逐鹿中原，问鼎九州，此人的内在条件肯定要符合政治强势人物的要求。除此之外，外部条件和机遇也很重要。中国古代小说中常常出现这样一句话："龙困浅滩遭虾戏，虎落平川被犬欺。"其含义是，在政治决斗场上，如果没有好的外部条件，即使龙虎之辈，也无能为力。其次是机遇，机遇是一个更虚无缥缈的概念，它似乎更具有时间性，因而，这使政治上的成功概率更充满了偶然性。我们看到，在封建社会英雄们的奋斗过程中，都有出生入死、多次失败的经历，而这样的危险境地，只要有一次没法脱离，他的英雄梦就结束了。所以，决定论者既重视历史的偶然性，也重视历史的必然性。恰如刘长林所说："历史是决定的，又是非决定的。就其受一定规律的支配而言，是决定的；就其永远拥有多种可能性可供选择而言，又是非决定的。"①

其实，马克思主义创始人不仅重视必然性，也很重视偶然性。马克思在 1871 年 4 月 17 日写给路·库格曼的信中就说过："如果偶然性不起

————————

① 刘长林：《从历史的"惟一性"中走出来》，《新华文摘》1999 年第 5 期。

任何作用的话，那么世界历史就会带有非常神秘的性质。这些偶然性本身自然纳入总的发展过程中，并且为其他偶然性所补偿。但是，发展的加速和延缓，在很大程度上是取决于这些'偶然性'的，其中也包括一开始就站在运动最前面的那些人物的性格这样一种'情况'。"① 在人类历史中，虽然偶然性的作用比较大，但这丝毫不能掩盖偶然性之下的必然性，所以，恩格斯特别指出："但是，不管这个差别对历史研究，尤其是对个别时代和个别事变的历史研究如何重要，它丝毫不能改变这样一个事实：历史进程是受内在的一般规律支配的。即使在这一领域内，尽管各个人都有自觉期望的目的，在表面上，总的说来好像也是偶然性在支配着。人们所期望的东西很少如愿以偿，许多预期的目的在大多数场合都彼此冲突，互相矛盾，或者是这些目的本身一开始就是实现不了的，或者是缺乏实现的手段的。这样，无数的个别愿望和个别行动的冲突，在历史领域内造成了一种同没有意识的自然界中占统治地位的状况完全相似的状况。行动的目的是预期的，但是行动实际产生的结果并不是预期的，或者这种结果起初似乎还和预期的目的相符合，而到了最后完全不是预期的结果。这样，历史事件似乎总的说来同样是由偶然性支配着的。但是，在表面上是偶然性在起作用的地方，这种偶然性始终是受内部的隐藏着的规律支配的，而问题只是在于发现这些规律。"② 马克思、恩格斯在承认历史偶然性的同时，仍然坚持偶然性中隐藏着必然性，这是因为，他俩坚信历史发展具有内在的规律。

与社会决定论者不同，文化决定论者坚信历史的发展建筑于每个文明自身的基础上。汤因比《历史研究》把全世界的文明分成 30 余个文明区，③ 这些文明都有自己的发展规律，虽然文明之间也存在着相互的影响关系，但最终的发展还是依赖于该文明自身。

中国人借文化形态史观阐释历史，更多是为了重振国人的文化自信。例如，金庸就曾经这样说过：

---

① 见《马克思恩格斯选集》第四卷，人民出版社 1972 年版，第 393 页。

② 同上书，第 243 页。

③ 参见［英］汤因比《历史研究》中译本第一部第 9 章，刘北成、郭小凌译，上海人民出版社 2000 年版。

　　我对历史倒是有点兴趣。今天我想简单地讲一个问题，就是中华民族如此长期地、不断地发展壮大，到底有何道理，有哪些规律？这几年我常在英国牛津大学，对英国文学、英国历史和中国历史很有兴趣。大家都知道，英国对二十世纪影响最大的一位历史学家名叫汤因比，他写了一部很长很长的《历史研究》。他在这部书中分析了很多世界上的文明，说明世界上的很多文明都在历史进程中衰退或消亡了，直到现在仍真正兴旺发达的文明只有两个，一个是西方的欧美文明，一个是东方的中国文明。而中国文明历史悠久且连续不断，则又是世界唯一的。虽然古代有的文明历史比中国早，有的文明范围比中国大，如巴比伦的文明、埃及的文明、希腊罗马的文明，但这些文明却因遇到外力的打击，或者自己腐化而逐渐衰退、消亡了。他说：一种文明总会遇到外来的挑战，如果该文明能很好地应付这个挑战，就能继续发展；如果不能很好地应付挑战，就会衰退，甚至消亡。

　　……

　　纵观中国历史，大概可以看到这样一个规律，我们的民族先是统一强盛，后来慢慢腐化，组织力量衰退。此时如果出现一些改革，那么就会中兴。如果改革失败了，或者自己腐化了，那么外族敌人就会入侵。在外族入侵的时候，我们民族有个很特殊的现象，就是外族的入侵常常是我们民族的转机。以上所讲的我们民族七次大的危机，又都是七次大的转机。历史上常常是外族人来了之后，我们华夏民族就跟它同化、融合，一旦同化、融合了，我们华夏民族就壮大起来，统一起来。之后可能又腐化了，衰退了，或者分裂了，外族人来了，我们民族再融合，又壮大，如此循环往复。其他国家民族遇到外族入侵，要么打赢，要是打不赢，这个国家或民族就会垮台。我们中华民族遇到外族入侵时，常常能把外族打退，打不退的情况也很多，但却很难被征服。这是因为一方面我们有一股韧力，一股很顽强的抵抗力量；另一方面我们又很开放，在文化上同它们融合在一起，经过一段时间，大家变成一个民族，我们的民族从此又壮大起来。①

金庸借用汤因比的文化形态史观阐释中国历史，强调的是中国文化善于应对外来文化的入侵，"能很好地应付这个挑战"。在他的论述中，仍然可以看到循环史观的影响，但文化形态史观的文明有机体自足性和世界多种文明发展的相对独立性观念也很明显。而隐藏在这种民族文化自信心后面的，就是坚信历史发展的规律性。

不过，金庸并没有说清楚中国文化的内在规律是什么，发展的动力又是什么。其实，这恰恰是文化形态决定论的缺陷，正如刘俐俐所说："文化形态决定论强调的是诸如'中国文化'、'印度文化'、'西方文化'这样的在一个文化体系中一脉相承的文化，人无我有的民族性和古今一脉的相承性是文化形态论者心目中'文化'的两大要素。文化决定论在逻辑上是不可证明的，在经验上也面临着挑战，但却具有价值论的基础，那就是，能解决人们价值判断的困惑，在文化依托中给予人们以安慰。"②文化形态史观没能说明历史发展的动力问题，也没有正面回答社会存在和社会意识的关系问题。所以，作为一种历史观，的确在逻辑上不可证明。然而，它向此前的单线发展历史观发出了有力挑战，也不把一种文明的历史发展规律当作所有文明的普遍规律，这可说是历史学上的革命性变革。

相信历史有规律还是无规律，对历史小说创作的影响很大。同样，相信历史发展遵循了什么样的规律，也会使历史小说呈现出不一样的景观。我们在中国古代历史小说中，很少感受到对未来的那种绝对无疑的信任和向往，这当然和中国文化本质上的崇古有关。战国时期的哲人们，几乎清一色地把上古时代看作人类最理想的时代，整个封建时期的知识分子基本上也持这样的立场。同样，历史循环论对历史小说家们的影响也非常强烈。他们往往在小说中表达对治世的向往和对乱世的厌憎。例如，一部《三国演义》，讲述的就是东汉末年的乱世到三国归晋的逐步统

---

① 见《金庸在北大的演讲》，香港《明报月刊》1994 年 12 月号。

② 刘俐俐：《历史观：中国文学批评的重要视角与方法》，《天津社会科学》2003 年第 4 期，第 111 页。

一过程。小说有个非常鲜明的立场，就是拥刘反曹，这一立场的由来很复杂，既有以皇室血缘为正统的观念影响，也反映了百姓渴望仁政、渴望和平安定生活的理想。而三国归晋，虽然没有达到作者心目中以蜀汉统一全国的理想，但小说开头和结尾都讲到的"天下大势，合久必分，分久必合"的名言，透露出对天下一统的向往。至于五四以后的现代历史小说，则更多地反映了现代中国人批判过去、崇信未来的进化论历史观，进入 30 年代后，随着国共两党斗争的激烈化，唯物史观取代进化史观，特别是唯物史观中强调阶级斗争的内涵受到国人的重视，表现历史上阶级斗争内容的历史小说一时成了热门题材。上述这些历史小说，基本上都反映了作者对历史有规律发展的认知。

20 世纪 80 年代末以来，受西方新思潮的影响，中国文坛兴起了新历史小说创作。与传统形态历史小说不同的是，新历史小说强调历史的偶然性，这成了这些小说的重要主题之一。格非的成名作《迷舟》，就是讲述一个完全受偶然性支配的历史小故事。主人公萧是北伐战争时孙传芳部队的一个旅长，受师部派遣，前往小村侦察。但因为旧时恋人杏的出现，让他陷入狂热的情爱中。杏的丈夫三顺因此而阉割了杏，并把她退回到娘家去。本该回自己军队交差的萧，突然想去榆关看望情人。虽然被三顺带了人截杀，但到底死里逃生，还是去了榆关。但是，当他顺利回到小村，却被自己的警卫员当作向敌人提供情报的间谍而遭枪杀。其实，这是一个情节经不住仔细推敲的故事。让一个旅长带一个警卫员去侦察，即使侦察目的地是旅长的家乡，也不合情理。而该警卫员受师长委派而监视旅长，并最终把旅长打死，情节更是诡异。格非创作这部小说，主要是想表达对历史和命运的思考，包括偶然性对历史进程的影响力。一个本来具有宏大叙事潜力的故事，就因为极偶然的因素，结尾如此出人意料。同为先锋小说家的王彪对这部小说评论说："在这篇小说里，萧的命运的不确定，或许表达了作者格非的某种历史观念：历史是由偶然的许多不期而至的巧合组成，这些巧合常常改变人的生活道路，因此人的命运恍惚不定，充满非理性的外来异己力量，谁也无法把握。""表面看，《迷舟》写的是命运中'偶然'、'巧合'对人的决定性意义。萧的悲剧无疑来源于一系列的人与事，他完全被偶然降临的命运捉弄了。

但同时，格非在写萧的一切时，又明白地点出萧的命运的隐喻意向：即个人历史乃至这场北伐战争历史，甚至社会与人类历史的共同命题——历史相对于许多必然因素，它其间真正起作用而改变历史面貌的，可能倒是无法把握、突然而至的'偶然'因子。"① 除了强调偶然性在历史中的重大意义，新历史小说还有一种创作倾向，就是否定"历史进步论"，尤其是辛亥革命以来的现代史，代之以历史循环论。刘震云《故乡天下黄花》、陈忠实《白鹿原》和张炜《古船》都有这样的思想倾向。《白鹿原》里朱先生著名的"鏊子说"，虽则不能完全等同于作家的理念，但朱先生是小说中中国传统文化的象征，作家也是把他作为一个理想人物来刻画的，所以，在朱先生的认知中，多少也包含有作家对历史的认识。当然，新历史小说家的历史循环论与中国古代的历史循环论不完全相同，它更多地是为了解构历史进步论的目的而出现。

新历史小说创作中体现的历史观，在20世纪80年代的中国文化语境中，有其革命性的意义。从延安文学开始，我们奉唯物史观为正统历史观，强调阶级斗争的意义，这样的限定多少影响了作家主体意识的表达。新历史小说作家的努力，旨在争取历史观的多元共存，打破人们思想中的禁锢和僵化倾向。从80年代中期以来历史小说创作的繁荣来说，这样的努力是值得称道的。但是，把历史的偶然性提到这样的高度，完全不承认历史规律，多少有虚无主义的成分在其中。而且，过于强调偶然性，会令世界变得非常神秘。新历史小说很快就成了过去，也足以证明，这样故弄玄虚地对待历史，在创作上无法长久。

# 三　历史的创造者

对历史发展动力问题的认识，也是历史观的重要内涵之一。早期的唯心史观把神的意志看成历史发展的动力，近代以来，随着自然科学的发展和实证主义的流行，人们把历史发展动力的探寻从神下移到人或人

---

① 王彪选评：《新历史小说选》，浙江文艺出版社1993年版，《导论》第8页，正文第74页。

的活动身上。是英雄创造历史还是人民群众创造历史，成为争论的焦点。前者被称为英雄史观，后者可称为人民史观。

"英雄史观是唯心史观的一种表现形式，其基本要点是：颠倒社会存在和社会意识的关系，夸大精神意识的作用，否定历史发展的客观规律；否定物质生产是社会历史的前提基础，进而否定作为物质生产主体的人民群众是历史的创造者；把英雄和群众对立起来，夸大英雄伟人的作用，认为少数杰出人物可以主宰历史。"[①] 这样的界定，基本符合英雄史观的内涵。但我们必须认识到，在马克思主义的唯物史观出现之前，人类基本上都是这样认识历史发展动力的。这里，有必要把信奉英雄史观的人群分成两部分。第一部分是广大人民群众，对于他们来说，历史记载就是一个个英雄伟人生平事迹的连缀。例如，在中国，从三皇五帝到秦皇汉武、唐宗宋祖，构成了历史的主线。所谓正史，写的就是这些"英雄"们的事迹。刘邦战胜了项羽，历史上便有了一个汉朝。假如刘邦也像项羽那样迂腐而又莽撞，秦朝之后是什么朝，谁也说不准。许多老百姓其实都没有读书识字的能力，这样的认识，多数是从一些通俗文学中获得的。第二部分人，是有文化知识，还能思想的知识分子。然而，唯心主义在思想界长期统治的结果，让这些知识分子无法正确地认识这个问题。过去我们常常从阶级立场的角度看问题，认为唯心主义者都是站在统治阶级立场上说话，敌视和愚弄人民群众，用英雄史观为统治阶级服务，这样的说法有一定道理。因为英雄史观对旧时代的统治者总是有利的，把政治和军事上的强人说成是英雄，在意识形态上有助于巩固他们的政权。但是，也必须看到，英雄史观的产生，更与人类自身在认识上的局限有关。因为从表面上看，历史上的国家兴亡，朝代更迭，一切伟大的革命运动和社会制度的变革，社会经济、文化的发展，都是英雄、帝王将相活动的结果。英雄伟人、帝王将相是历史的主人，是创造世界、推动世界历史发展的决定力量。尤其是在一些历史的关键点上，个人的作用往往显得分外重要。而古代社会的各种历史记载，也多数是政治史和

---

① 周泽之：《唯心·客观·辩证三位一体——黑格尔英雄史观解析》，《深圳大学学报》（人文社会科学版）2005年1月号，第60页。

军事史，在这类历史记载中，政治和军事的领袖成为历史的主人公，人民群众往往只是配角。恰如梁启超所说，旧史书"一曰知有朝廷而不知有国家。吾党常言，二十四史非史也，二十四姓之家谱而已。其言似稍过当，然按之作史者之精神，其实际固不诬也。吾国史家，以为天下者君主一人之天下，故其为史也，不过叙某朝以何而得之，以何而治之，以何而失之而已，舍此则非所闻也。昔人谓《左传》为'相斫书'，岂惟《左传》，若二十四史，真可谓地球上空前绝后之一大相斫书也。虽以司马温公之贤，其作《通鉴》，亦不过以备君王之浏览。（其论语，无一非忠告君主者。）盖从来作文者，皆为朝廷上之君若臣而作，曾无有一书为国民而作者也。"①

只有马克思主义的唯物史观，提出人民群众动力论，才为人类第一次科学地揭示了历史发展的真正动力。1843 年，马克思在批判黑格尔的历史唯心主义时说："家庭和市民社会是国家的真正构成部分，是意志所具有的现实的精神实在性，它们是国家的存在方式。家庭和市民社会本身把自己变成国家。它们才是原动力。可是黑格尔看来却刚好相反，它们是由现实的理念产生的。"② 1859 年，马克思在《〈政治经济学批判〉序言》中又一次表述道："为了解决使我苦恼的疑问，我写的第一部著作是对黑格尔法哲学的批判性的分析……我的研究得出这样一个结果：法的关系正像国家的形式一样，既不能从它们本身来理解，也不能从所谓人类精神的一般发展来理解，相反，它们根源于物质的生活关系，这种物质的生活关系的总和，黑格尔按照 18 世纪的英国人和法国人的先例，称之为'市民社会'，而对市民社会的解剖应该到政治经济学中去寻求。"③ 马克思正是通过对黑格尔历史观的分析和批判，找到了理解人类历史发展的钥匙，即人类的社会实践这一最本质的人类历史发展的动力，宣告了唯物史观的确立。"在《关于费尔巴哈的提纲》中，马克思把'人的感性活动'和'实践'引入历史观中，将社会存在当作人的感性活动、

---

① 梁启超：《新史学》，夏晓虹编《梁启超文选》（上集），中国广播电视出版社 1992 年版，第 517 页。
② 马克思：《黑格尔法哲学批判》，人民出版社 1963 年版，第 21 页。
③ 《马克思恩格斯选集》第二卷，人民出版社 1972 年版，第 82 页。

当作社会实践去理解，把人的社会实践作为人类历史的起点和基础，这就为他确立科学的历史观奠定了坚实的理论基础。"① 在马克思主义经典作家看来，人首先要活着，才能创造历史。人们生产、人类赖以生存的生活资料而表现出来的生产力，是社会进步、社会发展的第一推动力。而建立在这种生产力之上的社会关系，则是人类社会的另外一种要素。一定的生产力总是和一定的社会关系相适应的。但是，生产力是人类社会中最活跃的要素，它总是处于不断发展的过程中，一旦生产力的发展超过了原先和它相适应的生产关系，社会革命就开始了。革命的最后结果，是旧的生产关系被打破，新的生产关系产生，它与生产力形成了一种新的适应状态。人类历史就是在这样的不断变化中前进。在马克思、恩格斯之前，人们看历史仿佛是倒着在看，所有的景象都是反的，马克思主义创始人第一次把这种情况纠正了过来。英雄史观所坚持的人类杰出个人创造世界的观点，也被马克思主义的人民群众创造历史的观点代替。当然，马克思主义并非一概否认杰出个人在历史发展中的作用。恰恰相反，他们非常重视杰出个人在历史发展中的重要作用，把个人在历史中的作用和人民群众在历史中的作用辩证地联系起来看。

马克思主义的唯物史观在世界范围内的传播发生了较大变异，尤其是在向中国的传播过程中。这是因为，20 世纪二三十年代传入中国的唯物史观，是通过苏联这个主要中转站向中国传播的，而正是斯大林领导的俄共（布）强调了阶级斗争对历史的重要推动作用，把马克思主义的唯物史观变成了突出阶级斗争作用的苏式唯物史观。这种唯物史观在中国的传播，直接影响到当时的文学创作尤其是历史小说创作。正如王富仁、柳凤久指出的："在中国古代的历史观念中，历史是帝王将相、文人学者的历史，人民群众只是历史的被动的接受者。他们没有，也不可能影响到一个民族的历史的发展。梁启超等近现代民主主义的历史学家，已经不满于中国封建史学这种把历史仅仅作为少数政治统治者的历史的旧的历史观念，已经提出了一个民族的历史应当是全体国民的历史的思想，但是，历史上的人民群众到底是以一种什么样的方式被组

---

① 张艳国：《唯物史观与史学理论》，华中理工大学出版社 1997 年版，第 10 页。

织在整个民族的历史之中，他们是怎样作用于自己民族的历史发展的，这个问题实际上是没有得到解决的。正是在中国知识分子的历史观念发生巨大变动的历史关头，马克思主义传入了中国。在马克思主义的历史观念中，有两个相互联系的主要命题，一是经济基础决定上层建筑、生产力决定生产关系的命题，二是阶级和阶级斗争的命题……而后一个命题更带有实际的思想观念和历史观念的性质。它解决的是如何看待人民群众在历史上的巨大作用的问题。这在中国现代历史小说的创作中表现得更为明显。"[①]

在中国现代历史小说的创作中，人民群众创造历史的观念，逐渐落实到农民起义的历史具象，造成了这一类题材历史小说的兴起和繁荣，20年代末，孟超《陈涉吴广》发表于中国共产党的机关刊物《引擎》创刊号上，是第一篇用唯物史观表现历史上阶级斗争的历史小说。而茅盾发表于1930年的《豹子头林冲》《石碣》《大泽乡》，不仅形象地表现了古代农民阶级与地主阶级的激烈冲突，还站在现代人的角度，批评了农民起义军内部的、农民特有的自私性、狭隘性封建等级制度的残余思想。在这一点上，茅盾的这三篇小说在立意上要高于后来姚雪垠的长篇历史小说《李自成》。

纵观20世纪中国历史小说的创作，总是和当时的现实斗争密切联系，也总是和思想文化界的主潮相呼应。所以，30年代农民起义题材历史小说虽然数量不多，但因为采用了唯物史观为指导思想，又反映了日益激烈的阶级斗争，正如王富仁指出的，它实际上成了30年代的主流历史小说。虽然抗日战争爆发后，民族矛盾成为当时的主要矛盾，爱国主义题材的历史小说在这个时期创作数量比较多，然而在解放区，由于毛泽东的提倡，农民起义题材比别的历史题材更受推崇。只是因为解放区文学面对的受众主要是广大农民群众，历史小说不如戏剧等受欢迎，所以解放区尚未出现有影响的历史小说，但这样的理论定位对新中国成立后的文学影响是深远的。

---

① 王富仁、柳凤久：《中国现代历史小说论（一）》，《鲁迅研究月刊》1998年第3期，第19页。

新中国成立后一段时间里，由于特定的国际国内环境影响以及战争文化的延续，阶级斗争仍然被当作党和国家的中心任务。因此，文学创作延续了左翼文学和解放区文学的传统，成为革命机器中的一颗"螺丝钉"。唯物史观仍然是历史小说创作的指南，历史小说必须体现唯物史观尤其是被马克思主义的"继承人"修正过的唯物史观。

现在回顾唯物史观在中国的传播史，一方面我们必须肯定其在中国思想文化领域里解放思想的重要作用；另一方面也要看到，因为当时客观条件的限制，在传播过程中，存在着一些不足，特别是苏联对"马克思主义开创者"这一重要理论的"修正"在中国的负面影响。较明显的表现，一是比较简单地把唯物史观理解成"经济的历史观"，用"经济分析"的方法解释中国社会、中国历史和中国文化。二是"多以为阶级斗争是唯物史观的核心内容，解析历史问题、文化问题往往满足于平面化、直线化的阶级分析法，而很少注意解放和发展生产力这一唯物史观的根本问题"。[①] 把马克思主义经典作家提出的唯物史观中人民群众是推动历史发展的动力这一观点，引申为农民革命是推动历史前进的主要动力，可说是中国共产党人的一个创造。毛泽东在延安时期给李鼎铭先生的信中这样说："此书赞美李自成个人品德，但贬抑其整个运动。实则吾国自秦以来二千余年推动社会向前进步者主要的是农民战争，大顺帝李自成将军所领导的伟大的农民战争，就是二千年来几十次这类战争中的极著名的一次。"[②] 他还把阶级斗争学说与历史唯物主义完全等同起来："阶级斗争，一些阶级胜利了，一些阶级消灭了。这就是历史，这就是几千年的文明史。拿这个观点解释历史的就叫作历史的唯物主义，站在这个观点的反面的是历史的唯心主义。"[③] 这个观点的提出，与中国一直是一个农业国，农民人口占比例较大有关，而中国历史中的阶级斗争，主要是在农民阶级和地主阶级之间进行，这样一个历史事实也强化了这一判断。

---

① 冯天瑜：《唯物史观在中国的早期传播及其遭遇》，《中国社会科学》2008 年第 1 期，第 54 页。
② 《教学与研究》1981 年第 6 期，第 2 页。
③ 毛泽东：《丢掉幻想，准备斗争》，《毛泽东选集》第四卷，人民出版社 1991 年版，第 1491 页。

当然，这个观点的提出不排除也有现实政治斗争的需要，因为中国共产党领导的新民主主义革命，参加的主体正是农民，为历史上的农民革命正名，就是为现实斗争中的革命者正名。因为观点的提出者成了执政党，所以新中国成立后这一观点成了史学界的主流观点。

这个观点对历史文学创作的影响非常明显。我们知道，文学主要依靠情节和细节表现社会生活、塑造人物形象，所以，很难图解经济基础决定上层建筑、生产力决定生产关系这样的抽象命题，而表现阶级和阶级斗争的题材，在人物、情节和细节上都容易设置和把握，再加上前述国内理论界普遍强调阶级斗争的偏差，所以，从 30 年代开始，作家们都很自然地把唯物史观和阶级斗争联系起来，在题材选择上尽力往这方面靠拢。不仅现实题材小说较多表现阶级斗争，历史小说的创作也有与此类似的倾向。十七年文学和"文革文学"仍然延续这样的思想倾向，虽然传统历史文学被边缘化，但表现农民起义的题材受到特别重视。姚雪垠《李自成》第二卷在"文化大革命"中被特批创作出版，以及 70 年代中期一批描写农民起义的长篇历史小说的问世，都可以看作是在思想文化上独尊这种修正过的唯物史观带来的结果。

"文化大革命"结束之后，在历史文学创作中这种独尊阶级斗争和农民起义的局面被打破。随着思想解放运动的推进，史学界和哲学界对唯物史观有了新的认识，同时，对其他各种历史观的禁令也渐渐消除，而实行对外开放的政策后，西方各种学术思想进入国内，也有益于思想文化界对历史观的重新认识和思考，体现了当代学术界相对宽松的氛围，也体现了中国当代知识分子主体意识的觉醒。这样的新认识也激活了历史文学的创作。多种历史观的存在影响了不同的作家和作品，这使20 世纪最后二十年的历史小说创作呈现出百花盛开的局面，特别是与寻根文学遥相呼应的文化历史小说，令我国的历史小说创作发生了极大的变化。

从历史发展动力观对历史小说的影响这样一个角度回顾我国近 50 年来的历史小说史，有一个问题值得思考：是否只有农民起义题材才能体现唯物史观，反映人民群众推动历史发展的观点？这个问题反过来，也可以问：选择其他历史题材，是否就意味着作家放弃了人民群众推动历史发展观？如果以历史上的政治和军事精英为主人公进行创作，是否就是信奉英雄史观？

在笔者看来，对此问题的研讨，首先要明确"历史发展"的含义。如果把历史发展仅仅理解成中国历史上的改朝换代，那么，多数这样的历史变换毫无疑问是由农民战争引发或直接造成的。但如果把历史发展认作社会生产力的逐步提高以及相应的生产关系的变化发展，认作社会物质财富和精神财富的不断积累，历代中国农民的起义是否具有毛泽东所说的"推动社会向前进步"的意义，值得怀疑。笔者认为，马克思主义经典作家正是在社会生产力的逐步提高以及相应的生产关系的变化发展和社会物质财富和精神财富的不断积累这样一个意义上定义"历史发展"的，从这个定义出发，农民革命对历史发展具有正反两方面的影响。即使按照史学界50—60年代比较流行的"让步说"来分析，农民起义对历史发展的正面影响，主要是遏制地主阶级对农民的过分剥削与压榨，用警告或改朝换代的方式逼迫地主阶级做出适当的让步。但由于当时的农民阶级本身属于封建社会的范畴，他们不代表新的生产关系，所以，任何一次农民革命，都无法改变中国封建社会的根本性质。而每次农民革命对社会生产力的破坏非常大，一般这样或大或小的一场战争，都需要社会以数十年的时间疗治创伤。也有的学者认为，中国的农民战争只是封建社会内部的一种常规自我调节，一方面是缓和地主阶级和农民阶级日趋紧张的关系，另一方面是对人口超过土地能够承载的数量的一种自我调节。而中国社会在物质生产和精神生产方面的发展和进步，恰恰不是战争赐予的，而是和平时期人们的体力劳动和脑力劳动带来的成果。当然，也可以把每个新王朝的鼎盛时期的到来，看作是此前农民革命的结果，因为农民革命缓解了社会矛盾，才有可能推动社会的逐渐繁荣，在这个意义上，农民革命有其正面的效应，但这毕竟是间接的，代价很大。农民革命没有改变中国封建社会的性质，所以其推动历史进步的效果并不大，这与中国共产党在20世纪上半叶领导的土地革命有着本质的差异。

基于这样的分析，我们可以得出结论：中国的历代农民起义，并不是改变社会根本性质的革命，也不是人类改变社会和自身的唯一社会实践。所以，非要认定只有描写历史上的农民起义才体现唯物史观，是一种理论认识上的错误。当这种错误观点影响乃至强制作家们只能写农民起义的题材，实质上是严重破坏了历史小说的创作氛围，最终的结果，只能是历史小说创作的萎缩。如果说，30 年代中国的左翼作家们自愿以农民起义题材创作历史小说，多少还体现了作家的主体意识，所以，他们在颂扬这种革命时，能够清醒地批评这类农民革命中表现出来的小农经济固有的狭隘和保守。但到了新中国成立后，这类小说更多体现了意识形态的指导性和强制性，作家们在作品中唯有对农民起义歌功颂德，才能得到主流意识形态的认可，获得发表和出版的机会。所以，随着新时期思想解放运动的深入开展和党的文艺政策的逐步转变，历史小说家集体逃离农民革命题材，转向新中国成立后 30 年曾经是文学创作禁区的帝王将相、才子佳人题材，就是一种很有意味的文学现象。这样的转变，不仅仅是因为读者的阅读兴趣发生了极大的变化，更重要的是，作家们对历史的认知出现了深刻转变，他们不再把历史发展仅仅和农民起义联系在一起。

接下来的问题是，当作家们纷纷转向讲述帝王将相和才子佳人的故事时，这是否意味着他们在否定农民起义题材的同时，也放弃了人民群众是历史的创造者的观点，转而重新回到英雄史观的立场上去了？笔者的看法是，在创作相对自由的今天，的确有一部分作家回到了英雄史观的立场，但仍然有很多作家坚守着人民史观，仍然坚信人民群众是创造历史的动力，任何一个杰出的个人，只有在顺应历史潮流的时候，才能成为创造历史的英雄。我们只要把同样写清初百年辉煌的凌力和二月河的小说创作进行比较，就能说明这一点。

凌力《暮鼓晨钟——少年康熙》和二月河《康熙大帝》写的都是清初的政治大舞台。这段历史讲述顺治皇帝之后，从索尼等四大臣辅政到康熙亲政，在索尼病死、苏克萨哈被处死后，康熙与擅权的鳌拜矛盾日深，最终康熙发动宫廷政变，设计在宫里用武力擒下鳌拜，完成了权力的真正交接。然而，细加对比，我们能发现两位作家对这段历史的理解不一样，凌力更注意表现历史的必然趋势与发展规律，康熙只是因为继承了他父亲的遗志，坚持满汉两个民族和中国各民族文化的融合，才得到了多数官员和全体人民的支持，从而取得政权，推动清朝走向辉煌；而二月河侧重于描写一代英主只手扭转乾坤的传奇，康熙，因为他的天资聪慧，加上天才的太皇太后的鼎力相助，才让大清皇朝雨过天晴，到达康乾盛世。

《暮鼓晨钟——少年康熙》一开始描述的"明史案"，表现的是清朝立国后，从朝廷到底层社会的满汉矛盾。只有一百多万人口的满族，在入主中原后，如何巩固刚夺得的政权？这是顺治一直思考的问题。他力主吸取蒙古人的教训，采用怀柔政策，把满汉两族乃至其他少数民族的文化融合起来，以取得汉族地主阶级的合作，从而达到长治久安的目的。然而，他的励精图治、力求变革的努力，遭到保守势力的阻挠而归于失败。他的英年早逝，让保守势力卷土重来，鳌拜正是这股保守势力新的政治代表。凌力认识到，鳌拜并非传统观念所认为的如王莽、曹操那样的篡权奸臣，他是当时满族贵族中保守力量的代表，隐藏在鳌拜与康熙、庄太后这对矛盾后面的，实质上是清王朝内部的革新派与保守派之间的矛盾，这一矛盾延续了《少年天子》中以顺治为代表的革新派与保守派的斗争，而在这后面更深层的，是满族封建统治者与汉族人民之间的矛盾。所以，凌力没有采用古代小说中常见的忠奸对立的模式来结构小说。小说开始，少年康熙对这位满洲的勇士十分敬佩，尤其当康熙从树上摔下来被鳌拜奋力接住的情节，表现了鳌拜对皇室的忠勇。鳌拜看少年康熙，也如父辈看子侄，他害怕的是康熙违背祖制，像顺治那样"胡来"，但他并没有篡权夺位的异心（鳌拜这一立场，与《少年天子》中企图用政变改换皇帝的济度非常相似，凌力是以新旧两派的对立而非个人权力之争来看待这对矛盾）。即使到了小说后半部，两人之间的矛盾日益尖锐，鳌拜也不敢轻起叛逆之心。小说第五章第六节，马尔赛在密室试探鳌拜，被鳌拜严词训斥："你听着！我们瓜尔佳氏，世代忠良，敢有不臣之心，亲生儿子也立杀不饶！你今儿胆敢说这等大逆不道的话，看我饶得了你！"① 只是后来马尔赛在临死之时告诉他"近日朝中情势仿佛有变"，他才对康熙起疑心。为了强化康鳌之争的文化和社会内涵，小说延续《少

---

① 凌力：《暮鼓晨钟——少年康熙》，北京十月文艺出版社1993年版，第616页。

年天子》中代表民心的普通农民梦姑、同春一家以及吕之悦、陆健的副线，让统治阶级内部的斗争与满汉两个民族之间的矛盾冲突纠缠在一起，形象地说明了康熙除鳌拜实际上是一次满族上层中的革新势力对保守势力的胜利，而这一胜利是符合民意的，是顺应历史发展大势的。《康熙大帝》也虚构了一些社会底层人物，如伍次友、明珠、何桂柱、史龙彪、史鉴梅，还有穆子煦、瞿驴子、郝老四，但这些人物最后都卷入这场宫廷斗争中。而凌力笔下的这些民间人士，虽然有岳乐和费耀色作中介，多少和宫廷有些关系，但基本上是立足于这场斗争之外的，在小说中只是作为民心的象征，支持着康熙的改革。正是顺治和康熙两代人的努力，才使清政权真正站住了脚，并迎来了康、雍、乾三朝的"百年辉煌"。

　　与《暮鼓晨钟——少年康熙》相比，二月河《康熙大帝》把康熙和鳌拜的矛盾，写成了统治阶级内部的权力之争。鳌拜在小说中完全成了一个阴谋家形象。随着索尼的去世和苏克萨哈的失势，康熙和鳌拜的权力之争日趋激烈，二月河抓住这一对矛盾，把它变成了奸臣谋逆篡权最终失败的故事。仅仅从小说的章目用词中，我们就能看出作家的立场：诸如"结党谋篡逆""贼鳌拜""逞淫威""谋篡位奸佞施毒计"等，这类贬义词都指向鳌拜和他的党羽。小说一开始就告诉读者，鳌拜是一个早就想篡位夺权的奸臣。第七回"求良师私访悦朋店　缚近侍大闹乾清宫"中，尚未发迹的"明珠猛地将案一击说道：'休言时事！老贼不死，国无宁日，民无宁日！'"怕读者还不明了此语，小说虚拟的未来帝师"伍次友乜着眼接口说道：'实话！鳌拜便是当今国贼，鳌拜不死，清室永无太平之日！'"这两人虽是醉语，但点明了《康熙大帝》第一卷的关健所在，此后小说一直紧紧围绕着康熙与鳌拜的矛盾展开。一边是拜师学艺、示好九门提督、搜罗死士，另一边是恃功欺君、招降纳叛、密室策划、虎视眈眈，小说就在这样的忠奸对峙中组织情节，可谓高潮迭起，扣人心弦。鳌拜在小说中完全以一个结党营私篡权争利的奸臣面貌出现，而康熙设计除掉奸臣，也主要是一个英主的个人行为，是他以自己的聪明才智，在庄太后和一些亲信的协助下，斗败了阴谋家，才得以保证清王朝最高统治者血统上的纯正。二月河在小说中也写到了民众对康熙的支持，但这种支持，只是百姓对皇权的合法继承者的支持，是百姓与生俱来的对皇权的尊崇和归顺的表现。二月河在小说中充分表达了英雄史观，形象地说明了个人如何改变历史走向的历史观。

从上述分析中，我们可以得出这样两个结论：第一，选择帝王将相作小说的题材，并不表示作家一定认可英雄史观，但是，持有怎样的历史观，反倒能在同样的题材中，写出完全不一样的小说？第二，新时期以来的历史小说创作，在历史观上的确是百花齐放，百家争鸣，这让这一领域的创作，呈现出繁荣的面貌来。

# 第 三 章

# 当代传统形态历史小说的文化主题

　　宏大叙事最早是法国哲学家利奥塔提出来的概念。在利奥塔看来，哲学是一种叙事，与文艺的具象性叙事不同，哲学是一种有关人类本质和宇宙本质的宏大叙事，因此可以称为元叙事。宏大叙事具有总体性的"故事"和"虚构"的特征，虽然当时利奥塔提出这个概念，是对"现代"乃至古希腊以来的西方社会的总陈述，他将"后现代"态度界定为"不相信宏大叙事"，从而对启蒙运动以降的现代理性主义传统展开了深刻地批判和反思。他对宏大叙事的拒斥与颠覆，成为后现代主义的一个重要特征。宏大叙事后来变成了一个广为引用的概念，在20世纪90年代引入我国后，用作阶级、国家、民族、革命等意识形态话语的代指，在文学领域里，特指以国家的现代化、社会主义进程、共产主义理想等为思想背景的文学作品。80年代末，从新写实小说开始，文学便与宏大叙事逐渐疏远，不再塑造典型环境中的典型性格，也不再寻觅隐藏在生活背后的终极意义。稍后出现的新历史小说则把新写实小说的原则应用于历史题材领域，他们避开了历史记载中的著名人物甚至重要历史事件，主要用虚构的方式，突出偶然性，来表达他们对历史的理解。进入90年代后，小说创作更向非宏大叙事靠拢，私人化写作、欲望化写作此起彼伏，小说又一次成了街谈巷议的"小道"。更有一部分文学界人士在市场的冲击中迷失了方向，被市场经济所左右，他们追求作品的最大市场化，迎合低档阅读需求，制作文学快餐。对他们来说，创作的最大成功，就是卖出更多的作品，获得更多的版税。

　　然而，在对宏大叙事的一派讨伐声中，我们仍然能听到强调文学社会意义和价值的声音。1993年由上海学者发起的人文精神大讨论，在南北思想界引起了巨大的反响。面对市场经济带来的强烈冲击，整个社会尤其是文化界应如何应对，成了许多学者思考的问题。当市场经济的闸门打开，中国人从新中国成立30年来的清教徒式的生活方式中挣脱出来，物质的日益丰富与人们精神层面的日益贫乏相伴而来，我们还要不要思考人的生存意义，追求人生价值、伦理和精神信仰？还要不要关注民族、国家和社会的发展？让人欣慰的是，并非所有的作家都在商品大潮中失去方向。仍然有很多作家，表现出强烈的社会责任感和使命感，不把自己的文学创作只当作商品来生产。正是在这样的背景中，我们看到当代传统形态历史小说坚守着文学的另类"宏大叙事"，成为跨世纪中国文学的一道亮丽风景。无论探索中华文化初创时期的先秦书写，还是研讨封建末期落日景象的明清书写，小说的主题都围绕着文化重建而展开。

　　"文化大革命"后，随着思想解放运动和新启蒙思潮的兴起，思想界对影响中国整整30年的中国社会主义道路展开了反思。这种后来被称为激进主义的社会思潮在思想解放运动和新启蒙思潮的旗帜下集合在了一起，他们在批判与否定传统文化方面有过短暂的同盟时期，正如余英时1988年在香港做演讲时所说："如果我们以'五四'为起点，我们不妨说，经过70年的激进化，中国思想史走完了第一个循环圈，现在又回到了'五四'的起点。西方文化主流中的民主、自由、人权、个性解放等观念再度成为中国知识分子的中心价值。全面谴责中国文化传统和全面拥抱西方现代文化似乎是当前的思想主调，这是不难理解的。不少人把中国传统理解为一种'文化心理结构'；正是由于这一结构，才形成在中国生根和成长的现实。儒家自然又成为众矢之的。"① 然而，对中国当代

----

　　① 余英时：《中国近代史上的激进与保守——香港中文大学25周年纪念讲座第四讲（1988年9月）》，李世涛主编《知识分子立场——激进与保守之间的动荡》，时代文艺出版社2000年版，第19—20页。

30 年社会主义道路的反思与批判，并非始终以西方现代社会及其文化和价值为规范的，特别是在海外新儒学进入大陆后，从保守主义立场对 30 年的反思也因为亚洲四小龙的崛起而引人关注。对同样的历史，因为反思的角度不同，得出的结论也迥然不同。随着社会文化环境的变化，特别是 1992 年后，市场经济被认可并日益主流化，激进主义阵营也发生了分化，即坚持西化、但要求实行渐进改革的自由主义思潮，主张在全球化的背景下继续中国自主发展的"新左派"，加上"要求使变革范围于特定的价值取向之内，于尊重传统、尊重权威、民族主义等范围之内"① 的保守主义，大陆思想界三足鼎立之势已成。

在笔者看来，这些此起彼伏的文化思潮和文化论争，多数知识分子是抱着文化建设的目的积极参与的。每一方的观点不乏偏激，但也都有可取之处。本章并不打算，也不可能对上述思潮做出价值评判，只是想借新时期以来中国思想史上的几种社会思潮，揭示这一时期传统形态历史小说的主题演绎。当文学创作不再由主流意识形态明确主题，而是作家根据自己对生活的感受与认知来寻找主题时，作家的主体性才凸显出来。但是，我们强调作家的主体性，并非认为作家是脱离社会的抽象的人，而是如马克思所说，人的本质"在其现实性上，它是一切社会关系的总和"②。这就是说，人总是生活在一定的社会关系中，不可能脱离社会而独自生活，同样，作家也无法脱离社会进行文学创作。流行文化思潮必定会影响同一社会的其他成员，作家生活于社会中，同样也会受到影响，有的作家还会成为这种思潮的领头人。因此，文学作品的主题与文化思潮互相呼应，就是一种很自然的事。当然，不管作家们持何种文化立场，他们的小说主题，实质上都表达了对中华民族文化重建的诉求。

---

① 姜义华：《激进与保守：与余英时先生商榷》，《二十一世纪》1992 年 4 月号。

② 马克思：《关于费尔巴哈的提纲》，《马克思恩格斯选集》第一卷，人民出版社 1972 年版，第 18 页。

# 一　人的解放与思想启蒙

人的解放与思想启蒙，在 16—18 世纪的欧洲，是指个人从中世纪的神权压迫下走出来，成为具有平等权益和自主意识的社会成员的文化思潮。自文艺复兴到启蒙主义时期，人的解放与思想启蒙也成了欧美主流文学的基本主题。我国 20 世纪初叶发生的新文化运动，也是一个关于人的解放与思想启蒙的文化思潮。受西方现代文化影响，挣脱了封建政治体制的中国人民从封建文化的压迫下站起来，努力成为一个现代人。而出现在这个时期的新文学，其基本主题也是人的解放与思想启蒙。因为受时局激变的影响，新文化运动并没有完成这一历史任务，因此在接近 20 世纪末的时候，这个主题又在中国思想界和文学创作中如潮奔涌。

20 世纪发生在中国的新文化运动，是一个受欧洲启蒙运动影响的文化革新运动。说得更完整一些，我所说的欧洲启蒙运动，其实包括了从 16 世纪开始的欧洲文艺复兴一直到 20 世纪末的现代主义思潮，但中心是现代理性主义为主的启蒙思潮。如果我们把欧洲的启蒙运动和中国的五四新文化运动做比较，可以看出两者的异同。中国的启蒙思想家呼唤的"赛先生"和"德先生"，即科学和民主，以及"立人"——把传统的人变成现代的人——的主张，与欧洲的启蒙运动相同。但中国新文化运动的发生，有其内源性动力，如明清就开始萌芽的工商业资本主义，以及在清末受到西方列强威胁的民族生存危机。欧洲思想启蒙运动针对的是神权和皇权，而中国的新文化运动爆发时，统治中国数千年的封建皇权已经结束，文化革新的对象是中国传统文化，这些都是两者之间的差异。欧洲思想启蒙运动和新文化运动还有一个十分明显的差异，那就是，前者长达 300 多年的历史，直到法国大革命，思想启蒙运动才基本完成了使命。而中国的新文化运动只有短短的几年时间，就因国际国内社会环境的变化（如李泽厚所说乃"救亡压倒启蒙"）以及启蒙思潮自身的一些缺陷而过早结束。把新文化运动称为未完成的启蒙运动，是比较合适的。而这，正是 70—80 年代新启蒙思潮诞生的重要原因之一。

　　国内政治斗争的激化，日本侵华战争引发的激烈的民族矛盾，阻碍了中华民族文化更新之路。新中国成立后，战争文化的后遗症以及政治上的日益"左"倾，还有封建主义的借尸还魂，压抑着人的解放与思想启蒙主题的重现。"当以社会发展史的必然规律和马克思主义的集体主义的世界观和行为规约来取代传统的旧意识形态时，封建主义的'集体主义'却又已经在改头换面地悄悄地开始渗入。否定差异泯灭个性的平均主义、权限不清一切都管的家长制、发号施令唯我独尊的'一言堂'、严格注意尊卑秩序的等级制、对现代科技教育的忽视和低估、对西方资本主义文化的排拒，随着这场'实质上是农民革命'的巨大胜利，在马克思主义的社会主义或无产阶级集体主义名义下，被自觉不自觉地在整个社会以及知识者中蔓延开来，统治了人们的生活和意识。"① 人，这个曾经在莎士比亚心目中是"了不起的杰作""宇宙的精华，万物的灵长"，在新中国成立后30年中，却成了一个犯忌的字眼。"曾几何时，主流意识形态把一切带'人'字的，都当成是资产阶级的专利品，拱手让给资产阶级了，正如夏衍在一次接受采访时所说的，我们应该摒除这样的观念，即认为社会主义国家是不讲人权的，凡是带人字的都犯忌，如人权、人性、人格、人道等都不行，这些可都是民主最起码的东西呀！现在提出以生产力发展为标准，但是生产力中最革命、最活跃的因素——人，却是我们最忽视的，诸多弊端便由此而生。"② 粗暴强横的文化压制，可能得逞于一时，但一旦时势变易，必然会引发强烈的反弹。新时期思想解放运动和稍后的新启蒙思潮，正是对此前的严重历史谬误的拨乱反正。

　　思想解放运动具有自上而下的特点，是党内改革派为了对付凡是派的阻挠、打开改革开放之门而发动的一场思想舆论准备，却引发了全社会的积极响应，其后展开的新启蒙思潮的主体却在知识界。但是，这两者有着精神指向的同构性，即都是以"文化大革命"以及十七年时期的极"左"思潮为主要批判对象。思想解放运动的爆发为新启蒙思潮的崛起打开了通道，新启蒙思潮是思想解放运动的深化。"人的价值、人的尊

---

① 李泽厚：《中国现代思想史论》，东方出版社1987年版，第35—36页。
② 张光芒：《中国近现代启蒙文学思潮论》，山东文艺出版社2002年版，第75—76页。

严、人性复归、人道主义，成为新时期开始的时代最强音。它在文学上突出地表现了出来，也在哲学上表现出来。它表现为哲学上重提启蒙、反对独断（教条），反对愚昧，反对'异化'，表现为对马克思《1844年经济学—哲学手稿》的研究盛极一时。当然最集中地表现为呼喊人道主义，把马克思主义解释（或归纳或规范）为'人道主义'。强调马克思主义是'以人为中心'，'人是马克思主义的出发点'，等等。这当然是对'文化大革命'以及数十年把马克思主义强调是阶级斗争学说的彻底反动，是对'以阶级斗争为纲'的根本否定。"虽然李泽厚认为人道主义在理论上不足以取代马克思主义，但他仍然指出"文化大革命"后这一人道主义思潮的历史合理性："意识形态并不等于科学，也并没有所谓完全正确的理论，何况在理论上并不正确的东西在历史上却可以起重要的进步作用。在粉碎了'四人帮'、中国社会进入'苏醒的八十年代'的时候，多么必然也多么需要这种恢复人性尊严、重提人的价值的人的哲学啊！'自由'、'平等'、'博爱'、'人权'、'民主'……这些口号、观念充满着多么强烈的正义情感而符合人们的愿望、欲求和意向啊！它们在揭露林彪'四人帮'的封建主义、'集体主义'的罪恶，表达对各种压迫、迫害的抗议上，多么切中时病啊！尽管它在理论上相当抽象、空泛、贫弱，不能深刻说明问题，而且情感大于科学，但是，它们表达了人们压抑了很久的思想、观念、情感、意识，激起了人们与以'文化大革命'为代表的旧传统相彻底决裂的斗志和决心，唤起人们去努力争取被否定了和埋葬了的个人的人格、个性、生活权利、政党欲求……"①

　　思想解放运动和新启蒙思潮与当代文学的互动是非常明显的。例如，在这个时期，对人道主义和人性的呼唤，是思想解放运动和新启蒙思潮的中心话题。而新时期小说从刘心武《班主任》、卢新华《伤痕》到白桦《苦恋》、戴厚英《人啊，人》，大量的朦胧诗和归来者之歌，以《哥德巴赫猜想》为代表的报告文学热潮，在反思"文化大革命"和十七年极"左"思潮的错误中，贯穿着人道主义和人性的主线。文学不仅为改革派的政治诉求起到了其他读物不可替代的舆论作用，它还为文化反思进行

---

① 李泽厚：《中国现代思想史论》，东方出版社1987年版，第199、202页。

了舆论准备。思想解放运动和新启蒙思潮促进了新时期文学主题的深化和题材的开掘，新时期文学也为思想解放运动和新启蒙思潮扩大了影响，推动其往前拓展。

有意味的是，在这段时间里，现实题材的文学创作十分红火，但历史题材尤其是传统形态历史小说相对沉寂，这与五四时期的情况非常相似。正如本书前面所说，以《金瓯缺》《星星草》《风萧萧》等为代表的长篇历史小说，更像是为前一阶段的传统形态历史小说创作做总结。虽然，与新中国成立后 30 年的创作不同的是，因为意识形态对文学创作的控制逐渐宽松，这些小说无论主题还是人物塑造，都有别于此前出版的文学作品。但由于长篇小说创作的特殊性，同时期新启蒙思潮对传统形态历史小说的影响，一直到 1985 年之后才有明显的表现。从文学史的角度看，刘斯奋《白门柳》和凌力《少年天子》是最早受到新启蒙思潮影响的传统形态历史小说。

《白门柳》和《少年天子》均动笔于 80 年代初。刘斯奋在回忆自己的创作意图时说："我从事《白门柳》（白门——南京的别称，因该处古有白下门，故名）的创作，说来有点偶然。记得那是 1981 年的春天，我赴广西南宁出席一个学术会议。在西江的轮船上，认识了也是赴会的邢富沅。当时他还是中国文联出版公司的编辑，承他鼓励并约稿，使我萌生了创作历史小说的念头。"① 凌力在《从〈星星草〉到〈少年天子〉的创作反思》中说："一九八一年初，长篇历史小说《星星草》下卷发稿。当年完成了一个写给儿童的中篇小说《火炬在燃烧》之后，便转向了我早已向往的题材——康熙皇帝。用了近两年的时间蹲档案馆、图书馆，收集、阅读、抄录史料。这期间，我常常思索《星星草》的创作得失，又听了许多直接的、间接的、赞扬的、批评的意见，为创作《少年天子》作准备。"② 而这段时间，正是思想解放运动之后的新启蒙思潮活跃期，两位作家对小说主题的酝酿，受到思想解放运动和新启蒙思潮的影响，是毫无疑问的。这两部作品是新时期最早重新把帝王将相和才子佳人当

---

① 刘斯奋：《〈白门柳〉的追述及其他》，《文学评论》1994 年第 6 期，第 25 页。
② 凌力：《少年天子》，北京十月文艺出版社 1987 年版，第 696 页。

作小说主人公描写的传统形态历史小说,但是,不同于古代历史演义完全膜拜于帝王将相和才子佳人的姿态,也不同于20世纪20年代以来的现代历史小说站在现代社会革命的立场上,对上述历史人物完全持批判与否定的态度,凌力和刘斯奋用历史唯物主义为思想武器,以历史进步和人民利益为基本评价标准,来考量小说描写的各类人物,评价其在历史中的作用,使这两部小说呈现出与新时期初期绝大部分文学作品一致的主题。

首先,从人道主义和人性的立场理解和表达历史人物,小说的主题思想是人的发现和人性的发掘。

我们知道,现实主义理论一直提倡文学应以塑造人为中心任务,但是在这种经典现实主义理论中,这个"人"主要是社会人,具有强烈的阶级性。在极"左"思潮横行的年代,阶级性成了人的唯一属性,谁要提倡"人性",就会被当作资产阶级右派言论。只有在思想解放运动和新启蒙思潮影响下,这样的观念才得以逐步转变。

历史小说创作领域中的人的发现和人性的发掘,首先表现在小说从写人的历史到写历史的人的变化。中国历史小说的传统,重在用形象的手段复述正史的历史记载。在这里,作品的主体是历史事件而非人物。不用说像蔡东藩《中国历朝通俗演义》这样的以传播历史知识为主的通俗历史小说,即使佼佼者如《三国演义》,整部小说的框架也重在复制东汉末年至晋统一全国的历史,把人物形象建立在历史复述的基础之上,人物被历史事实所淹没,虽然可敬或可憎但不可亲,读者不能进入人物的内心世界。造成这种情况的原因是多样的,如作家以仰视(或蔑视)的姿态看待历史人物,人物性格的类型化描写等,但作家过于从历史学家而非小说家的眼光看待艺术描写的对象,是其中一个重要原因。进入现代以来,历史小说创作中这一弊病仍然存在,如鲁迅对郑振铎《桂公塘》的批评,认为其"太为《指南录》所拘束,未能活泼耳"①,就指出了这类小说的特征。新中国成立后的历史小说创作,同样存在着这样的缺陷。例如,凌力就反思过《星星草》的缺陷:"从创作《星星草》到

①　鲁迅:《340516②致郑振铎》,《鲁迅全集》第12卷,人民文学出版社1981年版,第414页。

创作《少年天子》，我都力求深入历史而后跳出历史。不过，写《星星草》时，考虑得较多的是再现历史原貌，甚至是再现史实。捻军最后四年的战斗历程；大大小小的战役；忽东忽西的进军路线；捻、清双方调兵遣将等，都比较严格地遵照史实去写。我觉得，非这样写不足以真实地反映那次气势磅礴、波澜壮阔的农民起义。然而这样一来，就产生了一个问题，即情节的发展和人物性格的发展之间缺少必要的紧密联系。介绍《星星草》的文章常常提到作品的'传奇色彩'。我想，这既是作品的一个优点，增强了它的可读性，又是一个弱点，表明作品有写事掩盖写人的倾向。"① 又说，《星星草》在虚构时，"也要达到言之有据的程度，心里才踏实。可见作者的立足点是在再现史实，解释史实。所以《星星草》有历史感强的特点，却缺少性格突出、血肉丰满、栩栩如生的艺术形象"②。这类问题，在《金瓯缺》等小说中也不同程度地存在着。

　　这种以史实为中心的写法，在刘斯奋和凌力80年代的创作中得到了较大的克服。正如凌力在同一篇后记里所说："《少年天子》却是以写人为中心的。为了完成主要人物顺治皇帝的形象，我感到仅仅再现史实就不够了。除了对大量繁复的史料整理加工、为人物的典型化进行必要的取舍之外，还必须进行大胆的虚构。"③ 刘斯奋也说："我始终认为，文学作品的根本任务是写人，表现人。这就决定了它必须通过形象来说话。一定的立意虽然是必不可少的，但它充其量只能作为一种内核而存在。生活形象本身有其巨大的张力，作者不应该人为地去制约它、局限它。事实上，我始终把真实地写出明末清初那一代知识分子的历史命运，作为总体任务。"④ 在《少年天子》中，小说的总体结构是围绕着顺治而设计的。满族统治者与汉族民众间的冲突、统治阶级内部改革与保守两股势力的斗争以及顺治个人的情爱与维持皇权之间的矛盾，在小说中，都被作家用来为刻画顺治服务。顺治亲政前的史料，因为对塑造顺治的艺术形象作用不大，只是在需要时才被追述一些。相反，诸如顺治和乌龙

---

① 凌力：《少年天子》，北京十月文艺出版社1987年版，第698页。
② 同上。
③ 同上。
④ 刘斯奋：《〈白门柳〉的追述及其他》，《文学评论》1994年第6期，第27页。

珠的爱情、济度的政变、杀康妃风波等，史料中或未记载，或语焉不详，但因为能够凸显主人公的性格而被大胆写入小说中。在凌力后来创作同一系列的《倾国倾城》中，作家也设计了辕门生祭、清贝勒阿巴泰的海上劝阻和封王之请等情节，为塑造孙元化忠君爱国的形象，达到了极好的效果。类似的写法在《暮鼓晨钟——少年康熙》中也有很多。

《白门柳》三部曲的构思也是紧紧围绕三个主人公展开：钱谦益、冒辟疆、黄宗羲，第一位曾经是东林党的中坚、复社的精神领袖，但在清军大兵压境时，又领衔向敌人投降；第二位是名满天下的复社四公子之一，但在天崩地裂的大变故前，却只知个人和家庭的避难苟安，弃之前的慷慨激昂于身后，急急如丧家之犬，奔走于江浙两地；第三位则是明末清初的大思想家，是中国历史上最早对封建制度强烈质疑和愤怒批判的先驱之一，小说对他的思想探索和演变做做了形象的描述。作家力求通过塑造这样三个人物写出"明末清初那一代知识分子的历史命运"。虽然，明朝的灭亡、李自成农民军的失败、清兵入关以及南明弘光小皇朝的兴衰、中国南方汉族民众对清军的抵抗等历史事件，在小说中都有直接或间接的反映，但小说的重心是塑造上述三个主人公以及围绕他们周围的一系列人物。

其次，人的发现和人性的发掘，还表现在致力于刻画复杂多元的人物性格。处于意识形态的控制和政治宣传的要求，20世纪30年代以来的革命文学，概念化的色彩相对比较明显。特别是在新中国成立后，受极"左"思潮的影响，创作中盛行"一个阶级一个典型""人的本质就是阶级性"等观念，在一些人看来，历史是由代表着历史前进方向的人民群众与阻碍历史前进的腐朽的剥削阶级之间的斗争组成的，历史小说就是形象地描述这种斗争的艺术品。在这种观念的影响下，许多历史小说中的人物主要拥有的是其阶级属性，因此，凡统治阶级，总是凶恶、阴险、毒辣；凡被统治阶级，往往正直、勇敢、无私。政治学的标签代替了对具体人物的真实描写。例如，《李自成》在歌颂农民起义军的领袖时，极力拔高他们，以至于这些英雄人物的行为，可以和现代革命者相媲美，一些读者讥之为"高夫人太高，红娘子太红"，李自成更显得高大全，作家调动很多手段，欲显其崇高，但这种过分的拔高使这个形象不仅不真

实，反而给人一种虚伪感。《庚子风云》《九月菊》《风萧萧》《星星草》
或多或少都有这样的缺点。80 年代，随着思想解放运动和新启蒙主义思
潮的展开，文学界各种思潮和文学主张不断涌现，虽然他们观点各异，
但渴求突破意识形态的遮蔽，力求表现人的复杂性和多元性，却是相同
的。文学的这种发展趋向，对当代传统形态历史小说创作的影响非常明
显。《白门柳》塑造钱谦益的形象就是一例。钱谦益在历史上本来就是一
个复杂的人物，即使用封建道德来评价，他也不是一个完美的人物。作
家在充分研究了相关史料后，确定把他的这种复杂多元性表现出来。作
家判断说："他的复杂性与其说主要是天生的性格使然，不如说更大程度
是环境强烈影响的结果。他一方面深受儒家思想浸淫，是一位文化层次
很高的封建官僚；另一方面又长期生活在商品经济相对发达的江南地区，
是一个受到市民意识潜移默化的大地主。这两种价值取向不同的观念，
使他的心灵深处经常交织着'义'与'利'的激烈冲突，并且强有力地
制约着他的思想和行为。"① 小说描写他在反阉党与勾结阉党、降清与反
清以及迎娶柳如是一事上的诸多表现，把一个既想建功立业又自私怯懦
的知识分子形象刻画得十分传神。在凌力的小说中，这样的丰富复杂、
血肉丰满的形象也比比皆是。造成这种结果的重要原因，是作家衡量人
物的价值尺度发生了变化。作家跳出了单纯从伦理道德的视角评价历史
人物，他们站在现代立场上，从民本主义和是否推动历史的进步这样一
种角度，来褒贬人物。所以，《白门柳》对明清交接之际的许多士人，都
进行了多角度的描写，让我们看到了诸多复杂的人物形象，即使如复社
中的许多知名人物，作家在描写他们忧国忧民的情怀时，也刻画了他们
重议论而轻行动的缺点，至于拉党结派、以团体定是非，甚至为谋一己
私利而混淆是非的小人，在复社中也比比皆是。正如李爱华所指出的：
"言甚于行，缺乏足够的政治策略和应对措施，往往在时局危殆之际无所
作为，徒有空论，因而导致主观愿望与客观现实的强烈冲突。在推动社
会历史进程中，这群士子是懦弱而又缺乏建树的，这是作者在作品中的
一个展示面。此外，他还揭示了这些人物身上所特有的时代印记：把希

---

① 刘斯奋：《〈白门柳〉的追述及其他》，《文学评论》1994 年第 6 期，第 27 页。

望寄存在皇帝身上，遭到挫折后只能指斥奸臣恶党；片面讲求愚昧的忠义，导致狭隘的偏激，成为历史进步、保存大局的障碍。于是，无论周镳、冒襄、侯方域，还是黄宗羲，都不可避免地带上这一群体的弱点而做出一些并不明智、有违时势的言行。由此可见，刘斯奋是用一种辩证的眼光来察视'士'这个群体，准确地把握住他们的实质，因而他笔下的士不是以往作品中囿于怀才不遇、落泊志穷的书生，而是文化积淀与时代特性的统一。"①

在凌力笔下，这类复杂人物也很多，如《倾国倾城》中的主人公孙元化，凌力是把他当作那个时代的正面英雄人物塑造的，他既深受儒家文化的熏陶，又在老师徐光启的影响下，入了基督教。他是那个时代典型的正人君子，他的人生理想就是忠君爱民，所以，在道德上，他对自己的要求非常严格，甚至到苛刻的程度。然而，他也有动摇和犹豫的时候。小说第七章第二节，在描写诏狱的黑暗时，写到了他忠于皇上之心的动摇；当老狱卒告诉他可能要回到诏狱时，他害怕得失去了理智，甚至与虽然喜爱但因为信奉基督教的原因而再三拒绝的使女银翘有了一次肉体上的亲密。作家用这样的描写，展现了这位君子内心的另外一面，向我们展现了一个丰富复杂的艺术形象。

最后，人的发现和人性的发掘了，体现于多角度、写出人情味。人情味一词，常常和人道主义和人性两词纠缠在一起。20世纪日益激烈的阶级斗争，使阶级斗争理论成了"左"倾思潮的核心理念之一。尤其在新中国成立后，极"左"思潮的泛滥和极端化的思维方式，以及对传统彻底颠覆的姿态，让人们把人性和阶级性严重对立起来，到"文化大革命"的时候，人性、人道主义和人情味都成了贬义词。但是，抛弃人性和人情味，只能令我们的文学作品成为干巴巴的标语口号。正如朱光潜在"文化大革命"后说："在文艺作品中人情味就是人民所喜闻乐见的东西。有谁爱好文艺而不要求其中有一点人情味呢？……无论在中国还是在外国，最富于人情味的主题莫过于爱情。自从否定了人情味，细腻深

---

① 李爱华：《以当代意识写历史风云——评〈白门柳〉第一、二部》，《中山大学学报》（社会科学版）1994年第4期，第100页。

刻的爱情描绘就很难见到了。为什么有相当长的一个时期人们都不爱看我们自己的诗歌、戏剧、小说和电影，等到'四人帮'一打倒，大家都爱看外国文艺作品和影片呢？还不是因为我们作品人情味太少，'道学气'太重了吗？"① 新时期文学的努力方向之一，就是回归文学作品的人性化和人情化。犹如王蒙所说："党的十一届三中全会以来的文学作品中，人道主义精神的发扬，对于人性与人情的诸方面的关注、刻画或者美化，对于人的尊严的维护和召唤，成为一个重要的特点，这正是对于林彪、'四人帮'的倒行逆施的抗议，也是对于我们工作中、文艺批评中的'左'的错误的反弹。"② 小说《伤痕》就是从人情和人性的角度批判极"左"政治而一炮走红。其后，现实题材的中国文学作品，人性化和人情化的倾向十分明显。但与现实题材相比，传统形态历史小说直到1985 年后才出现比较明显的人性化和人情化特点。在凌力和刘斯奋这个时期的历史小说创作中，出现了迥然不同于《李自成》《庚子风云》《九月菊》《风萧萧》《星星草》的人性化和人情化色彩。

《少年天子》第一章第六节，写到顺治的第二次大婚，受冷落的佟妃因刚生过孩子而被太后早早送回景仁宫。在回去的路上，失意的佟妃突然违反宫规，独闯养育皇子的乾东五所，与出生后就被抱走的儿子亲近了一次。整个过程因为佟妃的违规而显得氛围紧张，但对佟妃的心理刻画真切生动，特别是她与出生后即被隔离的儿子突然相见的情景，写得入木三分。这类超越阶级性的人性描写，在顺治与乌龙珠的情爱中，在顺治辞世前与母亲和皇后、康妃的诀别中，在庄太后决心不发顺治的遗诏而另拟一份"罪己诏"的激烈思想斗争中，都有充分的表现。作家能够这样写，是经过认真思考的。她在后记中曾这样说："十年动乱中，我被捻军英雄们身处逆境而奋斗不止的精神所鼓舞、所激励，写下了《星星草》；处于改革的八十年代，我被立志变革而又步履艰难的顺治皇帝的独特命运所吸引，被他那深拒固闭的传统意识压制不住的人性光华

① 朱光潜：《关于人性、人道主义、人情味和共同美问题》，上海师范学院中文系文艺理论教研室编《文艺理论争鸣辑要》（上），上海文艺出版社 1983 年版，第 208—209 页。
② 王蒙：《"人性"断想》，《文学评论》1982 年第 4 期，第 116 页。

所感动，又写了《少年天子》。《星星草》的主人公们，是我精神上崇敬的英雄；而《少年天子》中的福临、庄太后等人，像是我自认为深深同情和理解的朋友。（着重号为引者所加）"① 作家深入小说主人公的内心世界，不再仅仅把他们看作是君临天下的皇帝和大权在握的太后。在这里，作家对人物的平视角度很重要，不管他们在历史上具有怎样的社会身份，首先他们是人，具有人的七情六欲，具有所有人的优点和缺点。对于人物的这种富有人情的描写，我们在刘斯奋的创作中也能看到。

第二，对封建主义的批判与否定。在中国，自从进入 20 世纪之后，封建主义就失去了好运。激进主义思潮一直把封建主义作为批判的主要对象之一，"文化大革命"时甚至把所有的旧事物都当成封建主义看待，横扫四旧的口号在那个时代持续了整整十年。然而，"文化大革命"一结束，人们发现，封建主义并没有消亡，在过去的岁月里，它借着革命的名义一直活在我们身边，并且发挥着非常恶劣的作用。反封建的口号又一次在中华大地上升起，"伤痕文学"和"反思文学"的一个重要主题，就是反封建。我们看到，80 年代中期的传统形态历史小说创作，也融入了这个大合唱中。《白门柳》的题材选择，就鲜明地体现了这一点。正如刘斯奋所说："如果决定写这段历史，就应当着力去寻找和表现那些代表积极方面的、能够体现人类理想和社会进步的东西。就当时那场使中国社会付出了惨重代价的巨变而论，如果说也曾产生过某种质的意义上的历史进步的话，那么恐怕既不是爱新觉罗氏的入主中国，也不是功败垂成的农民起义，而是以顾炎武、黄宗羲、王夫之为代表的我国早期民主思想的诞生。"② 作为新中国成立后的一位资深历史学家，刘斯奋的历史研究以马克思主义的历史唯物主义为思想武器，对中国明清历史有着许多洞见。在表达反封建的立场时，他敏锐抓住了中国历史中早期民主思想的诞生这一话题，以思想家黄宗羲为中心，形象地描述了中国早期民主思想破壳而生的过程。这种形象过程，如很多评论家所指出的，一是对当时中国的经济现状，尤其是商品经济相对比较发达的东南地区进行

———————————
① 凌力：《少年天子》，北京十月文艺出版社 1987 年版，第 696—697 页。
② 刘斯奋：《〈白门柳〉的追述及其他》，《文学评论》1994 年第 6 期，第 27 页。

描写，使黄宗羲一出现，就站在了超越几千年封建时代重农抑商的思想高点；二是对当时文化氛围的描写，这主要通过当时的知识分子尤其是复社同人的思想状态的描述来实现；三是对晚明政治日益腐化衰落的描写。总的来说，早期民主思想的出现，一是新的生产力和生产关系的萌芽，二是明朝的政治腐败。封建主义和民主思想是决然对立的，歌颂民主思想的诞生，势必就会有反封建的诉求。

凌力的反封建立场也很明显。在《少年天子》及此后的几部历史小说中，她通过封建统治者和黎民百姓的矛盾，表现那百年动荡之际，生活在社会底层的人民大众水深火热的情景。在封建皇权面前，老百姓不仅没有发言权，连生存权也得不到保证。在《倾城倾国》里，崇祯自诩英明天纵、中兴之主，实则刚愎自用，不了解民情，也不了解敌情，这不仅令他无法应对西北地区熊熊燃烧的农民起义，甚至还逼反了孙元化麾下的辽州兵，让忠心耿耿的孙元化因此而牺牲。陆奇一临死之前的话，道出了老百姓的心声："俺们草头百姓，小兵卒子，认不得啥君啊臣的，谁对咱好，咱对谁也好；谁对咱孬，咱也不尿他！……"原来这忠君的思想，主要是在士人中流行，草民百姓并不在乎你是不是皇帝。你逼得他不能生存，他就会揭竿而起，要掀翻你的龙庭宝座！在《少年天子》和《暮鼓晨钟——少年康熙》中，虽然清朝政府有着所有新政权同样的勃勃生机，但是，与明朝政府相比，它带来了满族和汉族间的民族矛盾，尤其是满族贵族集团的野蛮统治，加剧了这种矛盾。小说中描写的围绕圈地的斗争，以及逃人法的实施，还有开清朝文禁的"明史案"，都表现了统治阶级与百姓的矛盾。以同春、容姑为代表的汉族百姓，以陆健为代表的南方士子，在清朝权贵的压迫下，生活非常艰难。如果这样的矛盾再激烈一些，好多人都会铤而走险、揭竿而起。顺治和康熙所做的改革，只不过是缓和这类矛盾，从而达到所谓"长治久安"的政治局面。统治阶级和被统治阶级之间的根本矛盾，在那个时代无法根本解决。

凌力小说的一大亮点，是突出描写了西方文化对中国的影响，以及这种影响激起的中西文化冲突，通过当时社会各阶层对西方文化有意识和无意识的抵制，来表现反封建的艰难。孙元化在当时的官僚中是一个异数，这不但因为他仅仅以举人的身份获得封疆大吏的地位，还因为他跟着老师徐光启信了天主教，不贪腐受贿，甚至连一般官员都有的小妾都不纳。他的官位的提升，全依赖西学的造诣，特别是西洋大炮的使用，连"金虏"都惧他三分。然而，这样一个人才，却不能得到很好的使用。他的悲剧，崇祯当然要负很大的责任，但是，晚明整个官场乃至全社会都是造成孙元化悲剧的责任者。你看，他在宁远大捷中和袁崇焕齐名，以西洋大炮打败了清军的侵犯，却不被"朝廷上上下下"推崇，原因就是他使用了西洋大炮，丢了天朝大国的面子。用首辅周延儒的话说："谁让咱是天朝大国哩！西洋大炮不是又叫红夷大炮么？用洋夷之物上阵，体面何存？"他前往就任登莱巡抚，也受到登州兵的质疑："……孙抚院呢？听说是个文人，连进士都没考中，只凭了西洋炮和炮台，就弄上个巡抚，不知他走的是什么路子，竟然混上了这么个肥缺！"① 所以，当崇祯要用他时，官员们只能心存不满，当情势一变，众人便一起投井下石。在《暮鼓晨钟——少年康熙》中，这种中西冲突直接发生在德国传教士汤若望和抵制西方文化的人们中。凌力浓墨重彩地描写了康熙朝著名的"天算案"。那个跳梁小丑似的杨光先能够一度得逞，就是因为社会的上下层都对西方文化有严重的心理抵触。在小说中，以鳌拜为首的清朝权贵集团把用谁的历法当作一种政治选择来看待，因为顺治任用了汤若望，他们要完全否定顺治的改革，所以就必须排斥受到顺治赞同的西学。因此，即使错，也要使用杨光先而打击汤若望，这更助长了康熙初年整个社会对西学的歧视和拒绝的态度。鲁迅先生就指出过这一点："清顺治中，时宪书上印有'依西洋新法'五个字，痛哭流涕来劾洋人汤若望的偏是汉人杨光先。直到康熙初，争胜了，就教他做钦天监正去，则又叩阍以'但知推步之理不知推步之数'辞。不准辞，则又痛哭流涕地来做《不得已》，说道'宁可使中夏无好历法，不可使中夏有西洋人'。"② 为了"祖宗之法"而宁愿舍弃真理，这种华夷之辨中的"民族立场"，在中华民族中具有普遍性。作家写出这段历史故事，其目的很明确，就是把批判的锋芒指向被鲁迅称为"国民性"的愚昧立场。封建主义并非仅仅

---

① 凌力：《倾国倾城》，北京十月文艺出版社 2008 年版，第 43、47 页。
② 鲁迅：《坟·看镜有感》，《鲁迅全集》第 1 卷，人民文学出版社 1981 年版，第 199 页。

存在于封建统治者，它还广泛存在于全体民众中，这是凌力通过小说向我们传达的认识。

综上所述，我们看到，在新启蒙思潮影响下的传统形态历史小说创作，接续了以鲁迅为代表的五四文学的气脉，以其宏大的结构、深邃的思想以及浓郁的现代色彩崛起于80年代的中国文坛上，赢得了读者和评论界的好评。

# 二  文化寻根与文化回归

文化热，或者文化寻根热，与20世纪下半叶世界经济的高度发展，以及全球化的背景密切相关，文化寻根热是后发国家在心理层面抵御全球化的一种自发的社会思潮。当西方凭借着它们发达的资本主义世界体系和强大的经济实力，把文化价值观渗透世界的每一个角落的时候，反而引发了弱小国家尤其是第三世界国家对本民族文化的认同以及重铸民族文化的热忱。美国黑人作家阿历克斯·哈利于1976年出版的小说《根》，不仅在美国黑人和其他移民中引发巨大反响，催生了美国社会各族裔的寻根运动，还引起了世界各国对本民族文化的寻根思潮。寻找文化之根——寻求文化自信，几乎成了经济和文化全球化的一个衍生物。而长期活跃于海外的新儒家学派，在这样的国际背景中，也成了一种显学。美国黑人之所以失落了"根"，是因为在当年黑奴买卖的过程中，他们与家乡非洲失去了联系。而中华民族之根的失落，是因为一百多年来，西方列强的军事、政治和文化的侵略，让我们与自己的文化传统从心理到现实都产生了严重的疏离。所以，在中国大陆乃至整个华语世界中的"寻根热"，更重要的是对民族文化的认同。这种认同的重要前提，就是寻找日益淡忘的民族历史记忆。因为是向后看、向传统看，所以，文化寻根思潮本质上是一种文化保守主义思潮。

保守主义在中国20世纪思想史上曾经饱受激进思潮的批评，20世纪90年代思想界对之有了较科学的认定。"关于对讨论中的核心概念'保守主义'的界定，姜、余两位教授并未有原则上的分歧，只是余先生以通俗简化的说法将之定位在'要求变革较少'上，姜先生则更学理性地阐述为'要求使变革范围于特定的价值取向之内，于尊重传统、尊重权威、民族主义等范围之内'。"许纪霖进而对现代思想史上的保守主义做了一个严格的学理层面的说明："当我们将'保守主义'作为分析工具，用来具体阐释20世纪中国思想史的各个层面的现象时，必须将文化上的保守主义与政治上的保守主义严格分开，因为它们各自所凭借的坐标是不同的。所谓文化层面的激进或保守，主要取决于对中国文化传统的价值取向，主张全盘推倒的是为激进，而文化阐释仍然固守在本土文化框架内的是为保守。所谓政治层面的激进或保守，主要看其对现实社会政治秩序的认同态度，要求根本解决、推倒重建一个新的是为激进，主张在现存系统内作技术性调整和修补的是为保守。"① 王岳川对文化保守主义也有一个比较完整的学术性概括："文化保守主义主要以一种反现代性的、反美学的和文化民族主义的方式出现，是20世纪世界范围内反现代化思潮中的主潮。文化保守主义（cultural conservatism）又称为社会保守主义（social conservatism），强调自由道德的传统价值，其根本意向是对'现代性'的反动。就价值取向而言，文化保守主义崇尚传统文化中优美的、人性的、具有人文主义精神的东西，同时也基本承认和认可西方的物质文明成果，希望将中国精神文明成果与西方物质文明成果整合起来而拒绝西方（尤其是现代和后现代）的精神文化和宗教道德观念，坚持在中国传统文化的根基上开启中国文化甚至人类文化的未来。其骨子里是一种浪漫主义，为葆有人生的诗意和人生内在的魅力，而反对人性的异化和人的工具化面具化。"②

汪晖在回顾80年代中国思想界的变化时说：

"一般来说，80年代中国的启蒙知识分子普遍地信仰西方式的现代化道路，而其预设就是建立在抽象的个人或主体性概念和普遍主义的立场之上的。

---

① 许纪霖：《激进与保守之间的动荡》，《中国近代史上的激进与保守》，李世涛主编《知识分子立场——激进与保守之间的动荡》，时代文艺出版社2000年版，第37页。

② 王岳川：《当代文化研究中的激进与保守之维》，李世涛主编《知识分子立场——激进与保守之间的激荡》，时代文艺出版社2000年版，第434页。

"只是在启蒙主义发生分化的过程中，对这种普遍主义的质疑才成为可能。其最初的表征是相对主义的文化理念的出现。我指的是在 90 年代初期，一些早先的启蒙主义者转而吁求传统的价值，特别是儒教的价值，他们开始怀疑西方社会的各种发展模式是否适合于中国的社会和文化。这一思想倾向特别地受到日本以及韩国、新加坡、台湾和香港等所谓'亚洲四小龙'的鼓励，这些国家和地区的现代化的成功被视为'儒教资本主义'的胜利。"①

90 年代初在大陆发生的激进主义与保守主义、自由主义的大论战中，参与论战的大部分人基本上都着眼于文化范畴内的激进与保守的分歧。当代中国或者世界华语圈的文化保守主义，主要以新儒家为代表，这是一个产生于 20 世纪 20 年代初期，一直发展到现在的一个学术思想流派，这一学派力图在现代中国恢复儒家思想的主导地位，重建儒家的价值系统并以此为基础来吸纳、融合、会通西学，以谋求中国文化和社会的现代化。② 随着亚洲四小龙在社会转型和经济建设上的成功，新儒家的影响日益增强。

自鸦片战争以来，中国的激进主义之所以占上风，主要原因是中国的国力衰退。我们从一个"天朝帝国"一下子变成列强争食的弱国、穷国，为了救国救民，在杰姆逊所谓的"民族焦虑"中，富有忧患意识的中国知识分子逐渐转向全面激进，少数人坚持的保守主义则成了过街老鼠。而激进主义的内涵，就是西化甚至全盘西化，这样的历史主潮一直到 20 世纪 80 年代才发生转机。

当本国落后时，通过自我检讨与反思，引入别国的好经验，这是赶超世界强国的必要途径。但是，因此就要全盘外化，完全抛弃本国的文化传统，显然过激。从文化学的角度看，任何一种文化，都与该民族紧密相连，要完全抛弃本族文化，是一种从理论到实践都不可能做到的事情。因为文化包括了从物质生产、政治制度、价值观念、思维方式、心

① 汪晖：《当代中国的思想状况与现代性问题》，李世涛主编《知识分子立场——自由主义之争与中国思想界的分化》，时代文艺出版社 2000 年版，第 101 页。

② 参见百度百科：http://baike.baidu.com/view/182107.htm。

理意识、审美习惯、文字、语言，一直到生活方式的全套人类生存样式。要让中国这样一个全世界人口最多的国家完全放弃自己的文化，无异于痴人说梦。而从世界的文化多样性角度说，任何民族都不该放弃自己的文化。中国传统文化就其历史的悠久性和空间的广阔度来说，应是世界上最重要的文化样式之一，更不该被放弃。从 70 年代开始，韩国、新加坡以及中国台湾和中国香港的经济相继起飞，加上更早一步跨入现代化行列的日本，伴随着这些东亚国家和地区的现代化转型，以及中国大陆改革开放的初步成功，中国知识分子对本土文化资源有了新的认识，而海外新儒家文化的传播，以及世界范围内民族主义思潮的兴起，更助长了文化保守主义的势头。这也符合逻辑，既然批判甚至否定本国传统文化的动力——激进主义——源自于国力弱化，那么，一旦国家的软硬实力转强，重新肯定本土文化也就成了题中之意。20 世纪末，中华民族已经度过了"最危急的时候"。"文化大革命"结束后，举国一致把经济建设当作主要任务看待，10 年之后中国在经济成就上举世瞩目，而独立自主的国家姿态更与晚清和民国时期完全不可同日而语。紧随其后的就是文化重建，如何充分利用中国传统文化的资源，同时借鉴和学习世界各国的优秀文化，创造一个全新的中国当代文化，应该是中国人民努力的目标。因此，文化保守主义的合理性就凸显出来了。

另外，当年被看作理想的西方文化，却在中西文化的大规模交流中被中国知识分子熟悉，西方文化的弊端也被国人逐渐了解，西方学者对西方文化的反思与批判受到较多关注。彼消此长，对中西文化的新认识也极大地促进了文化保守主义者的自信。

文化保守主义对中国当代文学影响很大，它首先引发了寻根文学的兴起，莫言《红高粱》、贾平凹《商州初录》、阿城《棋王》、韩少功《爸爸爸》等横空出世，很快取代伤痕文学和反思文学而占据了文坛的主流地位。然而，寻根绝不只是寻找和展览各种文化遗迹。寻根文学之所以在这么短的时间里陷入低潮，和寻根作家们过于偏激的认识和狭隘的题材选择有关。但是，把文学置于文化的大背景中创作，这对当时和今后很长时间里的文学创作，都有着深远的意义，尤其对后来被称为文化历史小说的创作，影响明显。

历史小说就其本质来说，与文化保守主义有着极大的同质性。诚如吴秀明所说："历史小说作为与传统文化直接对接的一种文体，这一文体特性使得它在文化价值取向上与上述所说的新保守主义产生特别密切的关联，并进而成为新保守主义在创作界的大本营。"① 当然，并非所有的历史小说都具有文化保守主义的特质，就当代传统形态历史小说而言，以《李自成》为代表的表现农民起义题材的作品，就因为其强烈的意识形态性而缺乏这样的传统文化认同感。而本书前一节论述的受新启蒙思潮影响的历史小说，也较少有这样的文化认同感。

在传统形态历史小说中，1985 年出版的《金瓯缺》已经表现出对传统文化的关注和热情。徐兴业在小说中很注意使用民间掌故和民俗、俚语，这不仅使小说别有情趣，还凸显出表现对象的历史风貌和地方特色。比如第一卷第三章对东京灯节的细致描绘，让读者恍若置身于北宋末年那个绮靡繁华的东京城。民俗也许是当年最不易受到主流意识形态批判的传统文化要素，作家在小说中花费如此多的篇幅来表现民俗，并非要展览自己的历史知识，除了加强历史氛围、凸显时代特色外，多少也暗藏着作家对历史文化的某种喜爱吧？不过，在 80 年代初期的社会氛围里（《金瓯缺》出版于 1985 年，但第一卷应该创作于此前较早的时间段），作家还不敢毫无忌讳地表达这种喜爱，所以在行文中，一方面，作家对东京的繁华尽情赞颂：

> 普天之下，哪有一座城市比得上东京，哪有一个节日比得上东京的灯节？绝对没有！把人类精心创造的有关形容词"繁华""绵丽""热闹""喧阗""金碧辉煌""光彩夺目"等字眼都用尽了，也不足形容东京的灯节于万一。②

另一方面，徐兴业又借此批评东京人醉生梦死、鼠目寸光，比如说东京人"对战争的无知""疯狂地掠夺，尽情地享受，毫无保留地消费，

① 吴秀明：《长篇历史小说的文化阐释》，文化艺术出版社 2007 年版，第 247 页。
② 徐兴业：《金瓯缺》第一卷，长江文艺出版社 2009 年版，第 58 页。

完全绝对地占有"，等等。全书中，作家对东京人尤其是当时东京上层统治阶级，一直表达着这样的批评。是作家在潜意识里以此作为自己迷恋传统文化的某种遮掩吗？

真正大胆表达对传统文化的肯定与热爱的，应该是二月河的"落霞"系列《康熙大帝》《雍正皇帝》《乾隆皇帝》，和唐浩明的"近代人物"系列《曾国藩》《旷代逸才——杨度》《张之洞》。这两个作家，一个坚持大众化的创作道路，公开宣布以满足读者需要为创作的第一原则；另一个则凭借着编辑《曾国藩全集》的积累，以及对晚清历史的熟稔，坚持文史结合的创作模式，走严肃文学的道路。就他们各自的成名作看，二月河以描写清帝著名，被戏称为"皇帝作家"，唐浩明则以写晚清名臣受读者关注，他小说中的主人公曾国藩、杨度和张之洞，都曾是晚清政坛上的风云人物，对晚清乃至民国的历史影响颇大。但他们都不约而同地称自己的小说为文化历史小说，他们的创作成了当代传统形态历史小说领域里文化保守主义的重要作品。

如果说，坚持思想启蒙立场的历史小说家，秉持的是科学与民主的原则，抓住人性与现代化作为观照历史的标尺，那么，走向保守主义的历史小说家则高举文化的大旗，把肯定和继承传统文化作为重新评价历史的充分理由。正如唐浩明在《唐浩明评点曾国藩家书》自序中所说："当今的时代，是一个全球经济一体化的时代，西方文化依仗着经济势力的强大，正在向世界各个角落风卷残云般扑来，大有排斥、压倒一切文化的势头。曾经创造过五千年灿烂文明的中国文化，在如此形势下如何立足，它究竟还有没有存在的必要，中华民族还需要它的哺育吗？它还有发展的可能吗？这些原不是问题的问题，如今似乎已成了有识之士的困惑。"[①] 他又说，"以往论者多习惯从政治上和道德上给曾国藩定位，我主要从文化层面上研究曾国藩，塑造曾国藩的文艺形象的。"[②]

立场的改变，必然影响作家对历史的评价姿态。在二月河与唐浩明这里，不复再有启蒙主义知识分子对传统文化的挑剔眼光和批判冲动，

---

① 唐浩明：《唐浩明评点曾国藩家书》，岳麓书社 2002 年版。
② 唐浩明：《我写〈曾国藩〉》，《战略与管理》1994 年第 3 期。

他们更多地带有同情与理解来描述历史和历史人物，正如吴秀明在分析唐浩明的保守主义立场时所说："唐浩明这三部作品首先在历史层面上打破过去陈旧僵化的道德认知标准而另辟蹊径，努力对长期被'误解'的历史人事特别是被贬斥的守旧或反面人物，达成一定体谅和理解的'同情'性评判。"① 这里的所谓"陈旧僵化的道德认知标准"，其实就是百年来树立起来的激进主义标准，除人性和现代化之外，还有诸如从民族主义角度看待清朝皇帝对汉族和其他少数民族的凶狠镇压，从阶级斗争角度看待以皇帝为代表的封建统治阶级对人民群众的残酷统治。但在文化保守主义这里，所有的历史人物和历史事件都可以给予完全不同的评价，从小说文本中显示的倾向来看，他们的评价标准有这样几条。

第一是民本主义。在世界上一切事物中，人是最重要的，在所有人中，又以人民群众最为重要。把人置于文化之上，是当今谁都无法否认的"公理"。与此前的旧保守主义相比，二月河、唐浩明式的文化保守主义不再只是旧文化、旧道德的维护者，民本主义成了他们褒贬历史人物和事件的最有力的论据。在他们笔下，被激进主义当作反动派的历史人物，恰恰最替老百姓着想，对老百姓最有利。这一点，在二月河的"落霞"系列里表现最明显。他为康熙、雍正和乾隆翻案的手段归纳起来有这样几条：（1）三位皇帝"执政为民"，他们的统治紧紧围绕着让老百姓过上好日子这个"中心议题"展开。小说中常常出现的诸如赈灾、打击土豪、惩治贪官、治理黄河等，都表现出皇帝们对百姓的关怀和爱护。（2）以历史家的治史方式，为三位皇帝辩诬。例如，描写"明史案"发生于康熙亲政之前，是有着篡权图谋的鳌拜对汉族人民的打压，与康熙无关；雍正的所谓酷政，虽然包含了他的政敌对他的诬蔑，但也的确反映了他执政严厉的一面，而这正是对康熙朝晚期吏治松弛的拨乱反正；雍正一生清廉寡欲，当皇帝后更是宵衣旰食，勤于政事，是少有的好皇帝；乾隆不仅勤政，而且是一个富有人情味的皇帝，等等。如二月河所说："……但是皇帝他是封建社会的代表，作为最高统治者，他只要能对当时的生产力发展和老百姓生活的改善，对社会的安定和民族的团结做

① 吴秀明：《长篇历史小说的文化阐释》，文化艺术出版社2007年版，第249页。

出了贡献，就应该受到我们的尊重，可以称他为中华民族的脊梁。"① 康、雍、乾三朝之所以能被二月河如此强调其民本的色彩，最根本的原因是经济繁荣和国力强盛，中国封建社会的第三次高峰这一被历史学家普遍认可的事实，有力地支撑了二月河为他们所做的翻案。

第二是历史进步的概念。衡量历史上的人事，使用历史进步的概念，本来是激进主义的"专利"，但在二月河、唐浩明这里，巧妙地转变成了他们的衡量标准。这里的关键，是如何理解"进步"这一概念的内涵。在激进主义者看来，所谓进步，就是脱离传统向现代前进，也就是所谓现代化。但在文化保守主义这里，通过努力，把国家或社会从纷乱向政治清明推进，从国力虚弱向国力强大推进，就是进步。他们放弃了"进步"这一概念所内含的线性历史观，所以，在二月河看来，脱离晚明的战乱频仍，让民众能安居乐业，实现从乱到治的转变，就是进步。即使康、雍、乾三位皇帝在镇压内外政敌时手段过狠，却因为能换来社会的安定和百姓的安居，所以清初仍然被认定比晚明进步。唐浩明描写的历史时段比二月河的稍晚，1840 年的炮声把中国拉入全球化时代，中西文化冲突也骤然在国内展开。曾国藩虽然以镇压太平天国起家，面对西方文化的冲击，他却是洋务运动的首创者。开办工厂、自造枪炮和军舰、派遣学童赴美留学，目的只有一个：让中国变得强盛，能自立于世界民族之林。而提倡"旧学为体，新学为用"（后演化成"中体西用"）的张之洞，更是洋务运动的中坚。他们在维护中华民族的独立和尊严上，是做出了历史贡献的。在整个国家走向崩溃的晚清，无论保存民族的独立，还是在推动社会革新上，他们都是有功之臣。

第三是强调文化的意义。正如前面所说，由于社会文化环境的转变，在国人心目中，传统文化已经不复是中国积弱积贫的原因，它的正面价值逐日凸显。在对很多事物的评价中，文化甚至成了标准或者理由。当然，处于 20 世纪末期，历史小说家决不会像 19 世纪的保守主义那样对传统文化全面肯定。从二月河与唐浩明的小说看，他们比较肯定的传统文

---

① 二月河：《我对〈雍正王朝〉有微词——论帝王系列与〈红楼梦〉》，《艺术评论》2007 年第 4 期，第 28 页。

化内涵，主要是民俗文化和内化于小说主人公身上的文化人格。

首先，在当今社会中，民俗文化是最不容易引起意识形态冲突却能强化文化认同的事物。所谓民俗，即民间风俗，指一个国家或民族中广大民众所创造、享用和传承的生活文化。包括"语言、行动和心意传承三方面。如过去各种劳动的组织，操作的表现形式和技术特点，宗教信仰、年节风俗，人的一生所要奉行的各种仪式（如婚丧），各种赛会、民间艺术活动等"①。同一个民族中生活的人们，有着相同的民俗文化，这是民族认同的重要根据。民俗是人类学研究和文化研究的起点。鲁思·本尼迪克特说："遍于全世界的传统习俗融汇了详尽入微的人类行为，这些行为比任何个人的行为——不管这个人的行为有多么古怪异常——更令人感到惊奇。当然，这只是事实的一个微不足道的方面，更为重要的是，我们必须看到，风俗习惯对人的经验和信仰起了决定性的作用，而他的表现形式又是如此千差万别。"② 她在这里所说的传统习俗和风俗习惯的概念，就是本书所说的民俗。风俗习惯和社会制度、价值观念、思维方式，构成了整个文化模式，而风俗习惯又往往是一个人最早、最感性地接受的文化要素。要了解历史，了解社会，民俗也是一把重要的钥匙。所以周作人说："希腊的民俗研究，可以使我们了解希腊古今的文学；若在中国想建设国民文学，表现出大多数民众的性情生活，本国的民俗研究也是必要的，这虽然是人类学范围内的学问，却于文学有极重要的关系。"③ 在历史小说中描写民俗内涵的东西，进行生活化、风俗化的描写，不仅能增强历史氛围，还能强化民族文化特色。所以，多数历史小说家都对反映特定历史的生活细节了解考证得十分清楚，诸如婚丧、科举、官制、人际关系、年节乃至饮食起居等，都必须符合特定时代的规定。有学者就指出：二月河"为'讨好'他的读者，他并不拘泥那些小的历史史实，为给广大读者描绘清代社会的市井风俗，他把笔触伸入饮食服饰、蓬门荜户、人伦物理、宫廷庙堂、典章制度、礼义乐章、里行杂业、

---

① 《辞海》，上海辞书出版社1989年版，第2032页。
② ［美］鲁思·本尼迪克特：《文化模式》，浙江人民出版社1987年版，第2页。
③ 周作人：《在希腊诸岛》，《小说月报》第12卷10号。

青楼红粉、勾栏瓦榭、三教九流、五行八作之中，尽量张扬想象的翅膀。为使作品情节引人，不仅虚构了才高八斗、学富五车、半人半仙的伍次友、高士奇诸形象，而且在行文中穿插了武打、言情、巫术、诗词、歌赋等，或扣人心弦，或亦庄亦谐，给作品平添了无穷的趣味性和可读性。"① 唐浩明也非常注意民俗的描绘，把这看作是进入历史空间的重要凭据，这与他对历史小说的认识分不开："写当代题材的小说，人文氛围的营造，对作家来说或许不太难；对历史小说的作家而言，此事最见功力。因为它需要作家对他笔下的世界有着全方位的掌握，即对那个时代的社会概况、生存状态、民俗民间、风土人情、饮食起居、典章制度等方面都得清楚，而此种'清楚'的得来极不容易。它不是凭聪明就可以想得到的。它要作家下笨功夫、苦功夫，要有坐十年冷板凳的毅力去钻进故纸堆。"② 在《曾国藩》中，小说一开始，作家就详细描写了曾母丧事场面，"素灯高挂，魂幡飘摇"，以及挂满两壁的祭幛，那种庄重、肃穆、悲伤的场景，还有曾国藩躲生，曾家妯娌请贺家坳张师公作法捉鬼，这些情节都带有浓郁的地方风俗特色。当然，在这方面下功夫的，并非只有文化历史小说。与此前的历史小说相比，在表现民俗文化方面，我以为文化历史小说最突出的特征是对以道教和佛教为中心的神秘文化的描写。在"落霞"系列中，二月河塑造了胡宫山、清风道人、贾世芳、甘凤池、一枝花、李雨良等迹近怪异的形象。比如《雍正皇帝》写到甘凤池时有一段文字，让人觉得仿佛在看武侠小说。写贾世芳更离奇，不仅写他会看相，知道人的前生后世，还会作法画符驱鬼神。他死了后，还能化鬼与雍正对话。据说，上述这些人物也不完全是空穴来风，在清代的野史笔记中，就有对甘凤池、贾世芳等的记述。二月河只是根据小说创作的需要，在这类材料上加入了他的虚构而已。在唐浩明的小说中，也有这一类人物形象，比如在《曾国藩》第一卷"陈敷游说荷叶塘"一节中，陈敷大谈风水和相学，把《青囊经》和《葬书》说给曾国藩听，

① 刘克：《通俗是一种美的艺术境界——论地域文化对二月河历史小说文思的影响》，《湖北大学学报》（哲学社会科学版）2003 年第 6 期，第 76 页。
② 唐浩明：《我看历史小说》，《理论与创作》2004 年第 1 期，第 23 页。

在为曾国藩母亲寻得一块下葬的"风水宝地"之时，还大讲朱元璋得天下实为其父母葬地的风水好，又在和曾国藩秉烛夜谈时，用相学理论激励曾出山。在曾国藩因母丧回家丁忧时，他又扮作丑道人，借为曾国藩看病时，推荐曾国藩读《道德经》，"岐黄可医身病，黄老可医心病"，用心良苦地为曾国藩的再次出山做思想准备。作家虚构的康禄、康福两兄弟，也颇有江湖侠客的风格。这些均为《曾国藩》增添了浪漫色彩和民俗内涵。作家这方面的努力，曾经受到过一些批评。我的看法是，一方面，要看到这种写法包含着对传统文化的阐扬，以及对科学主义的某种反省。但在肯定作家这方面的努力的同时，我们也必须指出，传统文化存在着良莠不齐的状况，是不是凡是属于传统文化的东西都有继承的必要？而且，这里还有一个当代性的问题，阐扬古代文化必须考虑时代的发展变化。比如，20 世纪以来，世界的科技发展非常迅速，"文化大革命"结束后，我国的科学知识普及率也已远非新中国成立前可比。所以，在现在这个时代写历史小说，还把人物写成能飞檐走壁、呼风唤雨的神人，小说的真实感就会大打折扣。在读者的心目中，当代传统形态历史小说具有现实主义的品格，和武侠小说是两种文类。因此，像二月河这样把历史小说写成准武侠小说乃至神怪传奇，多少有些不伦不类。在这一点上，唐浩明做得较好，这和他对历史小说的认识有关。"一部长篇历史小说应当是一个时代的史诗，而笔底下的那个时代，是当时人们所共同拥有的公共空间。作家一旦进入这个公共空间，就得遵守此空间的规矩原则，不能凭一己之好恶而随心所欲，不能依自己的个性而恣意妄为，否则就会犯众怒，引来公愤。作家要从心里有一种尊重谨慎小心翼翼之不敢亵渎的心理状态，故而将会对笔下所写的对象下功夫去查找、去熟悉、去研究，力求把握时代的大脉搏，摸准它的律动变化，对这个时候发生的大事情，以及活跃在这个时代中的重要人物，都要有清楚地了解、清晰地认识。严肃的历史小说便在这里与戏说历史的古装戏有了鲜明的分野。"① 从作品可以看出，他没有二月河那样汪洋恣肆，相对比较严格地按照现实主义原则进行创作。比如对野史中记载的"曾国藩是蟒蛇精

---

① 唐浩明：《我看历史小说》，《理论与创作》2004 年第 1 期，第 23 页。

投胎"的传说，他也只是用曾国藩祖父的梦加以表现，没有什么发挥。这很可能与唐浩明学工科出身有关，严格的科学训练让他对世界的看法与现实主义精神更贴近。如果要把这两位作家进行对比，我以为，从利用民俗资料进行创作上，唐浩明严谨但失之呆板，二月河浪漫但失之虚假。

其次是强调主人公的文化人格。人格是指人的性格、气质、能力等特征的总和，也指个人的道德品质和人的能作为权利、义务的主体的资格。而文化人格是强调文化对人的人格形成的影响。其实，一个人的人格的养成，既有先天遗传的因素（主要是生物性的），也有社会文化环境塑造的作用。鲁思·本尼迪克特在论述文化对人的影响力时说："个人生活史的主轴是对社会所遗留下来的传统模式和准则的顺应。每一个人，从他诞生的那刻起，他所面临的那些风俗便塑造了他的经验和行为。到了孩子能说话的时候，他已成了他所从属的那种文化的小小造物了。待等孩子长大成人，能参与各种活动时，该社会的习惯就成了他的习惯，该社会的信仰就成了他的信仰，该社会的禁忌就成了他的禁忌。"① 如果说，一般的文化是这样影响其成员的，就中国文化来说，儒学提倡的有意识地培养人的文化人格的方式，对本民族成员的影响就更明显。所谓修身、齐家、治国、平天下，就是提倡以强化自身的文化人格起步，最终成为国家的栋梁。"在孔子时代，有两种求学方式：一种是为了做官、为了谋生，另一种则是为了完成自己的人格。从儒学的立场看，前一种求学是虚脱的、不实在的，后一种才是实在的、能够安身立命的，即所谓'为己之学'。必须注意，这里的'己'，不是一个孤立绝缘的个体，而是一个在复杂的人际关系中间所显现的中心点。这个中心点永远也不能成为完全孤立的、与外界毫无联系的发展形态。因此，要完成自己的人格，也就关系到要发展他人的人格，即所谓'己欲立而立人，己欲达而达人'。这样，就不可避免地要对社会、对国家负起责任。"② 二月河和唐浩明在小说中刻画的主人公，就是这样表现他们从修炼自身到治国的

① ［美］鲁思·本尼迪克特：《文化模式》，浙江人民出版社1987年版，第2页。
② 杜维明：《一阳来复》，上海文艺出版社1997年版，第113页。

全过程。

唐浩明对曾国藩的文化人格描写，首先表现在主人公对儒家信仰的身体力行。唐浩明在创作谈里明确地说，他塑造曾国藩的艺术形象时，是从确认他的文化修养开始的："但是曾国藩的修养却是超等的。他的修养成就植根于他的学养和意志。曾国藩从小受过系统良好的教育。入京之前，曾师从过欧阳凝祉、汪觉庵、欧阳坦斋，这些人都是湖南的名学者。考中秀才后又进了岳麓书院。岳麓书院历史悠久，师资雄厚，是当时全国有名的书院。进翰苑后，又拜一代名师唐鉴攻理学……湖南学风远承周敦颐之余绪，近受王船山之影响，到清末已形成一个带有浓厚地方特色的学派，当时号为湘学。湘学重性理，讲节操，立足在经世致用。士人平日切磋学问，砥砺品行，一旦风云际会，则出而担当天下大任。这是清末湖南读书人的特点，曾国藩可谓其典型代表。从他早年的家书、诗文、日记里，可以看到他在修身养性方面严肃认真的态度，他那种自己与自己作斗争的精神，真是少有人及。这种严格的自我修养，锻炼培养了他异乎寻常的意志和毅力。"①

小说对曾国藩的修身养性，落笔较多。比如第一卷第三章回忆曾国藩当年向唐鉴学义理之学，就学着老师的样子，为自己规定了十二条，日日照着做，还写日记反省自己的行为思想，深得唐鉴赞许。再如第二卷第四章写曾国藩纳妾，因为离咸丰去世百日差了两天，他就坚持让女孩儿去另一间屋子住两天，待两天后再正式同房。曾国藩对自己如此严谨，并非只为图虚名，而是对程朱理学的身体力行，是实践自己的信仰。曾国藩能以一介书生，在内忧外患的时候，几乎是独木撑起了清政府这既倒的大厦，没有深厚的修养做根基，是难以达到的。全书讲述了曾国藩墨经出山、招兵练勇到打出湖南，屡败屡战，终于成了大气候。其成功的原因之一，就是在个人修养上的不断砥砺自己、提高自己。这样做，正如唐浩明所说，不仅仅是人品修养上的提升，还在于能锻炼培养人的意志和毅力，而正是这把曾国藩逐步推向了成功。

曾国藩还推己及人，把他的修身养性之道往全社会推行。曾国藩本

---

① 唐浩明：《〈曾国藩〉创作琐谈》，《文学评论》1993 年第 6 期，第 23—24 页。

人并没有多大的军事才能，但他以捍卫名教为宗旨，以复兴清朝为目标，所以对当时和后来的中国社会，影响深远。"他的抱负是继承道统，陶铸人心，整顿世风，强国富民。他常对人说，风俗之厚薄，本于一二人之心所向，由一二人影响一批人，再由这批人带动大部分人，造成一股势力，就可以移风易俗。"① 他治军很严，不仅一开始就敢于把以邻为壑的金松龄绳之以军法，而且所募兵丁，都是"那些有根有底、朴实勤劳的种田人"，不招收那些武艺高强的侠客流民，而将领幕僚，都用孔孟弟子、程朱信徒。与已经腐朽的八旗绿营相比，初建的湘军因而生气勃勃，富有斗志，巧于运筹、善于征战，"这支湘军目标之明确，纪律之严明，内部之团结，尤其文化素质之高超，为清朝开国以来所未有，中国军事史上所罕见"②。虽然清朝已经处于腐朽的最后阶段，所谓同治中兴也只是封建社会的回光返照，而小说对湘军后期的描写，也显示了清朝的腐朽没落趋势是几个人的努力无法改变的。但知其不可为而为之，小说中的曾国藩充满了历史的悲剧感，小说对此描写，却把主人公的文化人格凸显了出来。

二月河也非常重视对小说主人公文化人格的表现。二月河与唐浩明一样，都面临着一个把百年多来几乎盖棺论定的历史人物重做评价的难题。曾国藩曾被认定为汉奸、卖国贼和镇压农民运动的刽子手，而康熙、雍正和乾隆，则常常被指责为暴君，是满族贵族阶层的政治代表，对汉族人民犯下了滔天罪行。雍正更是篡权夺位、弑君屠弟的阴险小人。无论阶级仇、民族恨，还是从传统道德角度评价，清朝这几个帝王都是反派角色。因此，如何从文化人格上重新塑造他们，是二月河在创作"落霞"系列小说中重点要做的事情。综观"落霞"三部曲，二月河主要从这样两个方面展开描写。

第一，强调主人公对中国传统文化的亲近和继承。清朝开国的几位皇帝，从顺治开始，对中国传统文化尤其是汉文化都非常醉心。康熙和

---

① 唐浩明：《〈曾国藩〉创作琐谈》，《文学评论》1993 年第 6 期，第 25 页。

② 邹琦新：《封建末世理学名臣的悲剧形象——评长篇历史小说〈曾国藩〉》，《小说评论》1995 年第 4 期，第 15 页。

乾隆的诗歌和书法，更是突出，所以，二月河在这方面大加发挥就很容易被读者接受。比如，《康熙大帝》一开始就虚构了一位汉族饱学之士伍次友，康熙用近乎传奇的方式与他相识，又在亲政前私下里延聘他为教师。在"拜师"一回里，有些描写很能看出二月河的用心。比如当康熙假扮索额图的弟弟，与伍次友在索额图家再次相见时，索额图这样向伍次友介绍道："舍弟自有祖荫功名，并无为官之意。只是让他随先生读经阅史，再学一些诗词陶冶性情。八股文什么的，竟可一概免去。"① 这样的读书法，可能是中国古代自有科举以来，很多士人都向往而难以达到的读书境界。而少年康熙居然如此学习，给我们的印象，他比中国文人更文人化，这无疑让读者增添了亲切感。作家还虚构了苏麻喇姑拷问伍次友的情节，这情节套用了古代很多戏剧和小说中小姐身边的丫鬟拷问落难秀才的故事。但是用在这里，作家是在暗示我们，连这么一个陪伺小皇帝读书的小宫女，都有这样的古代文化知识，何况康熙本人呢。

乾隆在小说中第一次出场，不仅显示了他的聪明伶俐，话语间也充满了他的传统文化教养。他与爷爷的对话，不仅显示出少年乾隆的聪明，也充分显示出他所受的传统文化的教育。康熙后来还破例把乾隆带在身边亲自教养，所以在传统文化的修养上，他可以和康熙相媲美。当最后要确定皇位继承人时，因方苞一句话，为了这聪明又有教养的孙子，康熙最终确定雍正承继大统。

第二，强调三位皇帝的言行符合传统道德。康熙、雍正和乾隆，虽然共同创造了被称为"康乾盛世"的中国封建时代第三个高峰，但是，以一百万满族人入主中原，清朝皇帝们动用了非常残酷的手段镇压汉族和其他少数民族的反抗，手段之毒辣凶狠令人难忘。所以，直到孙中山领导的革命，还把"驱除鞑虏、恢复中华"作为斗争目标。虽然一些历史学家跳出民族矛盾的窠臼，从历史进步的角度来评价这几位皇帝，但在大众的集体记忆里，这几个皇帝的凶暴残忍，是无法抹去的。尤其是雍正在谋取皇位的过程中，弑父篡位；为消除异己，还把皇八子和皇九子直接以猪狗命名，圈禁起来。最后留下了阴谋夺嫡、杀兄屠弟、杀人

---

① 见二月河《康熙大帝》第一卷第十三回"康熙帝屈尊拜明师　伍次友应聘教龙儿"。

灭口的千古骂名。为打击汉族知识分子而绵延数朝的文字狱，更给汉族和其他少数民族留下强烈的印象。二月河要把这些皇帝写成深明大义的谦谦君子，是动足了脑筋的。不是说清朝是"异种也称王"吗？不是说"非我族类，其心必异吗"？二月河在塑造主要人物时，就是力求去异求同，尤其是道德层面上与中华传统的趋同。比如上引康熙正式拜伍次友为师时，康熙对索额图说："既然咱们合演这一出戏，那就要唱得真一点，唱砸了朕是不依的。你是哥子，我便是兄弟。我虽是君他可是师！师道尊严，你道朕连这个都不知吗？"真是掷地有声，哪是蛮夷皇帝的样子呢。

在《康熙大帝》第四卷中，雍正和胤祥两位皇子一出场，虽然一个威严一个莽撞，但在"张五哥事件"中表现出对下层百姓的同情之心。还怕读者不明白，作家又借着十三爷的口强调："胤祥知道，这位四哥虔诚信佛，面虽冷而心善。"① 在《雍正皇帝》第134回中，雍正斥责弘时不讲五伦，而这番话的潜台词，是说雍正的言行全都符合五伦，做坏事的是弘时，千古罪名，就此一洗而净。

为了表现这个"同"，二月河还采用了善恶对比的手法，以凸显小说主人公的人格魅力。如小说在塑造雍正形象时，强调其他几个皇子在道德上的败坏，如太子的诱奸母妃，八王爷等人的结党营私，大皇子、三皇子的庸碌无能等，其实都在突出雍正和胤祥的光明磊落、心怀国家与民众的美德。这种典型的通俗小说忠奸对立模式的写法，虽然容易激发大众的共鸣，然而这以牺牲复杂的人物性格为代价，而且也破坏了小说的历史拟真度。在这一点上，"落霞"系列不如唐浩明的小说高明。在《曾国藩》中，小说在表现主人公的人格魅力时，并不讳言其缺点，如他镇压农民军的残忍，比如他有时候表现出来的懦弱，在决策的关键时刻犹豫不决，等等。写出人物的不足与缺陷，反倒能丰富其性格，体现真实性。一味拔高，脱离了历史真实，貌似爱笔下的人物，其实是害了他们。这大概也是一种艺术的辩证法吧。

文化历史小说在90年代以来一直是历史小说创作的重点，除了上述

① 见二月河《康熙大帝》第四卷第二回"净面王威慑何藩台　两兄弟惊富刘家庄"。

描述明清时期的作品外，到先秦时期寻找中国传统文化源头的小说也有好几部，如杨书案《孔子》《庄子》，韩静霆《孙武》等，这些小说，旨在文化寻根，如二月河在创作自述中所说："我写这书主观意识是灌输我血液中的两样东西：一是爱国，二是华夏文明中我认为美的文化遗产。我们现在太需要这两点了，我想借满族人初入关时那种虎虎生气，振作一下有些萎靡的精神。"① 文化寻根，是为了现今社会的文化重建，这是许多历史小说家创作的主要动力之一。虽然仍有一些不足，但文化历史小说展现的创作大潮，较好地体现了作家们这一美好的意愿。

## 三　革故鼎新与社会发展

处在 20 世纪 80 年代以来的改革大潮中，作家们不可能不关注这场关系中国人命运的大事。用自己手中的笔参与改革，这应该是作家的第一反应。以《乔厂长上任记》为开端，《改革者》《祸起萧墙》《三千万》到《沉重的翅膀》《故土》《花园街五号》《新星》等，形成了被称为改革文学的热潮。传统形态历史小说的创作，也在较早时期进入了改革这一主题。例如，《少年天子》的主题之一，就是政治与文化改革。顺治作为入关后的第一任皇帝，亲政之后力图改变满族的文化落后状态，大力推动满族贵族学习汉文化，并重用汉族官员，融合满汉两族的关系，以维持清朝的长治久安。但他的改革遭到满族贵族的抵制而最终失败。顺治的失败带有浓郁的悲剧气氛，与《沉重的翅膀》异曲同工。

进入 80 年代末以来，中国的改革进入攻坚战。属于保守主义思潮阵营的新权威主义，也在思想界异军突起，受到人们的关注。笔者注意到，在这个时期的传统形态历史小说创作中，也出现了与这一思潮相呼应的作品。他们关注历史上以强权姿态治理国家或实行改革的政治家，并用生动的形象表现出来。二月河的"落霞"系列，唐浩明《张之洞》《旷代逸才——杨度》，熊召政《张居正》，都呈现了这方面的特征。

---

① 二月河：《二月河作品自选集》，河南文艺出版社 1999 年版，第 239—240 页。

首先，新权威主义于 80 年代末出现在中国的思想界。新权威主义"强调在中国不应该完全像西方一样走向个人主义和自由主义，而应该具有一种集体精神性的权威主义，正是这种权威主义的集体向心力，成为东方模式、东方政治稳定和国家建设具有向心力的基本保证。"① 虽然这个理论一出现，就在中国思想界引起一场争论，反对的声音似乎多于赞成的声音，但其主张仍然深刻地影响了思想界。新权威主义的出现，首先源于中国改革的现实。自从十一届三中全会打开改革开放的大门，濒临崩溃的国家经济重新开始走上正轨，特别是农村实行土地承包制后，农业生产起死回生，城市改革围绕经济上的分权与扩大企业经营的自主权而展开，初步的效果也是很好的。但是，经济上的"自由化"倾向和政治上的集权化构成了中国改革的深层次矛盾。这涉及调整政企关系、转变政府职能等方面的问题，而中央政府与地方政府的权力分配、计划经济与开放搞活等矛盾，也纠缠在一起，难以解决，整个国家出现了"一改就放、一放就乱、一乱就收、一收就死"的循环，令经济改革无法深入，也显现出政治改革的必要性。

其次，新权威主义在中国的流行，得益于当时经济发展十分显眼的东亚四小龙的示范效果。第二次世界大战后，中国香港、中国台湾以及韩国和新加坡通过专家治国，促使经济腾飞并在此基础上政治向民主化转换，这让新权威主义理论有了坚实的现实依据。萧功秦在谈到新权威主义时这样说：

"我的看法是：新权威主义应当是指第三世界的非社会主义国家，在其早期现代化过程中，所经历的一种特殊的政治形态。

"第三世界不发达国家，在西方工业文明的冲击下，随着民族主义的崛起，原有的旧王朝或殖民统治宣告崩溃。在此基础上建立起来的新兴国家，一开始，往往直接仿效西方的议会民主制度，希望借助民主政体使国家走上现代化。然而，由于不发达国家内部现代化因素的贫乏，新建立的议会民主政体，无法控制整个国家的政治局势。经济发展迟缓、教育水平低下、社会动乱频繁，刚刚建立起来的民主政体陷入持续的危

① 王岳川：《中国镜像——90 年代文化研究》，中央编译出版社 2001 年版，第 137 页。

机状态。此时，这个政权的内部往往会出现具有一定现代化意识及行为导向的政治、军事强人，采取强有力的铁腕手段，自上而下地推行建立其权威政治，从而稳定社会秩序。同时，这些军事或政治强人，大力引进外国资本、发展民族工商业、普及教育、扶持国内的中产阶级。不发达国家在经历了这一变化之后，国内工商业得到迅速发展，中产阶级力量逐步增加，从而为整个社会稳步地向现代化过渡创造条件。从新权威主义的产生与发展历程来看，我们也可以对新权威主义下这样的定义：它是作为对第三世界早期议会民主制的反动而出现的，由具有现代化意识及导向的军事、政治强人而建立起来的权威政治。"①

再次，亨廷顿的政治学说的影响。亨廷顿系统研究了第三世界国家在实现现代化过程中的政治参与和政治稳定问题，在《变革社会中的政治秩序》一书提出了他的政治秩序论，为第二次世界大战后西方兴起的现代化理论增添了新内容，也据此奠定了他作为当代西方保守主义政治学大师的地位。该书十分强调政治稳定，把对政治稳定的追求看作其理论的出发点和归宿。他的名言"首要的问题不是自由，而是建立一个合法的公共秩序。人当然可以有秩序而无自由，但不能有自由而无秩序。必须先存在权威，而后才谈得上限制权威"②。

最后，中国的新权威主义从本质上说，属于这一时期正在崛起的保守主义范畴。中国近代以来的保守主义，像辜鸿铭那样的"顽固派"是极少数。从曾国藩、李鸿章、张之洞为代表的洋务派到康、梁的改良派，其实都认同改革，只不过他们主张这种改革应该是渐进的，而且不应该完全抛弃中国文化的精髓。当然对中国文化的精髓，各家的理解不完全相同。新权威主义者也是这样，他们认同改革，但反对过于激进，主张在政治权威的主持下，实行渐进式改革。换句话说，新权威主义的核心理念，就是在经济发展的时候，必须保持政治的稳定，为此，适当牺牲个人的自由与民主也在所不惜。当然，与传统权威主义相比，新权威主

---

① 萧功秦、朱伟：《关于"新权威主义"理论的答问录——新权威主义：痛苦的两难选择》，《文汇报》1989年1月17日第四版。

② 亨廷顿：《变化社会中的政治秩序》，参见百度百科"萨缪尔·亨廷顿"词条：http：//baike. baidu. com/view/2122948. htm。

义不再坚持掌握权力者的绝对权威，"合法的公共秩序"的理念把新权威主义和传统权威主义做了鲜明的划分。新、老权威主义还有一个很大的区别，就是新权威主义只是把树立权威作为一个手段，目的是为了实现国家的经济发展和现代化。

"《世界经济导报》1989 年 1 月 16 日发表吴稼祥文章，他引用了部分学者的观点，强调现代化的进程中集权的作用，认为在现阶段，采用集权或半集权式的政治体制，是发展商品经济的需要；认为在目前条件下由一些强有力的领导人物强制性地推进现代化，比马上实行民主更为可行。当务之急是使社会生活两重化，即经济上实行自由企业制，政治上实行集权制；认为大陆的改革和现代化也需要政治强人，就类似于近几十年来在东亚诸国和若干地区产生的那种政治强人，认为传统社会在现代化过程中政治权力会发生两端变迁，即社会顶端的集权与社会底部个人自由的发展是一个过程的两个方面。作者将以上种种观点称之为'新权威主义'思潮。

"作者认为，上述观点是与传统集权主义完全不同的集权思想，姑且称之为'新权威主义'。'新'在何处？'新'在它不是在剥夺个人自由的基础上建立专制的权威，而是用权威来粉碎个人自由发展的障碍以保障个人自由。剥夺还是保障个人自由，是新旧权威主义的分水岭。使用权威，有把社会引向现代化的成功范例，也有把社会推向灾难深渊的可悲例证，但只要仔细分辨一下，就会发现，范例是保障个人自由的新权威树立的，而抽掉一切个人自由的传统权威主义，每每造成灾难。"①

对新权威主义质疑的人也不少。例如，于洁成就撰文认为，新权威主义不符合中国的国情。我们的商品经济没有发展起来，"要发展商品经济，必须建立民主政治，要使经济体制改革取得成功，必须有政治体制改革加以配合甚至先行。新权威主义论者虽然把他们的理论说成是什么新理论，其实仍然是主张由圣君贤相进行统治的陈腐论调""周文彰在 2 月 3 日《工人日报·社会之声》著文对'新权威主义'进行剖析，认为

---

① 刘作翔：《民主乎？集权乎？——理论界关于"新权威主义"的论争》，《理论导刊》1989 年第 4 期，第 42—43 页。

新权威主义是一张不切实际的'救世良方'。其主要失误在于：第一，中国并不存在权威丧失而重建权威的问题，关键倒是怎样科学地使用这些权力（中央政府）；第二，片面地把集权视为法宝，模糊不清地呼唤'强人政治'和'集权政治'，等于把社会政治和经济重新推回改革前的运行轨道，使改革全面退却。缺乏具体分析而照搬别国和地区经验和模式是'新权威主义'的第三个失误。"① 上述这些发生在 80 年代的论争，现在看来，某些观点似乎已经过时（比如说"要发展商品经济，必须建立民主政治"。因为就我国的实践来看，在一定时间内，可以在民主政治尚未具备的情况下发展商品经济。当然，随着商品经济的进一步发展，民主政治仍然是必须的)，但很多看法仍然有现实意义。即使到现在，我们仍然陷于经济发展与政治民主是否应同步走的困惑，也仍然不能明确判断新权威主义和自由主义哪种观点更符合中国国情。辩证地看，争论双方都有一定的道理，因为就中国之大之复杂来说，没有中央政府的强有力领导，国家就可能四分五裂，经济的发展和现代化进程就可能夭折。这点无须进行理论的证明，辛亥革命后中国社会的残酷现实和现代化进程的艰难曲折已经提供了殷鉴。另外，经济改革之后的政治改革也必须提到议事日程上来，在经济走向市场化后，政治体制仍然保留着计划经济时代的模式，其负面影响已经并还将日益显现出来。在这场争论后的二十年再重新回顾这场新权威主义之争，我们对问题可能看得更清楚了。当然，本书并不打算对这个问题做深入的探讨，笔者的关注点是新权威主义思潮对长篇历史小说创作的影响。

新权威主义思潮对新时期以来的传统形态历史小说的影响，主要体现在二月河、唐浩明和熊召政等人的创作中。二月河笔下的康熙、雍正和乾隆，就是三位强势型皇帝形象。铁血皇帝雍正不仅在政治斗争中稳、准、狠，看准了目标打击不遗余力，不把敌人完全打垮决不罢休。就是在改革过程中，一旦认准了目标，也是勇往直前，决不回头。最为典型的是他重用李卫和田文镜，在他们遭到朝野保守势力的攻击时，他看出

---

① 刘作翔：《民主乎？集权乎？——理论界关于"新权威主义"的论争》，《理论导刊》1989 年第 4 期，第 43 页。

对手们其实攻击的是他的新政，因此，不惜和满朝公卿作对，极力维护这两位推行新政的得力干将。此后，唐浩明《张之洞》、熊召政《张居正》为我们塑造了两位强势的朝廷重臣。他们都处于国家衰落时期，也同样有信心和能力挽狂澜于既倒，为了国家与民族的兴旺，不惜采用强力手段以贯彻自己的政治目的。尤其是熊召政笔下的张居正，堪称铁血宰相。"这部史诗式的历史小说长卷写的是四百年前的明代中后期一场由封建社会杰出政治家张居正所领导的改革运动，即史称'万历新政'的十几年波澜起伏的历程。从隆庆六年春内阁高、张斗法写起，直至是年夏日隆庆'驾崩'，年仅十岁的小皇帝朱翊钧继位，张居正登上首辅宝座，在取得李太后和小皇帝的支持及'内相'冯保的配合下，不畏艰险，厉行改革，裁汰冗官，整饬吏治，整顿驿递，清丈田亩，子粒田征税，实施'一条鞭'新法，抑制贵戚豪强，惩治贪官，排斥清流，终于使日见衰败的大明王朝出现中兴的局面。"① 在中国历史上，大部分的皇朝鼎盛期都出现在建立皇朝之后的一段时间里，只有明朝的鼎盛期出现在皇朝中叶，即张居正实施新政的万历年间，现在史学界颇有争议的中国封建时代的资本主义萌芽，也出现于此时，这部小说的基本倾向是肯定张居正的改革的。

20世纪90年代以来这一类表达对政治权威控制下的改革呼求的长篇历史小说，表现出这样的一些特征。

第一，以塑造铁腕政治人物为中心，表现他们在艰苦卓绝的环境中，如何战胜艰难险阻，最终取得成功。在新时期以来的传统形态历史小说创作中，较早且给读者以深刻印象的，就是以政治铁腕形象出现的雍正了。雍正在《康熙大帝》第四卷"乱起萧墙"出场时，就是一个铁面铮铮的形象：

"胤禛二十七八岁，留着两撇八字胡须，穿戴整齐，白净的面孔上，两颗黑得深不见底的瞳仁，给人一种深沉稳重的感觉……此刻，胤祥见四哥浑身上下袍褂整齐，不觉扑哧一下笑了：'四哥，您回来了。我说这大热天，你又不是娘儿们，脱件衣服怕什么？何必这么捂着呢？着了热，

---

① 何镇邦：《〈张居正〉与历史小说创作》，《南方文坛》2003 年第 6 期，第 50 页。

也是病啊。'"①

　　大热天穿得整整齐齐，显示他严肃端庄的生活态度，这为雍正后来的性格奠定了基石。他在协助康熙主持户部和吏部时，不畏权势，敢于处理积弊，力图扭转官场颓势，弄得官员们对这位四爷怨声载道，称为"冷面王"。但他一心为国家、为百姓，全然不顾官场对自己的看法。登基后，他更是大刀阔斧，一改康熙晚年政纪松弛的弊病，推行一系列新政，尤其是经济上的绅民一同当差、一同纳粮和摊丁入亩、火耗归公制度的实行，在维持社会相对公平、限制缙绅的特权、减轻农民负担以及整顿吏治上，都卓有成效。为了保证经济改革的顺利进行，雍正严惩权贵和贪官，重用李卫、田文镜这样的循吏，对主要以自己的兄弟构成的政敌毫不手软，剥夺八王爷的爵位，把他和三爷、九爷、十爷、十四爷全都囚禁起来。有人评价二月河笔下的雍正形象是"锐意改革，力排众议，朝乾夕惕，废寝忘食，为营造清朝的康乾盛世作出了重要的贡献"②。在小说中，雍正是一个强势改革者，尤其是面对改革的反对者时，他决不退让，破釜沉舟，坚定地按照既定目标前进，坚决打击那些反对或者阻碍新政的官员，甚至不惜采取严酷的手段对付反对者。雍正死后被讥为刻薄少恩、寡情薄义，与这些政治上的雷霆手段有很大关系。二月河一反旧小说《吕四娘传奇》《血滴子》的立场，对雍正的执政持基本肯定的态度，塑造了一个力主改革的强势皇帝形象，在新时期以来的传统形态历史小说创作中，具有一定的开创意义。

　　这样的性格在张居正身上也有充分体现。在熊召政笔下，张居正颇具儒家"内圣外王"的特点。正如作家所说："我曾对人讲过，要想弄清两千多年来中国历代皇权统治或曰国务活动家的基本特征，应该着重关注两个系列的人物，一是从秦始皇到光绪的皇帝系列，二是从李斯到翁同龢的宰相（或相当于宰相）系列。若将这两个系列的人物作大致的分析比较，不难看出，优秀的宰相远多于优秀的皇帝。细究个中原因，乃

---

① 见二月河《康熙大帝》第四卷"乱起萧墙"第二回。
② 武嘉路：《以史著文　以文立史——谈长篇历史小说〈雍正皇帝〉的现实价值》，《中国图书评论》1999 年第 2 期，第 36 页。

是皇帝是世袭制，而宰相则多半是凭着真才实学一步步攀上权力高峰。"①
要建立事功，不能一味讲道德，有时甚至必须抛弃道德的假面具。从小
说中我们看到，张居正那种只讲效益、不择手段的做法，与儒学似乎隔
得很远，有人说他是"法家"，② 也有人说张居正"将王（阳明）学导入
经世致用的人间社会……如果说'阳明学'真正实践运用，是阳明在江
西平乱中的一个接一个的胜利的话，张居正则是用阳明学治国安邦的第
一个"。③ 为了走上首辅的高位以实践自己的政治理想，他可以与太监冯
保联手，可以听命于李贵妃，为了利用殷正茂善于用兵之长，他可以摒
弃迂腐的道学家的原则，把这位著名的贪墨官员放到两广总督的位置上
去平叛。这些情节，都表现出这位铁血宰相与腐儒本质上的区别。以改
革建功立业，总是要和既得利益者产生矛盾，也总会遭到一部分权贵的
抵触和反对。孟子曾说："为政不难，不得罪于巨室。"朱熹注："盖巨室
之心，难以力服，而国人素所取信；今既悦服，则国人皆服，而吾德教
之所施，可以无远而不至矣。"④ 然而，要改革，恐怕是难以避免得罪巨
室的。所以，熊召政说："转而细想，张居正若不这样做，改革又怎么能
获得成功！儒家讲求宽厚仁爱，但面对一个百弊丛生的政治局面，一个
有志于芟除弊政廓清浊气的政治家，如果一味地讲求宽厚仁爱，那么就
不可能扭转乾坤。一种制度、一种风气一旦形成社会主流，要想改变它
何其艰难。而张居正从事的改革，正是要改变社会，这就注定了他要同
社会主流的代表者——文官集团作对。如果说他死后被抄家的悲剧来自
皇权，那么还有一个重要原因，则是因为他得罪了当朝的文官集团。"⑤
虽然还说不上"明知不可为而为之"，但张居正对这场改革的艰巨，是有
着比较充分的思想准备的。为了心中的理想，即使赴汤蹈火，也在所不

---

① 熊召政：《让历史复活》，《文艺新观察》2001 年第 1 辑，长江文艺出版社 2001 年版，第
20 页。

② 李泽厚：《初拟儒学深层结构说》，《世纪新梦》，安徽文艺出版社 1998 年版，第 113 页。

③ 董子竹：《中国文化的真史诗——评长篇历史小说〈张居正〉》，《小说评论》2001 年第
4 期，第 83 页。

④ 朱熹：《孟子集注》。

⑤ 周百义、熊召政：《关于历史小说〈张居正〉的对话》，《出版科学》2002 年第 2 期
（总第 40 期）。

惜。小说对张居正形象的这一特点，描写得非常充分。

第二，贬斥清流，重用循吏。这样的政治立场，既是小说主人公的，也反映了作家的态度。所谓清流的"清"，是指一个人的德行，尤指政治操守。屈原在《楚辞·渔父》中自陈："举世皆浊我独清，众人皆醉我独醒，是以见放……安能以身之察察，受物之汶汶者乎？宁赴湘流，葬身于江鱼之腹中，安能以皓皓之白，而蒙世俗之尘埃乎？"后来延伸出两个词：清议和清流。清议是与建言活动联系在一起的词，它不单是言官词臣的谏讽，也包含在野士绅的评议。东汉历史上以太学生为主力的议政活动，是中国历史上最早也是影响最大的清议。宋代也有清议，但这是党争的一种表现。宋代的清议往往占据道德高地，所以颇得朝野好评。明代士绅论政多以结社讲学的方式出现，万历三十二年（1604），被革职还乡的顾宪成在常州知府欧阳东凤、无锡知县林宰的资助下，修复宋代杨时讲学的东林书院，与高攀龙、钱一本、薛敷教、史孟麟、于孔兼及其弟顾允成等人讲学其中，"讲习之余，往往讽议朝政，裁量人物"，其言论被称为清议。① 东林党成了明代清流的大本营。清初犹有明末党争遗风，但经过雍正和乾隆两朝的压制清剿，渐渐淡出。直至同治、光绪年间，清流和清议才又多了起来。② 从上述材料可见，清流在不同朝代的表现不完全相同，有联合在一起结成党派的，也有仅仅是组成某种舆论的松散群体。被指为清流的，有的是言官御史，在庙堂上建言是他们的职责，也有的是在野的绅士，由于朝政出了问题，才引起他们的议论。所谓循吏，是指忠于职守的好官。"'循吏'之名最早见于《史记》的《循吏列传》，后为《汉书》《后汉书》直至《清史稿》所承袭，成为正史中记述那些重农宣教、清正廉洁、所居民富、所去见思的州县级地方官的固定体例。除正史中有'循吏''良吏'的概念外，到元杂剧中又有了'清官'乃至民间的'青天大老爷'的称谓。"③ 从社会功能来看，清流代表着监督、批评功能的一部分人，他们或借皇帝给予的官职行使这一

① 见百度百科"东林党"：http：//baike. baidu. com/view/35290. htm？fr = ala0_ 1_ 1。
② 上述观点及材料除注明外，均引之王维江著《"清流"研究》，上海书店出版社2009年版。
③ 见百度百科"循吏"：http：//baike. baidu. com/view/605724. htm。

功能，或借社会舆论的方式发挥这一功能。而循吏是严格遵照皇帝的指示执政的官员。本来这样的功能分布对国家治理来说是非常有益的，特别是当朝政受坏人掌控，清流的议论成为人们与这种坏人斗争的重要手段。但是，因为清流的清议很容易受党争影响，而且，清流崇尚道德、爱发空论的传统也比较容易干扰正常的行政事务，尤其是处于改革时期，清流的负面效应就会凸显出来。因此，贬斥清流，重用循吏，就成了20世纪90年代以来描写强势改革的传统形态历史小说主人公几乎一致的做法。在长篇历史小说中，对这一点写得最多的是《张居正》。《张居正》第二卷《水龙吟》第十三回"访衰翁决心惩滑吏，弃海瑞论政远清流"，张居正对来访的新任吏部尚书杨博有一段对海瑞的议论：海瑞在严嵩倒台后，曾被首辅徐阶委以苏州知府的重任。"这位海大人到任后，升衙断案，却完全是意气用事。民间官司到他手上，不问是非曲直青红皂白，总是有钱人败诉吃亏。催交赋税也是一样，穷苦小民交不起一律免除，其欠额分摊到富户头上。因此弄得地方缙绅怨气沸腾。不到两年时间，富室商家纷纷举家迁徙他乡以避祸，苏州膏腴之地，在他手上，竟然经济萧条，赋税骤减。"并点评说，"做官与做人不同，做人讲操守气节，做官首先是如何报效朝廷，造福于民。野有饿殍，你纵然餐餐喝菜汤，也算不得一个好官。如果你顿顿珍馐满席，民间丰衣足食，笙歌不绝于耳，你依然是一个万民拥戴的青天大老爷。"① 就相对抽象的为官理论来说，张居正的说法不无道理（这让笔者想起"文化大革命"期间流传的邓小平那句名言：不管白猫黑猫，能捉老鼠就是好猫）。但海瑞乃嘉靖朝名臣，因死谏世宗而扬名。当时希望海瑞重新出山的呼声很高，张居正却以其不擅理政而拒绝起用他。试想，假如海瑞真的不善于做地方官，至少也能在京城做一个言官吧？量材录用官员是首辅的职责，张居正却抓住一点不及其余，拒绝让海瑞重新出山，笔者以为，张居正很可能就是害怕这个口没遮拦的清官，一旦出任言官，就会对他的改革举措批评有加，甚至让他下不了台，因而拒绝他重新出山。这样的揣测可用下面这个例子来佐证。在第四卷《火凤凰》第八回"张居正赴父丧，夜招湖

---

① 熊召政：《张居正·水龙吟》，长江文艺出版社2003年版，第160页。

南学政金学曾"，对当时的书院有过一个评价："嘉靖以来，讲学之风盛于宇内，如果只是切磋学问探求道术，倒也不是坏事。但如今各地书院之讲坛，几乎变成了攻讦政局抨击朝廷的阵地，这不仅仅是误人子弟，更是对朝局造成极大的危害。像太平府这个吴仕期，只是狂妄之辈的一个代表而已。圣人有言，'一则治，杂则乱；一则安，异则危。'如今，各地书院已成对抗朝廷新政的堡垒，这是绝不允许的事情。书院为何能够如雨后春笋般兴起，说穿了，就是有当道政要的支持。讲学之风，在官场也很兴盛，一些官员对朝廷推行的各种改革心存不满，自己不敢站出来反对，就借助何心隐罗近溪之流的势力，来与朝廷对抗。讲学讲学，醉翁之意不在酒啊！"① 忌讳别人的批评意见，以安定的名义封堵别人的口，甚至默许下属抓捕处死大儒何心隐。有意思的是，在小说中，竟是这位大儒建议张居正多用循吏少用清流的。所以，张居正不让海瑞重新出山，和上述观点完全一致。从总体上看，熊召政是认同张居正为改革而禁言路的。在这一点上，二月河也持同样立场，他塑造的雍正正是如此，对言官抱着顺我者昌、逆我者亡的态度，一上台就颁布御制《朋党论》，以统一舆论。他在处理李绂、蔡珽、谢济世等弹劾田文镜案时，即以朋党论处这几位大臣。就连在唐浩明《张之洞》中，也对清末清流党颇有微词。在慈禧当政时期，京师清流党除了张之洞出任方面大员外，从清流"牛角"变成了干练的大臣，其余成员，不是在党争中结党营私，就是如张佩纶之流只会唱高调、说空话，一做实事就会坏大事。虽则历史上实有其事，但如此对比写来，还是给人清流不如循吏的感觉。

　　第三，从正剧向悲剧的转化。描述强势改革的历史小说，虽然多数是正剧风格，但在这种正剧之下，总或隐或现地具有某种悲剧特征。这类小说的主人公，无论生前如何风光，死后总是遭贬。这种"贬"的形式多样，或者如张居正那样被对立派反攻倒算，或者如雍正那样受民间舆论百般谩骂，或者如张之洞那样受其后日益激进的主流激进主义批评指责。从作家的角度看，他们是知道这些历史人物后来的遭际的，所以，小说无意中会透露某种悲壮色彩。在《张居正》第三卷《金缕曲》第二

---

① 　熊召政：《张居正·火凤凰》，长江文艺出版社2003年版，第99—100页。

十三回中，写到主人公决定以山东为试点在全国推行清田这一万历新政的重大措施时，张居正对他的两个部属户部尚书王国光、山东巡抚杨本庵慷慨陈词说："不佞早就说过，为朝廷、为天下苍生计，我张居正早就做好了毁家毁国的准备，虽陷阱满路，众钻攒体，又有何惧?"虽然张居正生前并没有落到这样的悲惨地步，但死后的遭际，与商鞅、王安石等改革家几乎一样。张居正这句话，不仅是在为自己身后做预测，而且足够显示出他当时战战兢兢、如履薄冰的心情。雍正也明白自己的很多做法不得人心，所以他要将与曾静问答之词编为《大义觉迷录》，派大员带领曾静到江宁、杭州、苏州等地，进行宣讲。然而这些行为终不能改变民间对他的评价，这令人无奈又悲哀。鲁迅在评论《红楼梦》时说："悲凉之雾，遍被华林，然呼吸而领会者，独宝玉尔。"[1] 在这几部长篇历史小说中，也遍被了同样的悲凉之雾，但呼吸而领会者，却是作家和他的小说主人公们。

其实，正如本书所说，传统权威主义和新权威主义是两个概念，上述小说的作者也从未在任何场合表达过新权威主义的观点。笔者之所以把这些历史小说与新权威主义相联系，主要因为它们的创作与出版时间，与新权威主义思潮的流行基本同时。在这些传统形态历史小说之前，很少有主张树立权威强势改革这样主题的历史小说。就历史本身来看，在封建时代出现的权威主义都以皇权统治为基础，这与今天的新权威主义也有本质上的差别。但上述传统形态历史小说在题材选择时，有意识地寻找改革题材，多少与新权威主义合拍。笔者从新权威主义的角度解读这类历史小说，不仅有助于我们理解这些作品，还能从中发现文化思潮如何影响着作家们的创作。

---

① 鲁迅:《中国小说史略》,《鲁迅全集》第 9 卷，人民文学出版社 1981 年版，第 231 页。

# 第 四 章

# 当代传统形态历史小说的形象谱系

老舍先生曾经说过："按照旧说法，创作的中心是人物。凭空给世界增加了几个不朽的人物，如武松、黛玉等，才叫作创造。因此，小说的成败，是以人物为准，不仗着事实。世事万千，都转眼即逝，一时新颖，不久即归陈腐，只有人物足垂不朽。此所以十续《施公案》，反不如一个武松的价值也。"又说，"现在的文艺虽然重事实而轻人物，但把人物的创造多留点意也并非是吃亏的事，假若我们现在对荷马与莎士比亚等的人物还感觉趣味，那也就足以证明人物的感诉力确是比事实还厚大一些。说真的，假若不是为荷马与莎士比亚等那些人物，谁肯还去读那些野蛮荒唐的事儿呢？"① 小说通过人物形象表达作家对生活的感受与认知，人物塑造是小说尤其是现实主义小说创作的主要目标之一，当代传统形态历史小说基本属于现实主义小说范畴，人物塑造自然也是创作的重心，老舍先生对人物塑造的这一艺术要求，放在传统形态历史小说创作上尤其贴切。30 多年以来，这一门类的历史小说创作在人物形象的塑造上取得了可喜的成就，纵观自《李自成》开始的长篇历史小说大潮以来，在经历思想解放运动和文化热之后，小说的主要人物从农民造反者的人物群像变身为帝王将相和才子佳人，从表面上看，历史叙事又回到了古代

---

① 老舍：《人物的描写》，《老舍论创作》，上海文艺出版社 1980 年版，第 83 页。

历史小说的原点，但中国的历史叙事在这个阶段已经经历了否定之否定的历程，当代传统形态历史小说中的帝王将相和封建知识分子，与中国古代历史小说中的同类形象，已经有了很大的差异，这是作家对历史的认知发生了巨大改变以后才出现的现象。因此，梳理当代传统形态历史小说在人物塑造上的变化与成就，能帮助读者进一步理解作家们心目中的那一个"历史"。

# 一　农民造反者形象

　　当代传统形态历史小说在人物塑造上，较早取得突出成绩的是农民造反者的形象。正如笔者前面所说，从左翼文学开始，由于唯物史观的巨大影响，尤其是从阶级斗争的角度阐释历史，因此历史上的农民造反受到前所未有的重视。在这之前，站在正统观念上的人，都把农民起义者看作土匪、盗贼，因为他们破坏正常的社会秩序，侵犯别人的财物，随意致人死伤。小一点的农民起义，可能只影响一个县或较大地域的稳定，大一点的起义，诸如秦末汉初、隋末唐初、元末明初及明末的农民起义，直接或间接造成改朝换代的历史变革，无论对人民的日常生活还是社会生产力的影响都非常巨大。统治者当然极度反感这种威胁他们统治的社会现象，即使相当一部分民众，也不认可这样的农民起义行为。多数农民的起义会被镇压，少数在完成改朝换代的历史任务之后，参与者转变为社会的新贵，原来的起义行为被他们自己或他们的后代所否定，社会又进入了正常轨迹。所以，整个社会总是否定起义的价值判断占上风，这成了封建时代的一种占统治地位的观念。在各种正史中，便是把这类农民起义者统统称为"贼"。如《三国志·卷一·魏书第一》："光和末，黄巾起。拜（曹操）骑都尉，讨颍川贼。"又，"黑山贼于毒、白绕、眭固等十余万众略魏郡、东郡，王肱不能御，太祖引兵入东郡，击白绕于濮阳，破之。"《三国志·卷三十二·蜀书二·先主传》："灵帝末，黄巾起，州郡各举义兵，先主率其属从校尉邹靖讨黄巾贼有功，除安喜尉。"小说《三国演义》对黄巾起义军也是一口一个贼，蔑视之意昭然。如果说《三国志》作为正史，代表了统治者的立场，那么，《三国演义》作为一种通俗小说，多少表达了民间的立场，况且在小说成书之前，三国故事在民间已经用多种方式流传了几百年。可见社会观念对农民造反基本上是否定的。当然，具有英雄传奇特色的《水浒传》，对农民起义的立场与《三国演义》不同，它对贪官污吏、土豪劣绅具有较强的批判立场，对受他们压迫的农民和其他社会阶层的反抗，给予了极大的同情。然而，正如毛泽东指出的，《水浒传》只反贪官不反皇帝，把聚义厅改为忠义堂，使农民造反的宗旨和性质发生了根本的变化，表现出这场农民革命的不彻底性。即使如此，仍然有人对《水浒传》很不满意，写了《荡寇志》来对抗《水浒传》的影响，表达他对农民起义的极端仇视。

只有在马克思主义传入中国后，人们对农民起义才有了全新的看法。马克思主义认为农民起义是反对地主阶级的压迫和剥削，是弱者对强者的反抗，造成社会对抗的主要责任在统治者这方面，这就在社会道义的层面上肯定了农民的起义。唯物史观和阶级斗争理论，则从哲学和政治学的高度认识农民革命行动的合理性。这种全新的观念在中国现代作家的历史小说创作中有较明显的反映。例如，茅盾的三篇历史小说，就采用了阶级分析方法表现历史。在《大泽乡》中，带领九百人适戍渔阳的将尉在小说中被称为"富农子弟"，九百戍卒则是"闾左贫民"。《石碣》中的玉臂匠金大坚在圣手书生萧让的启发下，对梁山泊农民军内的一百零八将的阶级成分有了初步的认识。贫农、无产阶级、被压迫民众，这是作家们对农民起义者全新的理性认识。这使他们描写起农民起义者来，完全不同于古代历史小说的立场。

左翼作家们选择农民起义者作为历史小说的主人公，存在着某种必然。我们知道，历史记载无论中外，其实都只记录政治史、军事史和经济史上的著名人物，尤其是前两种类型的人，普通民众不可能青史留名。鲁迅曾经说过："我们从古以来，就有埋头苦干的人，有拼命硬干的人，有为民请命的人，有舍身求法的人……虽是等于为帝王将相作家谱的所谓'正史'，也往往掩不住他们的光耀，这就是中国的脊梁。"① 鲁迅这里赞扬的四种人虽然在正史里偶尔能见，但前提必须是具有一定知名度，而历史的大部分篇幅是给了帝王将相，也就是政治史和军事史上的著名人物。而传统形态历史小说要求主人公必须在历史上实有其人，小说的主要情节也必须与历史记载大致相同。唯物史观强调生产力的作用，强调人民群众对历史的推动作用，让中国现代作家们的眼光不再停留在帝王将相和才子佳人身上，而企图表现生活于社会底层的劳苦大众。但是，真要用历史小说的形式表现这种作用，遍寻历史记载，居然很难落实这"人民群众"到底在何处。只有农民起义者起于民间，可谓天然的"人民"代表，却又在历史记载中留下了他们的名与姓，要表现人民，倒是最好的题材，这正是 20 世纪 30 年代涌现出这么多农民起义题材历史小说的主要原因之一。

如果说 20 世纪 30 年代的左翼作家主要是受唯物史观的影响而自觉写农民起义者，抗日战争时期的中国共产党却是根据实际斗争的需要倡导写历史上和现实生活中的农民革命者。毛泽东《在延安文艺座谈会上的讲话》中大声疾呼写工农兵，不仅是基于唯物史观对人民群众力量的肯定，更是现实斗争的需要。因为大量投身于抗日战争和国内战争的革命军人主要来自工农特别是贫穷的农民阶级，歌颂工农兵就是歌颂中国共产党领导的这场革命，其政治效能十分明显。毛泽东在延安看了平剧《逼上梁山》后写给延安平剧团编剧杨绍萱、导演齐燕铭的信，表明中国共产党对正面歌颂农民起义的历史文学的鼓励："历史是人民创造的，但在旧戏舞台上（在一切离开人民的旧文学旧艺术上），人民却成了渣滓，由老爷太太少爷小姐们统治着舞台，这种历史的颠倒，现在由你们再颠倒过来，恢复了历史的面目，从此旧剧开了新生面，所以值得庆贺。"这不仅是对一个戏的肯定，更是对一种历史立场的肯定。这样的立场，贯穿于延安时期的解放区文学中，也延续到新中国成立后的当代文学中。姚雪垠《李自成》在农民起义题材方面具有开创性，在新中国成立后 30 年那特定的历史时期中，虽然党内极"左"思潮对这部小说并不满意，

---

① 鲁迅：《且介亭杂文·中国人失掉自信心了吗》，《鲁迅全集》第 6 卷，人民文学出版社 1981 年版，第 118 页。

但有毛泽东的支持，这部小说的第一卷不仅得以顺利出版，姚雪垠的创作条件也得到很大程度的改善。在"文化大革命"这样的特殊环境中，党和国家领导人对这类历史题材的默许和鼓励，吸引了更多作家投入以农民起义者为主人公的传统形态历史小说创作。《星星草》《风萧萧》《九月菊》《庚子风云》《义和拳》《神灯》《天国恨》《天国兴亡录》《陈胜》等一批表现农民起义的长篇历史小说在 70 年代末陆续出版，让一大批农民革命者形象登上了历史文学舞台。

《李自成》第一卷的出版，标志着原创性的以农民起义者为主人公的当代传统长篇历史小说的诞生。明清之际的改朝换代，李自成领导的农民起义军起了关键性作用，如何评价这次农民起义，不仅有很大的学术意义，也有很大的现实意义。抗日战争时期，历史学界曾经对明末农民起义和明清易代有过一次较大的论争，郭沫若《甲申三百年祭》以探讨明朝的覆灭和李自成农民军的成败得失为题材，虽然对现实社会有很强烈的影射目的，但毕竟第一次对李自成及其领导的农民革命军做了正面肯定，这在中国的历史研究中具有划时代意义的突破。然而，在文学创作中真正把农民起义领袖当作历史的主人公看待，实现毛泽东希望有人肯定和歌颂李自成领导的农民起义设想的，还是姚雪垠。他在这样一部300 余万字的长篇小说《李自成》中，塑造了数十名血肉丰满的农民领袖形象，把以前被人称为贼寇的农民起义者放在历史舞台的中央予以表现，这的确是前无古人的壮举。泥腿子不仅在现实题材小说中成了主人公，在历史题材小说中也成了主人公。这一具有文学史价值的创新，理应得到充分的评价，决不能因为时代风尚的变化与文学潮流的转型，就刻意贬斥之。

然而，以《李自成》为代表的表现历史上农民起义题材的传统形态历史小说，并非没有原因地在不久以后遭到作家和读者的集体遗弃。仅仅从人物塑造的角度看，这批小说的确存在着以下不足：

第一，小说对正面人物的刻画，存在着有意拔高的倾向，人物塑造上有现代化之嫌。中国当代历史小说基本上属于现实主义的范畴，关于现实主义，恩格斯在评价《城市姑娘》时曾经说过："据我看来，现实主义的意思是，除细节的真实外，还要真实地再现典型环境中的典型人物。"① 也就是说，在恩格斯看来，现实主义有两个特征，其一是细节的真实，其二是真实地再现典型环境中的典型人物。然而，以农民造反为题材的当代历史小说恰恰在这两点上与恩格斯指出的现实主义要求有差距。以姚雪垠《李自成》为例，作者为了树立正面人物尤其是主人公的高大形象，在小说中有意无意地创造"细节"，这类细节，作家自认为是一种典型化的手段，目的是强化英雄形象。例如，在第二卷（上）前几章里，李自成和许多官兵患病。"李自成害了两个多月的病，一度十分危险，甚至外边谣传他已经死去。虽然近来他的身体已经日见好转，却仍然虚弱得很。"为了突出商洛保卫战的形势险要，作家把李自成和部分官员染病的情况做了适度的夸张。没有说李自成到底是否真病危，而是用"外面谣传"这样的修饰语，说明李自成的病情的确厉害，起码在不了解内情的义军和百姓中引起了一些猜想。然而，当刘体纯专门派人到洛阳买来人参给李自成，李自成却坚持不要，坚持让总管把一包人参分为几包，分送给其他患病的将领们。李自成这样的行为，当然十分感人，表现了他大公无私的情怀。但是，考虑到当时官府正准备大肆入侵农民军暂时休整的商洛地区，而李自成作为全军的领袖，形势所逼，他应该越早恢复身体越好，留一点人参自己用（不全部留作自用应该很合情理了），无论与公与私，都是应该的。但他坚持全部送给其他将领，作家这样的设计，是不是有些矫情呢？与此类似，李自成义送郝摇旗，以及亲自赴谷城会见张献忠从而促使他重新起义的情节，也曾受到一些评论家批评。作家这样的虚构，目的是为了表现李自成的大局观以及团结盟友共同对敌的胸怀和谋略，但他在整个情节中的表现让人感到作家用力过度，从而给人以虚假感。在作家当年创作时，把这类情节和细节的设计当作对正面人物的典型化处理对待。但许多读者都认为小说把李自成描写得太完美，他的一举一动，都像新民主主义革命时期的中共高级领导人，他的心理、他的行为、他的大局观、他对敌我形势的把握，都让人

---

① 恩格斯：《致玛·哈克奈斯》，《马克思恩格斯选集》第四卷，人民出版社 1972 年版，第 462 页。

觉得作家是在以无产阶级革命家们为蓝本塑造这位叱咤风云的起义英雄。不仅李自成，就是义军中的其他领袖，一个个也都非常优异，所以读者有"高夫人太高，红娘子太红"的讥评。同一题材的其他几部小说的主人公，也表现出这样的特色。严家炎先生在他的《〈李自成〉初探》中，对此已有提及："知今有助于通古，懂得现代的阶级斗争确实能加深我们对古代阶级斗争的理解；但是，要历史地真实地再现古代的阶级斗争，还必须从古代具体的历史实际出发。前者不能代替后者。以今推古，把握不好就容易产生某种现代化的倾向。《李自成》若干描写中多少存在的这类倾向，是否与作者有时未能严格注意并较好把握有关呢?"① 可惜对这一点，严家炎先生没有做具体深入的剖析。倒是吴秀明在列举了"李自成义送郝摇旗"的情节后指出："李自成与郝摇旗一起经历了七八年的血腥战斗，为友谊、为义气放走他，倒是可能的，合乎情理的。但把他写成这样富于高度的自我批评精神，这样想他人之所想、急他人之所急，这样善于做政治思想教育工作，这样虚怀若谷，气度恢宏，这就未免'酌奇失真'、'玩华坠实'，拔高了李自成。说实话，连我们党的一些干部要做到这种程度也还是不太容易的。事实上，李自成也绝无上述那种完全摆脱农民阶级狭隘性的现代化的思想。史载他与张献忠、罗汝才等当时十三家农民领袖之间的互相猜忌、争夺和残杀，便可印证这一点。此外在政治思想、战略战术、政策策略、领导水平、思想作风、洞人察事乃至家庭婚姻等方面，也还有一些主观臆造、强古人之难的描写。如不甚适当地赋予李自成以路线斗争的觉悟，一分为二的辩证观点，阶级分析的方法，民主集中制的作风，群众路线等等。"② 这样的分析与解剖，是符合小说实际情况的。

第二，从阶级性的角度塑造人物，人物形象普遍缺乏人性深度。小说以塑造人为中心，所谓文学是人学的命题，其实应该说成"小说是人学"，或者"叙事文学是人学"。比如钱谷融先生的著名论文《论"文学是人学"》，基本上都是以小说或小说家为研讨的对象。他在论文中几次

① 吴秀明选编：《历史小说评论选》，湖南人民出版社1983年版，第61页。
② 同上书，第73页。

说到"活生生的、有血有肉的、有着自己的真正个性的人"，认为塑造这样的人，才是文学创作的真正目的。他说："文学当然是能够，而且也是必须反映现实的。但我反对把反映现实当作文学的直接的、首要的任务；尤其反对把描写人仅仅当作是反映现实的一种工具，一种手段。"① 文学以塑造人为中心任务，现在看来是没有异议的。但应强调的是，这个"人"，应该是立体的，内涵丰富的。政治是生活中的一项重要内容，从政治视角看社会和人，也不失为一种角度，但不应是唯一的角度。如果仅仅从政治角度写人，把阶级性当作人性的全部内容来写，这就有问题了。我们知道，"人"其实具有非常复杂的内涵。人们常说人的一半是天使，一半是魔鬼，形象地道出了人性的复杂性。人既具有动物式的欲望，又有精神层面的追求。所谓七情六欲，凡是人都有。如果把一个人看作不食人间烟火的天使，纯虽则纯，美虽则美，但终究让人觉得虚幻。美国心理学家马斯洛把人的需要归纳为五大类，由低到高分成五个阶层，像金字塔一样，较好地揭示了人性的内部结构。弗洛伊德和荣格更深入到人的潜意识或无意识层面进行探究，对人性的揭示又深了一层。新中国成立的后30年中，主流意识形态只允许作家写人的阶级意识，写人的政治立场，发展到一个阶级只有一个典型的极端说法，以一个人的阶级出身来界定他的政治态度和生活态度，这是很荒谬的。尤其对主要正面人物的塑造，强调得更加厉害，"文化大革命"中甚至发展到所谓的"三突出"原则。种种清规戒律，作家如果不遵守，就会受到干扰乃至制裁，对当代作家的影响极大。以农民起义者为主人公的历史小说，大多数创作或构思于这一特定时期，这些小说的主人公，如《李自成》中的李自成、《星星草》中的赖文光、张宗禹、任化邦，《风萧萧》《九月菊》中的黄巢、王仙芝，《义和拳》中的张德成、王连胜、张德发，或多或少都具有这样的特征。反倒是这些作品中的反面人物，如《李自成》中的崇祯和《星星草》中的曾国藩与李鸿章，都因人物塑造的复杂性而赢得读者的认同。

---

① 钱谷融：《论"文学是人学"》，洪子诚主编《中国当代文学史·史料选：1945—1999》（上），长江文艺出版社2002年版，第342页。

到今天还来讨论30年之前出现的这种创作现象，似乎有些过时。但这是以农民起义为题材的传统形态历史小说共同的特征，也是刻印在中国当代某个特定时期的小说身上的历史痕迹，我们在讨论这批历史小说的人物形象时，无法绕过这个问题。在这些作品身上，我们不难看到时代的严重影响，以阶级斗争为纲的时代氛围，文艺为政治服务的指导思想，紧紧地束缚住了作家们的手脚乃至思想，即使很有创造性的作家，也不得不匍匐在地上，服从主流意识形态的指挥。然而，除了严峻的外部环境外，如果从作家自身找原因，我们必须承认，中国知识分子精神在新中国成立后30年中的侏儒化倾向，也是当代以农民起义为题材的历史小说在人物塑造上出现上述特点的重要原因。这种侏儒化倾向，主要是作家主体意识的缺失以及对正面人物的仰视视角。

笔者在绪论中阐述过主体性理论的生成和内涵，就文学创作而言，作家的主体性心态尤为重要。从马克思主义的历史唯物主义的眼光来看，文学艺术从属于社会的上层建筑，必然受制于意识形态，如马克思所揭示的："物质生活的生产方式制约着整个社会生活、政治生活和精神生活的过程。不是人们的意识决定人们的存在，相反，是人们的社会存在决定人们的意识。"① 但是，"文学不同于一般社会意识形态的特点，就在于它是作家审美活动的成果。审美活动作为一种以情感为主导的全心灵的活动，总是以现实世界中具体的、个别的事物为对象，并通过作家个人的知觉和体验，在意识中对它所作的一种完整的创造性的把握"② 。"文学艺术创造是一种十分复杂的精神活动，它需要作家、艺术家把整个心灵都调动起来，投入其中。这当中除了认识活动之外，还有意志活动和情感活动。所以，在文学艺术作品中，不仅有生活的真实再现和摹写，而且还有作家、艺术家想象（思维）的创造和情感的表现。"③ 这是从艺术创造的角度看文学主体性。就作家对世界的认知、理解来说，主体性也是非常重要的。虽然在阶级社会中，每一个作家都隶属于某一个阶级，

---

① 马克思：《〈政治经济学批判〉序言》，《马克思恩格斯选集》第二卷，人民出版社1972年版，第82页。

② 王元骧：《审美反映与艺术创造》，杭州大学出版社1991年版，第94页。

③ 同上书，第68—69页。

不可能存在超阶级的作家，但是，任何作家都是以个体的身份存在于世界上，即使同一个阶级的作家，他们对世界的看法也决不会完全一样。毋宁说，越是对世界具有独特感受和认识的作家，其创作就越有艺术价值。然而，在新民主主义革命时期强调文艺为政治服务的要求，在一定程度上过度强化了列宁提倡的文学党性原则，无视文学创作的特殊性，从而严重地限制了作家们的创作自由。那个时代有一个比喻，把作家称为文艺战线的战士，这样一个看起来很有美感的比喻，其实暗喻了当时的人们对文学创作的本质和作家地位的认识。在战争中，一个士兵的主体性是很弱的，他的天性是服从，战争需要他在什么地方，他就得去什么地方，战争需要他干什么，他就得干什么。在特殊的年代里，对作家作这样的要求，让文学为革命的胜利做出一些牺牲，多少可以让人理解。但是，到了革命胜利后，仍然如此要求，就不合适了。陈思和称之为战争文化的延续，这固然有一些道理，但是否也包含着某些领导对文学艺术的错误认知呢？如果一个作家对所写的人与事，连独立判断与表达的权利都没有，还谈何完整的创造性地把握？谈何想象（思维）的创造和情感的表现？就中国历史上的农民起义来说，真的就只需要肯定和赞颂，不能有任何的批评？历史上的农民起义领袖真的那样完美无瑕，达到了高大全的地步？在今天，这些问题早已都不是问题，但在新中国成立后30年，少有作家去做这样的思考（或曾经做过这样的思考，却受到无情打击），更别说突破这样的限制。这是因为，这类问题早就有革命领袖做出了不容置疑的解答，作家们只需要亦步亦趋地照办就是。然而，这样的创作姿态能写出鲜活生动的农民起义领袖形象来？

拔高农民起义领袖形象，也和作家看人物的视角有关。五四以来，以作家与农民形象之间的关系而论，大约有俯视、平视和仰视三种视角。

## （一）俯视

俯视是一种在精神上居高临下的审视姿态。鲁迅对笔下的农民总是带着启蒙者的俯视姿态，哀其不幸，怒其不争。鲁迅小说中的农民形象，除了是被压迫者外，还是国民性弱点的承载者。鲁迅在阿Q、单四嫂子、闰土等人身上表达了他对中国国民性的认知。五四时期和20世纪30年代许多进步作家，都与鲁迅的创作姿态相近。例如，老舍、沈从文和许多乡土文学家的部分作品，都采取了这样俯视的视角写农民。也许这些作家受新文化启蒙思潮的影响较大，夸大了中国农民的弱点，而没有认识到中国农民革命性的一面。但他们对农民身上潜藏的，受传统文化影响而产生的弱点的揭示和批判，仍然有其深刻的意义。

## （二）平视

进入20世纪30年代后，受中国共产党领导的土地革命的影响，左翼作家开始创作表现农民革命的小说，因为革命立场的一致，以及对农民革命性的新认识，左翼作家对农民往往持平视的角度。这种视角既有对农民革命性的赞赏，也有对其弱点的揭示与批判。

## （三）仰视

在延安文艺座谈会之后，从延安文艺界开始，全国的进步文学家相继跟上，对农民的认识和看法发生了极大的改变。农民与工人、士兵一起，以工农兵的名义，被置于一个非常崇高的政治地位。文艺是为工农兵服务的，文艺应表现工农兵，毛泽东《在延安文艺座谈会上的讲话》中这两句极其关键的话，让中国农民成了革命文艺歌颂的对象。赵树理的小二黑、小芹、李有才，孙犁的水生和水生嫂、老头子，丁玲的张裕民、程仁，周立波的赵玉林、郭全海，是中国现代文学史上第一批站立起来的农民艺术形象。新中国成立后，以《创业史》《山乡巨变》《三里湾》等为代表的农村题材小说，又塑造了梁生宝、刘雨生、李月辉、王金生等建设社会主义新农村的艺术形象。不是说作家对农民没有批评，但这种批评都落到了阶级成分高的农民身上。渐渐地，这类小说形成了一种不成文的规矩，凡是地主、富农和富裕中农，后来定名为地、富、反、坏，都充满了道德和思想政治上的缺陷，对这些人是可以狠狠批评的，但是，贫下中农和政治上的积极分子，尤其是党员干部，只能歌颂，决不能批评。在战争年代，他们是英雄；在和平时期，他们也是叱咤风云的时代骄子。在这个时期，作家用仰视的角度看这些进步农民，严厉一点说，作家们是用跪着的姿态看农民的。

这样的创作风尚必然影响当代传统形态历史小说，如姚雪垠就这样说："要用艺术笔墨拥护什么，歌颂什么，批判什么，揭露什么，必须先在我的思想感情中大破大立。单就写人物说，必须对李自成及其将领、士兵群众、包括孩儿兵、女兵和女将在内，怀着深厚感情，不然就没法塑造出大大小小的、各色各样的英雄形象，为他们写出可歌可泣的故事情节……这种与农民起义的大小英雄同呼吸，共脉搏，时常为他们痛洒激动之泪的感情是哪里来的？是新中国成立后通过党给我的思想改造得来的，是在马克思列宁主义、毛泽东思想灌溉下产生和成长起来的。这是党给我的艺术新生命。没有这，我不可能将历史化为小说艺术。"① 作家说得或许很真诚，但仍然可以看出在那个特殊的年代，"思想改造"让作家面对农民起义者视角的变化。凌力在 20 世纪 80 年代中期反思得更明白："《星星草》里的人物，尤其是作为主要人物的捻军领袖赖文光、张宗禹、任化邦等人，没有站起来，更谈不上活起来……究其原因，主观上，是由于我把农民英雄理想化，试图把所有起义领袖的美好品质都集中在主人公身上，歌颂他们气壮山河的英雄气概，而不忍去写他们的错误和缺陷。客观上，长期存在的极'左'思潮，文艺创作上'高、大、全'的唯心主义创作观念和方法，对我也产生了一定影响，突不破束缚和框框，表现了自身的历史局限性。"② 作家对主要正面人物的仰视视角，必然使小说的主人公理想化，从而显示出"高、大、全"的特征。崇敬、热爱而仰视，情感的转变在无意中导致了理性精神的减弱。而不忍写他们的错误和缺陷，表面上是爱护，实质上是对艺术形象的损毁，本该鲜活的形象成了纸糊的玩意儿，大概这也算是一种艺术的辩证法吧。

对农民起义英雄无原则地拔高，也与对典型化理论的错误认知有关。

---

① 姚雪垠：《〈李自成〉重版前言》，中国青年出版社 1977 年版，前言第 2—3 页。
② 凌力：《少年天子·从〈星星草〉到〈少年天子〉的创作反思》，北京十月文艺出版社 1987 年版，第 700 页。

现实主义文学强调人物形象的典型性。这种典型性，是个性与共性的辩证统一，它要求通过个别形象显示某一类人物的共同本质，通过发生在个别形象身上特殊的矛盾冲突，来揭示一定时代某种社会关系的普遍本质。别林斯基说："科学从现实事实中把它们的本质——概念抽象出来；艺术则是向现实借用材料，把它们提高到普遍的、类的、典型的意义上来，使它们成为严整的整体。"① 如果是纯虚构的文学作品，通常使用这样两种典型化的方法，第一种，如鲁迅所说："杂取种种人，合成一个。"② "所写的事迹，大抵有一点见过或听到过的缘由，但决不全用这事实，只是采取一端，加以改造，或生发开去，到足以几乎完全发表我的意思为止。人物的模特儿也一样，没有专用过一个人，往往嘴在浙江，脸在北京，衣服在山西，是一个拼凑起来的脚色。"③ 第二种，则是以一个生活原型为基础，然后给予适当的补充，使之丰满化。屠格涅夫曾经对当时有些认为他的作品是"从观念出发"、是为了"发挥一种观念"的评论做过这样的回答："在我这方面，我应该承认，如果没有一个逐渐融合与积聚了各种适当的要素的活人（而不是观念）来做根据，我决不想去'创造形象'。我没有随意发明的天才，总是需要一个使我能够站稳脚跟的基地。"他谈到，他的小说《父与子》中的主人公巴扎洛夫，就是以"一个叫我大为惊叹过的外省青年医生的性格"为原型的。列夫·托尔斯泰也曾经直言不讳地承认："我常常写真人的。以前在手稿中，甚至主人公的姓氏都是真的，为的能更清楚地想象我依照来写的那个人。只有当故事润色完毕以后，才更换姓氏……"④ 当然，以一个生活原型为基础，并非完全照抄生活，而是"参照和吸收了作家对其他人物的认识，深入到了生活的本质关系和联系之中"⑤，所以，作家笔下的人物才更有典型

---

① ［俄］别林斯基：《〈现代人〉》，《别林斯基选集》第 2 卷，第 25 页，转引自以群主编《文学的基本原理》上册，人民文学出版社 1979 年版，第 225 页。

② 鲁迅：《且介亭杂文末编·〈出关〉的"关"》，《鲁迅全集》第 6 卷，人民文学出版社 1981 年版，第 518 页。

③ 鲁迅：《南腔北调集·我怎么做起小说来》，《鲁迅全集》第 4 卷，人民文学出版社 1981 年版，第 513 页。

④ 王元骧：《审美反映与艺术创造》，杭州大学出版社 1991 年版，第 318 页。

⑤ 同上书，第 321 页。

性。问题首先在于，对正面人物的典型化难道就是崇高化？其次，以历史上真实存在过的人物为描写对象的历史小说，是否可以采用这样的典型化手段？如果能使用这种手段，有没有一个度，限制"过度典型化"（其实是一种用观念引导的理想化）的出现？姚雪垠说："李自成是小说中的中心人物。我在塑造他的英雄形象时，在性格和事迹方面基本上根据他本人原型，但也将古代别的人物的优秀本质和才干集中到他的身上。虚构了许多动人的情节，好使他的形象丰满而典型化。为要使李自成在小说一开始就成为崇祯皇帝的主要对手，我将李自成在崇祯十三年冬天以前的重要性作些夸张……"① 可以看出，他在创作中是使用了这种典型化手段的。笔者认为，因为姚雪垠对正面人物尤其是主要英雄人物的典型化认识不清楚，把典型化混同于崇高化，又没有控制这个"度"，从而出现了过于拔高历史人物的后果。

典型化不是对正面人物的崇高化或对反面人物的丑恶化，这在理论上本来是没有异议的。我们都记得恩格斯给作家考茨基夫人的信中的论述："每个人都是典型，但同时又是一定的单个人，正如老黑格尔所说的，是一个'这个'，而且应当是如此。"紧随着这句话，恩格斯又说，"但是，为了表示公正，我还要指出某种缺点来，在这里我来谈谈阿尔诺德。这个人确实太完美无缺了，如果他最终在一次山崩中死掉了，那么，除非人们推说他不见容于这个世界，才能把这种情形同文学上的扬善惩恶结合起来。可是，如果作者过分欣赏自己的主人公，那总是不好的，而据我看来，您在这里也多少犯了这种毛病。爱莎即使已经被理想化了，但还保有一定的个性描写，而在阿尔诺德身上，个性就更多地消融到原则里去了。"② 理想化战胜了现实主义，最终使人物概念化，这是恩格斯对敏·考茨基《旧人和新人》的批评。

历史小说属于文学，和历史记载不同。除了大的历史事件和细节不能违反历史事实外，想象和虚构是必要的。同样，对人物的典型化处理

① 姚雪垠：《〈李自成〉重版前言》，中国青年出版社1977年版，前言第8页。
② 恩格斯：《致敏·考茨基》，《马克思恩格斯选集》第四卷，人民出版社1972年版，第453页。

也有必要。然而，这种典型化处理，必须有一个限制，否则，与历史原型差异太大，就会失去读者的信任。恩格斯提出的"典型环境中的典型人物"原则，正是对历史人物典型化的限制标准。

恩格斯在给作家玛·哈克奈斯的信中，认为《城市姑娘》"还不是充分现实主义的"，小说中的人物"就他们本身而言，是够典型的；但环绕着这些人物并促使他们行动的环境，也许就不是那样典型了。"① 恩格斯在此提出了一个现实主义的标准，即"典型环境中的典型人物"，强调环境与人物的统一。典型人物必须有典型环境与之相配。在《城市姑娘》中，人物落后于环境（时代），一个已经有 50 年以上的斗争经历的工人阶级，却被描写成"消极群众的形象"，这显然不是 19 世纪 80 年代的英国伦敦，因而是不典型的。恩格斯不是纯粹从作品的内部讨论人物与环境的典型与否，而是把小说的人物形象与环境和作品之外的现实世界做比较，这是一种易于操作的方法。在我们讨论的农民起义题材历史小说中，也存在着与哈克奈斯小说同样的现象，只不过和《城市姑娘》正相反，在新中国成立后 30 年中出版的农民起义题材历史小说中是环境（时代）落后于人物，或者说人物超前于环境（时代）。按照恩格斯的观点，环境不典型，人物同样也是不典型的。所以，当年阿英看了《李自成》第一卷就提出这个问题："使人感到有些反历史主义，觉得完全是写游击战争，而不是李闯王时代的农民革命。如当时闯王和部将都是这样，革命早成功了……历史上的农民革命，从纲领起（按此句记录有误，意思不清楚），有许多缺点，如不写这些缺点，就是替他擦粉，不能在典型环境中写出典型人物。"② 阿英这里所说的"游击战争"，是指 20 世纪上半叶中国共产党领导的革命军队的游击战争，"反历史主义"，是批评作家有意识地拔高了人物，这是很敏锐也是很中肯的批评。其实，姚雪垠在理性上也是很注意典型环境和典型性格的统一的，他曾经说过："写历史小说或历史剧，应当写出典型环境中的典型性格。离开了具体的历史生

① 恩格斯：《致玛·哈克奈斯》，《马克思恩格斯选集》第四卷，人民出版社 1972 年版，第 462 页。

② 转引自董之林《观念与小说——关于姚雪垠的五卷本〈李自成〉》，《文学评论》2008 年第 2 期。

活，就没有典型环境，也塑造不好典型人物。写好历史的典型环境，首要的是对历史生活有广泛知识和深刻认识，然后才能谈到现实主义的创作方法，才能以艺术的真实性征服读者或观众。"① 然而，强大的时代氛围，还是让他陷入了某种时代的通病而不自知。他过于强调现实主义的典型化方法而让主要英雄人物走向崇高化和概念化，在李自成身上投射了不少现代革命领导者形象的光辉。当然，公正地说，姚雪垠对崇祯这样的反派人物，并没有一味地丑陋化，这在那个时期是需要艺术胆略和艺术眼光的，而在《李自成》第四卷、第五卷中，对农民英雄们的缺点也发掘得相对比较充足，这与时代风尚的变化有关。但在写作和发表时间都较早的其他作家以农民起义为题材的传统形态历史小说中，仍然能看到同样的问题。所以，对农民革命领袖形象的"伪典型化"，就不仅仅是姚雪垠一个作家的问题，而是那个特定时代给传统形态历史小说创作带来的共同特征。

## 二　帝王将相形象

帝王将相是自有历史小说以来就被描述得最多的人物形象系列。正如笔者前面所说，中国的正史记录的基本上是政治史，而古代历史小说，多数从正史中取材。史上留名的帝王将相，自然就成了不少历史小说的主角。

但在新中国成立后 30 年中，当代历史小说中帝王将相的命运，脱离了传统的轨道。在这个时期的传统形态历史小说中，也有帝王将相出现，但通常不是小说的主人公。《李自成》第一卷开头就描写崇祯和他的大臣们面对"东虏"和"流寇"的窘迫相。《星星草》也有对曾国藩和李鸿章的出色描写。但是，那个时代浓郁的政治氛围让这些历史上的帝王将相以反派的面貌出现在文学舞台上。这些人，总是面目可憎，贪婪好色，

---

① 姚雪垠：《谈〈李自成〉的若干创作思想（上）》，《文艺理论研究》1984 年第 3 期，第 3 页。

凶残阴险，愚蠢自私，他们时刻考虑的是如何与人民为敌，镇压人民的反抗，以及为了私利而卖国，等等。如吴秀明所说："那时'现代性'淡出，'政治性'高于一切。它往往成为人们创作和评论最主要、最根本的价值标准。这样的结果，就使得社会历史全部的丰富性有意无意地被抽象为一种两极对立的简单形式。"① 这样的时代风气，使文学人物形象简单化，即使如姚雪垠笔下的崇祯和凌力笔下的曾国藩和李鸿章，作家有意识地去表现他们性格的丰富和复杂性，但在二元对立、非好即坏的思维模式中，他们仍然逃脱不了政治上被否定的结果，因此，所谓的丰富和复杂，也只能局限在一定范围内。在这个时期里，只有任光椿《戊戌喋血记》才并不完全对帝王将相进行否定性的描写，光绪皇帝以一个支持改革、渴望有所建树的好皇帝出现，至于对谭嗣同和康有为、梁启超等维新人士的描写（他们都曾被光绪任命为大臣），更是全书写作的重点。但作家能够这样写，主要是题材和主题的影响而非作家对历史的认识有了根本的改观。当然，想想 20 世纪 60 年代批判电影《清宫秘史》时的政治压力，作家在 20 世纪 70 年代敢于这样写光绪，还是应该肯定的。但正如吴秀明所说："这一类小说尽管在思想内核上有创意，但它主要还是政治进步性意义而不是文化开放性意义的创意。故其文本中的戊戌变法及其谭嗣同形象的描写，也明显具有两极对立的特征。除了在政治上的拨乱反正和在历史进步意义上表现出历史真实之外，作者所秉持的基本上还是原有传统的变革、进步、爱国等历史价值观。其政治翻案要大于艺术审美，以致政治激情化的叙事程式潜移默化地取代了文化冲突，遮蔽了文学的审美原则。"②

这种情况，在 20 世纪 80 年代中叶后开始发生变化。随着意识形态控制渐趋宽松，以及思想解放运动的影响，文学创作出现了多元化倾向。文学不再只是为政治服务，文学的审美价值和娱乐价值开始凸显。在历史小说创作领域里，以《红高粱》《灵旗》为先声，新历史小说以反宏大叙事的姿态重叙历史，民间文化的视域为我们打开了与主流意识形态视

① 吴秀明：《中国当代长篇历史小说的文化阐释》，文化艺术出版社 2007 年版，第 17 页。
② 同上书，第 18 页。

角完全不同的另外一片天地。从人物形象塑造的角度，除阶级性之外，人性和文化性也受到越来越多的重视。由于题材的特殊性，传统形态历史小说把关注点仍然主要放在政治层面，视角却是超政治的。所以，在纷纭复杂的争权夺利和政权更迭的历史风云中，作家向我们展示的是人物丰富的内心世界。以帝王将相为描写重点的传统形态历史小说，80年代中期以来当数凌力、二月河、唐浩明和熊召政四位作家的作品最为突出。他们笔下的人物，不再是让人们猎奇、崇拜或鄙视的对象，而是有血有肉、性格丰富的"人"。

此前反映农民革命和抵抗外侮的历史小说，基本上是以阶级成分和阶级立场作为衡量人物的标准，但从这个时候开始，这个标准换成了进步/落后、善良/丑恶、为民/利己，等等。伦理道德的标准，历史发展的标准，是否为人民谋利益的标准，取代了政治唯一的标准。比如，二月河在为自己正面肯定雍正做辩护时就认为，雍正执政时期的最大优点是"勤政"。"我觉得雍正的勤奋是不能否认的。这是创作时我的一点感觉。我们国内外的学者早已经对他处理的政务进行了非常细致的研究，日本的一个学者和国内的一大批学者都对雍正皇帝有比较深入的研究，看一个政治家应该怎么看？雍正皇帝我们不知道他是否有这种事情（指传说中生活的荒淫。——笔者注），就算是有，我们也不应当苛求。看他执行什么政策，对人民有没有好处，这是政治家的衡量标准。"① 皇帝的"勤政"，内涵很丰富，也可以做多方面的解读。如果在强调阶级斗争的时代，这类"勤政"总是被解读出镇压人民群众，巩固反动政权，为封建地主阶级服务等内容来。然而，在20世纪80年代的二月河看来，皇帝的勤政总是与治理国家的事务有关，因而也总是对老百姓有利。所以，勤政成了肯定雍正的一条重大理由。二月河被人称为"皇帝"作家，主要是对他笔下的康熙、雍正和乾隆三位皇帝形象的塑造而言。在二月河之前，虽然史学界对这三位皇帝已经不是一味否定，从历史唯物主义出发，屏除大汉族主义的立场，实事求是地评价这三位皇帝以及满族入主中原

---

① 二月河：《我对〈雍正王朝〉有微词——论帝王系列与〈红楼梦〉》，《艺术评论》2007年第4期，第29页。

给中华民族带来的变化，在史学界几乎成了共识。但在大众层面，人们的观念还远未达到这样的认识。客观地说，二月河的小说以及此后根据小说改编的电视剧，把史学界的认识有效地普及到了大众中。

熊召政在谈到自己的小说时也说："我曾对人讲过，要想弄清两千多年来中国历代皇权统治或曰国务活动家的基本特征，应该着重关注两个系列的人物，一是从秦始皇到光绪的皇帝系列，二是从李斯到翁同龢的宰相（或相当于宰相）系列……选择张居正，我基于3个方面考虑：（1）他是典型的'士'的代表；（2）他所领导施行的'万历新政'，比之商鞅、王安石推行的改革要成功得多；（3）明代的国家体制对后世影响非常之大。"[1] 张居正领导的改革获得成功，他的新举措抑制了大地主阶级，对底层百姓尤其是农民有利，相对缓和了阶级矛盾，促进了生产力的发展，因而一度使明朝中兴，这一改革对后世也有很大影响。正是从这样一个角度，作家对他是肯定的。

不仅对历史人物的评价标准发生了很大的变化，更重要的是，作家们已经意识到人是一个复杂的组合体，很难用某个形容词来概括一个人，而只有写出这种复杂性，才有可能让人物真正活起来。许多作家在描写小说的正面历史人物时，总是不忘把他们的另外一面人生写出来。如在凌力《倾国倾城》中，张元化、吕之悦、孔有德都属于她肯定的人物。但她写了张元化和吕之悦荒唐的过去，他们并非从来就光彩夺目。孔有德更是一个矛盾人物，他敢爱敢恨，并不受一般道德的约束，从一个一心想在边关一刀一枪建功立业的猛将，变为反出朝廷的"叛贼"，又变为清的定南王，最后还为清朝战死在广西。虽粗犷不受礼仪束缚，一生杀人无数，但爱恨分明。相比孔有德、张元化的形象略显得苍白了一点，虽然有浪荡的年轻时光，但在小说中出现时，已是如神一般纯洁。所以，作家为了让他更多彩，又安排他在狱中因害怕重回诏狱而精神崩溃，与已成他的义女的幼蘅发生性爱，虽然这一笔终究不够自然。

又如《张居正》对张居正的描写，也十分注意人物内涵的丰富性。

---

① 熊召政：《让历史复活》，《文艺新观察》第一辑，长江文艺出版社2001年版，第20—23页。

作为主人公，作家当然对之十分喜爱和崇敬，但并不护短。张居正的改革出现在明王朝走向衰败的时候，几任昏庸皇帝把整个国家拖到崩溃的边缘。16 世纪的中国已经开始出现资本主义萌芽，但朱明王朝仍极度强化皇权，封建独裁制度走向衰微是必然的。然而，张居正一心想力挽狂澜，中兴明朝。他为了整顿吏治，不顾众人反对，发动京察，让那些贪官污吏心惊胆战。第三卷又描述他为推广"一条鞭法"，决定在全国清丈土地，虽然因此而触犯皇亲国戚也决不回头，面对张国光的规劝，他态度坚决："为朝廷计，为天下苍生计，我张居正早就做好了毁家殉国的准备。虽陷阱满路，众钻攒体，又有何惧?"一副一心为国、正气凌人的样子。李国文在评价历史上的张居正时说："张居正是中国历史上少有的政治强人，因为事实上只有他孤家寡人一个，以君临天下的态势，没有同志，没有智囊，没有襄助，没有可依赖的班子，没有可使用的人马，甚至没有一个得心应手的秘书，只用了短短十年工夫，把整个中国倒腾一个够，实现了他所厘定的改革宏图。这种孜孜不息，挺然为之，披荆斩棘，杀出一条生路来的精神，是非常值得后人钦敬的。"① 《张居正》中的主人公形象，较准确地表现了历史上那个真实存在过的张居正。作家在塑造主人公雷厉风行地推行改革的改革家形象时，也写了他的性格弱点和一些做法上的不足。随着改革的成功，他的权力越来越大，常常听不进不同意见，甚至还严厉打击不同政见者。一方面，他为实现他的改革理想，虽然与权贵与豪绅做艰苦卓绝的斗争，另一方面却又不得不对皇帝、太后和内相冯保做一定的让步，甚至答应冯保的非法要求，如赦免因误杀官员而获罪的太监邱得用的外甥章大郎，同意冯保的推荐，任命贪鄙的胡自皋为两淮盐运使等，体现了他深谙政治谋略的一面，但这种以牺牲原则为前提的政治交易毕竟不光彩，也给他的政治改革留下了隐患。而在和高拱余党的斗争中，他不断压制言官们对他政治改革的批评，这虽然让他的政治改革方针得到比较顺利的贯彻，但这种在专制政体下行之有效的方法，是不是能为后来者借用，仍然是一个问题。即使就张居正来说，他顽强推行自己的政治主张，得逞于一时，但在死后立

---

① 李国文：《话说张居正（下）》，《学习时报》2007 年 3 月 26 日第 009 版。

即被全盘否定，这多少与他的强权政治方式有一定关系。尤其是第四卷围绕着"夺情"事件的展开，大权在握的张居正被政敌们攻击得失去了理智，他利用国家机器对政敌进行无情打击，残忍地默认了皇帝对于反对夺情者邹元标等人的杖责和流放。改革成功后，他有了一种功成名就的感觉，对自己放松约束，如他为自己父亲奔丧时的浩大排场，以及沉迷于戚继光送的胡姬以致纵欲过度的晚年生活。这些都表现出作家对这位历史名人的反思，也为这位小说主人公的多彩性格与内涵，增添了有价值的一笔。还要指出的是，他指使人囚禁并处死大儒何心隐，因不是循吏而不复使用海瑞，虽然作家在小说中支持他这样干，但这种明显带有封建独裁式权力统治的做法，其利弊得失仍然需要慎重衡量。

当代传统形态历史小说重写帝王将相和后一节要阐述的才子佳人意义和价值都很大。

首先，这是恢复了在激烈的阶级斗争年代被强行缩小的历史小说选材范围。毛泽东强调文艺为政治服务，希望历史小说能够多写一些历史上的阶级斗争题材，从一个政治家的角度，这样的要求无可厚非。然而，在极"左"思潮的裹胁下，这一要求被推到极端，到了非农民起义题材不能写的地步，历史小说从一定意义上走进了一条狭隘的死胡同。虽然《李自成》第一卷也描写了皇宫内的情形，也展示了开封府的市井图，但小说的主要篇幅是描述李自成农民军的战斗生活。在小说第二卷出版时，姚雪垠反复强调他要写的是封建社会的"百科全书"，而非农民起义的颂歌。事实上，五卷本《李自成》如有的学者所说，不是像第一卷展示的以李自成农民军为中心的"水浒传"，而成了明朝、清朝、大顺朝的"三国演义"，但是，相对狭窄的政治视角始终阻碍着作家真正全面地审视和反映社会面貌。而同时代其他农民起义题材历史小说，对社会的反映甚至达不到《李自成》这样的广度和深度。虽然我们承认历史是由人民群众创造的，理论上历史小说应该把全体人民群众作为表现的对象。然而，因为传统形态历史小说对史书尤其是正史的特殊依赖关系，上述要求根本无法做到。史书埋没了无以计数的无名之辈（广大的默默无闻的人民群众），除非完全虚构，要想描写在历史上留下了真实名姓的人，我们无法绕开帝王将相和才子佳人。20 世纪 80 年代中期帝王将相和才子佳人的大规模复出，把已经走进死胡同的当代传统形态历史小说创作拉了出来。无论写帝王的《少年天子》《暮鼓晨钟——少年康熙》《康熙大帝》《雍正皇帝》《乾隆皇帝》《光绪皇帝》，还是写将相的《曾国藩》《张之洞》《孙武》《张居正》，展现在我们面前的，是几千年文明史的长河落日，沧海激流，尤其是中国封建社会的生成、成长、发展、没落的宏伟图景。30 年来的当代中国传统形态历史小说，为我们描绘出了一幅中华民族的"清明上河图"。

其次，文化视角的开启，让当代传统形态历史小说能更立体全面地塑造帝王将相、才子佳人的文学形象。如果我们联系 80 年代的寻根文学思潮来看当代历史小说在人物塑造上的突破，其意义更明显。韩少功、阿城、李杭育、郑万隆等人希望当代文学能够跨越"文化断裂带"，在精神上与传统文化进行衔接。然而，寻根作家热衷于"上山下乡"寻找传统文化的遗存。寻根文学的初衷并不错，但是，只把寻找的眼光投向偏僻的乡村，是有失偏颇的。这是因为，乡村固然比城市更多地保留了传统文化的遗迹，作为一种人类学的研究目标，这自然是首选。但如果要表现当代中国人在文化上的全部丰富性，这种偏僻乡村未必能完全取代繁华都市。寻根文学的另外一个偏颇，就是多数作家只对规范文化之外的文化感兴趣。寻根作家都出生于四五十年代，思想上受五四和革命文化熏陶较多。所以，他们虽然在文章中对五四新文化颇有微词，认为这场文化启蒙运动让中国文化发生了"断裂"，然而，谈到传统文化，他们几乎不约而同地贬低儒家文化，如李杭育对传统的以儒学为本的文化形态进行了抨击：浅薄、平常，不外乎政治和伦理，和本质上是浪漫的文学艺术相去甚远。他认为我们民族文化之精华，更多地保留在中原规范之外，传统、规范的根多已枯死，因此，寻根须向中原之外的区域文化中去寻找。[①] 同样的观点，也出现在韩少功、郑义、郑万隆等作家的言谈中。文化寻根当然让新时期文学找到了一条新的文学之路，但总是写脱离现实生活的文化，很难维持长久。

与寻根文学不同，传统形态历史小说在文化寻根上却具有题材的优

---

① 参见李杭育《理一理我们的根》，《作家》1985 年第 9 期。

势。这是因为，首先在时间上，传统形态历史小说描绘的人物都生活于辛亥革命之前，所谓的中国文化断裂期尚未开始，作家无须把眼光转向偏僻处寻找，传统文化充溢于当时的整个社会。其次，小说描写的主要历史人物，多数具备较强的传统文化内涵，只要作家有意识地发掘和表现，笔下人物都能显示其丰富的文化之"根"。这样的人物，在帝王将相和才子佳人中尤多。1985 年之后创作的传统形态历史小说多少受寻根文学的影响，在这方面有较好的收获。写帝王将相的历史小说中，在这方面比较突出的，当数《曾国藩》和《张居正》。

作为两位著名的历史人物，张居正和曾国藩有很多相似的地方。两位的家庭出身都不富裕，地位也不显赫。张居正的先祖虽为明朝开国功臣，但也只是世袭千户，到了张居正父亲一辈，只得了一个秀才的头衔。张居正全靠自己的聪明与努力，才得以进入政治中心。曾国藩出身更低微，祖辈务农，父亲 47 岁才考中秀才，以后靠教蒙童为生。但长子曾国藩读书异常出色，21 岁考取秀才，27 岁殿试考取同进士，从此跻身上层官僚阶层。低微的出身，让两位后来影响全国政局的大人物从小就深刻了解中国社会；完整的教育过程以及成人后的继续学习，又让他们深得传统文化尤其是儒家文化的熏染。而官场的历练，更让他们成了与腐儒完全不同的循吏。张居正曾拜徐阶为师，徐阶重视经邦济世的学问，这对张居正有很大的影响。在其引导下，张居正努力钻研朝章国故，学习经世致用的知识，为他日后走上政治舞台打下了坚实的基础。曾国藩也对"实学"很感兴趣，后人评价曾国藩是中国历史上认真积极实践的第一人。"在他的指导下，建造中国第一艘轮船，开启近代制造业的先河；建立第一所兵工学堂，肇始中国近代高等教育；第一次翻译印刷西方书籍，不仅奠定了近代中国科技基础，而且极大地开阔了中国人的眼界；安排第一批赴美留学生，为国家培养了大批栋梁之材。"[1] 曾国藩是近代洋务运动的发起人和最早的领导者，对中国的现代化转型贡献巨大。当然，在文化内涵上，两者也表现出不同的趋向，在这方面，两部小说都有意识地做了发掘。

---

① 见百度百科名片"曾国藩"条：http://baike.baidu.com/view/5481.htm。

在《曾国藩》中，主人公以儒家的道统传人的面貌示人。他拜理学大师唐鉴为师，十分注意修身养性的功课，小说对此有形象的描写。然而，儒家的修身，是为了治国平天下，是明道救世。这不仅仅是组织湘军打败太平天国，"使曾国藩区别于一般大官僚之处不仅是他立有军功，更重要的是他有大的抱负。他的抱负是继承道统，陶铸人心，整顿世风，强国富民"①。他处于一个风雨飘摇的时代里，如作家所说："他生在一个百孔千疮、行将就木的封建王朝，时代的潮流是要将这个王朝彻底摧毁，而他幻想在这片残破的河山上重建周公孔孟之业，这难道还不可悲吗？他的信仰又是那样的坚定，为之付出的心血又是那样的多，因而他的悲剧色彩也就愈加显得浓重。"② 面对这样的时代，小说写出了曾国藩明知不可为而为之的心态，也写出了表现在曾国藩身上的道统与政统的深层矛盾，这也正是有人说曾国藩是汉奸、卖国贼、刽子手，也有人称道他为"三立完人"、中兴大臣的主要原因。此外，小说还写出了儒家、法家和道家对曾国藩的影响。他以理学大师为师，不仅靠这修身养性，还因此受到道光帝的重用。但自从在家乡办团练始，他笃信"治世须用重典"的古训，从严治军，从孔孟儒家弟子一变而为申韩法家信徒。然而，在与太平天国的搏斗中，他受制于官场，处处碰壁，事事不顺。最后只得趁父丧封印回家。小说在此虚构了一个丑道人设法游说曾国藩，请他采用黄老的处世方法，以柔克刚，以弱制强，"望从此明用程朱之名分，暗效申韩之法势，杂用黄老之柔弱"③。在家里一年的休养中，曾国藩读书求道，幡然醒悟，其后重新出山并取得成功，与他杂用上述三种文化资源有极大的关系。儒家、道家和法家，构成了曾国藩的主要文化人格内涵。

《张居正》的作者同样也很重视主人公形象中的文化内涵。熊召政说："我喜欢他就是因为他有两重人格：儒家人格和佛家人格。中国知识分子的人格从来都是按照儒家人格来塑造的，'先天下之忧而忧，后天下

---

① 唐浩明：《〈曾国藩〉创作琐谈》，《文学评论》1993 年第 6 期，第 125 页。
② 同上书，第 121 页。
③ 《曾国藩》第二卷《野焚》，湖南文艺出版社 1990 年版，第 19 页。

之乐而乐'的忧乐观，'齐家治国平天下'的政治抱负，这些在张居正身上表现为富国强兵的理想。他说只要能实现理想，'愿以其身为薄荐，使人寝处其上，搜溺垢秽之，吾无间焉'，这正是释迦牟尼成佛的方式。这在有关文献和他的书信中有记载。他所说的'万箭攒体，不足畏也'引起我的思考，是我在九华山上拜佛的时候。地藏菩萨是普度众生之人，他的一个誓言使我想起张居正：'众生度尽，方证菩提；地狱未空，誓不成佛。'只要地狱里面还有一个魔鬼，我就不能成佛，我要拯救他；只有所有的众生都到极乐世界，才证明我的大乘佛教是救世的。所以我说没有慈悲为怀这样一种心胸，是没有办法当救世主的，也没有办法当伟大杰出的政治家。"① 在作家看来，张居正具有儒家和佛教两种文化的影响。然而，我们读小说，感觉他除了以天下为己任的儒家入世姿态和慈悲为怀普济天下的佛教胸怀外，他还有明显的法家思想。他上任后开展的改革，思路上与商鞅、韩非的治国思想相一致，如整顿吏治、实行子粒田征税和"一条鞭法"、抑制皇族的权益等，都带有明显的法家色彩，他在父亲死后"夺情"不为父亲守丧，虽然有为他的改革大局维持权力的目的，但在重孝的明代，也具有向儒家礼制挑战的法家色彩。总之，张居正作为一个著名的历史人物，本身就包含着丰富的文化内涵，在作家的有意铺叙下，这种文化内涵突出地表现在人物形象之中，使小说具有十分明显的文化色彩。

封建统治者的权谋文化，由于一直处于社会的最高层面，深受大众的关注。二月河抓住这一古代社会的亮点，在权谋文化的展示中塑造封建帝王，成为他的"落霞"系列长篇历史小说成功的一大特征。如本书前述，他的《康熙大帝》使用阴谋与权力的视角，表现康熙如何从"阴谋家"鳌拜手中夺回执政大权，《雍正皇帝》接续《康熙大帝》第四卷"乱起萧墙"的情节，讲述雍正一边与政敌斗争，一边整肃吏治，把康熙晚年过于松弛的政坛整治得十分安定和谐。忠臣与奸臣，清官与贪官，这些大众在古代小说中司空见惯的词汇，再次在二月河的小说中汇成了

---

① 李从云、熊召政：《寻找文化的大气象——熊召政访谈录》，《小说评论》2006 年第 1 期，第 29 页。

古代官场文化的展览。忠奸之争犹如当年毛泽东提倡的路线斗争，把好人和坏人直观地展示给读者，康熙和雍正的艺术形象就在这样的争斗中脱颖而出，矗立于历史舞台。客观地说，二月河这种讲述故事的方式，较能迎合民众的心理，从而得到读者的欢迎。《康熙大帝》和《雍正皇帝》在读书市场的成功，较多地得益于权谋文化，而这两个独特的皇帝形象更与权谋文化有不解之缘。为何相比而言，《乾隆皇帝》的可读性没有《康熙大帝》和《雍正皇帝》强？这和乾隆主政期间，没有遇到像康熙和雍正遇到过的强大政敌，作家因而无法编织出如此扣人心弦的情节有关。

当代传统形态历史小说在帝王将相形象的塑造中，也存在着一些不足。首先是对待封建社会皇帝个人独裁的认识。新中国成立后 30 年我们基本上否定这一类历史人物的历史功绩，尤其在"文化大革命"期间，完全根据阶级斗争的观念来认识和看待皇帝，这自然有失偏颇。但是，作为一种反拨，当代有些传统形态历史小说对帝王将相采取完全肯定的态度，甚至流露出某种皇权崇拜的倾向，出现了矫枉过正的问题。例如，在二月河"落霞"系列三部曲中，康熙、雍正和乾隆几乎成了衡量人物善恶美丑的标准。他们干的事都对，与他们对着干的人都错。忠于他们的就是好官，反对他们的就是坏官。这样的道德标准和政治标准，和古代小说几乎没有多少差别。在经过了五四新文化运动洗礼的现代中国人这样看待皇帝，无论如何是一种历史的退步。历史上存在着这样的封建统治是一回事，我们如何对待皇帝和封建独裁又是另一回事。就像我们不可能希望今天的社会再出现一个皇帝来统治我们一样，对历史上的皇帝，同样应该认清他们的本质，对他们的本质要有一个基本的认定。一个现代历史小说家，不应该在这样的历史大是大非面前失去基本的立场。这也不能用迎合读者的阅读口味来辩护，为大众创作，不能变成迎合大众口味创作，特别是大众的低级趣味，更不能无原则地迎合。

其次，是对传统文化的态度。在经过社会转型必要的对传统文化的否定阶段后，我们迎来了文化建设的历史时期。建设新文化，不能离开对传统文化的继承和发扬，但这并不意味着对传统文化的全盘继承。从理论上讲，文化的发展应该是承前启后、吐故纳新，全盘肯定与全盘否定都不可取。在初步具备了现代性的今天，我们是不是需要完全肯定传统文化呢？比如在封建时代十分重要的忠君立场，判断一个人物是善是恶，在那个时代忠君与否是一个衡量标准。但到了今天，我们还肯定和使用这一标准，显然就不合情理了。笔者认为，在历史小说中表现人物忠君与否的内容当然不可避免，但作家不能再简单地用这个标准来评价人物。其余诸如孝、义等旧道德标准，如果不修改其内涵、完全套用封建时代的含义，也很值得商榷。站在现代立场上，衡量历史人物的标准，应该是考察其是否有利于人民，有利于民族的生存和发展，是否推动了历史的进步，而不是其他。

最后，作家作为一种知识精英，不仅有着为服务大众的职能，还有着在思想上引导读者的职能，这也正是作家主体意识的一种表征。在市场经济时代中，一味向钱看而放弃应有的社会责任，这其实和泛政治时代放弃作家的独立意识，匍匐在意识形态面前完全一样。

# 三 "士"文化与"士"形象

在中国封建社会里，"士"始终是社会的一个重要阶层，所谓"士、农、工、商"，士位居第一。正如本书前面所言，封建时代的"士"，其社会地位和作用相当于现代社会的知识分子，他们不仅识字断文、知识丰富，而且眼界开阔、长于思考，承担着国家的管理和精神文化的生产。纵观中国古代历史，士在社会中的作用以秦朝为界，可分为两种类型。在先秦时期，士担负着思想与文化开拓者的重任。中国的重要思想流派，都发端于那个时期，其中的儒家与道家，成为秦代以来数千年封建时代的主流思想文化。秦始皇统一中国后，士的主要作用是管理国家。所以，"士"作为一个专用名词，其内涵在历史上经历了一个发展变化的过程。战国之前，士处于贵族阶级的最底层。战国时期，士完成了从贵族到"知识分子"的身份转变。余英时认为："'士'从最低级的贵族转变到四民之首，是一个重要的历史发展。从此之后，'士'便从固定的封建秩序中获得了解放。他们一方面失去了职位的保障，进入了顾炎武所谓'士无定主'（《日知录·周末风俗》）的状态；但另一方面，他们也自由了，思想不受'定位'的限制了。他们往往被称为'游士'，这个'游'字至少有两层含义：第一是周游列国，寻求职业，第二是从封建关系中游离出来。他们代表着中国史上知识人的原型。"① 战国时期被人称为思想创造的时代，中国横贯几千年的思想史，都可以在这里找到源头。这个时代为何能成为中国思想史之源？除了政治环境的宽松（中央政府的失控即所谓的"王纲解纽"）之外，上述关于"士"的解放和社会角色的转变也是一个重要的原因。自秦朝以来，又出现了"士大夫""绅士"等称谓，有人认为"士大夫"是古代官僚人文知识分子的统称。② 隋唐实行科举制后，凡是参加科举考试并取得功名的读书人，就可以被看作是士大夫。也有人把士与大夫分开："做了官是大夫，没有做官是士；士是候补的大夫。"③ 读过书（进过学），有一定的书本知识，又从事各类文化事业的，尚未取得功名的读书人都可以称为"士子"。而实行科举制后，官员都要经过某种类型的书面考试，所以官员多数是"士"出身。士与农、工、商有一条明显的界限，刘禹锡的"谈笑有鸿儒，往来无白丁"中对白丁的解释，有人说是"没有功名、没有官职的平民"④，1999版《辞海》也持这一观点。但商务印书馆（香港）出的《汉语大辞典》

① 余英时：《中国知识人之史的考察》，转引自许纪霖编《20世纪中国知识分子史论》，新星出版社 2005 年版，第 15 页。

② 阎步克认为："相对来说，'绅士'或'乡绅'（'乡绅'一词最初大约出现于 1588 年的《明实录》中）这种称谓，强调的主要是士大夫在社区之中的地位与功能。……绅士及其家族拥有种种正式与非正式的特权，并且在社区与国家之间履行了司法、行政、治安、经济、教育与公益事业等等方面的重要功能。在历史上，这种绅士就经常被直接称为'士大夫'。"（见阎步克《士大夫政治演生史稿》第一章，北京大学出版社 1996 年版）吴晗则认为："照我的看法，官僚、士大夫、绅士、知识分子，这四者实在是一个东西，虽然在不同的场合，同一个人可能具有几种身份，然而，在本质上，到底还是一个……平常，我们讲士大夫的时候，常常就会联想到现代的'知识分子'。这就是说，士大夫和知识分子，两者间必然有密切的关联。官僚就是士大夫在官位时的称号，绅士是士大夫的社会身份。"（见吴晗、费孝通等《皇权与绅权》，天津人民出版社 1988 年版）

③ 朱自清：《文学的标准与尺度》，上海文光书店 1948 年版，第 21—22 页。转引自张清民《中国现代文学价值建构的尝试》，《社会科学家》2004 年第 3 期，第 33 页。

④ 《古代汉语辞典》（大字本），商务印书馆 2002 年版，第 30 页。

第二版，却把刘禹锡这句话中的"白丁"解释为"不学无术，或缺乏知识的人"。我认为这个解释才更符合刘的本意。因为在《陋室铭》中，"白丁"是对"鸿儒"的，所谓鸿儒，应该是饱读诗书，满腹经纶的士子，那么，"白丁"就应该是"没文化、没知识的人"，当然也可以解释为非"士"的农、工、商。从刘禹锡这篇散文可以看出，"士子"们对自己的身份和知识是非常自豪的。

在历史唯物主义看来，维持社会的正常运行乃至发展，首先必须依赖于物质财富的生产者。同时，国家管理者和精神财富生产者，也是一个社会正常运行必不可少的要素。而历史记载的特殊性，使得后者往往能有机会名垂千古，所以，我们在传统形态历史小说中见到的绝大部分是他们。20世纪80年代中期以来的当代传统形态历史小说突破此前的题材束缚，才子佳人自然又一次成了小说的主要表现对象。20多年来的传统形态历史小说创作，成功地塑造了许多知识分子艺术形象。如果我们把历史小说中的知识分子形象进行分类，大略有以下几种类型。

第一，从社会地位和身份上看，小说中的知识分子可以分为官员与非官员两类。前一节曾经讨论过帝王将相形象，这"相"自然是做了官的知识分子。无论唐浩明笔下的曾国藩、左宗棠、张之洞，还是熊召政笔下的张居正、徐阶、高拱，他们都是读书人出身，都经过了十年寒窗苦读，除左宗棠外，都经过科举考试的选拔。除了"相"之外，在传统形态历史小说中，还有大量官阶较低的官员形象。例如，《暮鼓晨钟——少年康熙》中闹出"明史案"的吴之荣，《张居正》中因自杀而掀起轩然大波的童立本，以及反对张居正夺情的吴中行、赵用贤等官员，都是这类人。从人数上看，没当官的文人应该多于当官的，但在当代传统形态历史小说中，这类文人被表现的机会不多。不过我们在《白门柳》中能看到大批这样的候补官员。这部以复社文人为主人公的小说，里面的重要人物多数是尚未得到官员资格的文人，诸如陈贞慧、冒襄、侯方域、黄宗羲、顾杲、吴应箕、余怀、沈士柱、张岱等。这一文人群像，在当代传统形态历史小说的创作中具有特别的意义和价值。

第二，从道德评价上看，知识分子形象可以分为正直高尚与卑鄙自私两类。中国小说在塑造人物时，道德评价始终是褒贬人物的一个重要尺度，当代传统形态历史小说在这方面也同样如此。不过，道德的标尺在不同的小说中并不完全一致，这与作家们的文化立场有关。在任何一部小说中，大致有两种道德，一种是长期以来形成的、又被当时社会接受并普遍实行的民族基本道德标准，另一种是小说作者推崇的现代社会道德——可能是从西方传入的，也可能是作家从传统道德里发掘出来并认为应该发扬光大的，也可能是围绕小说主题和情节而产生的。比如，在二月河"落霞"系列三部曲中，作家划分人物的善恶标准基本上有两个，一个是忠君，另一个是爱民。因为二月河把康、雍、乾三朝皇帝基本上定性为爱民的皇帝，这两个道德标准在小说中就统合为一了。在《康熙大帝》中，站在康熙一边，维护皇权，反对分裂，为民办事，为民说话的知识分子，就是"好"知识分子，反之，则是"坏"知识分子。例如，第一卷《夺宫》中的伍次友、明珠、熊赐履等人便是拥戴康熙的好文人，因为反对圈地而冤死的三位汉大臣苏纳海、朱昌祚、王登联也属于这个阵营。而班布尔善之流，就是心怀异志的坏文人。好文人忠君爱民，大公无私，为人善良，而坏文人心地险恶，居心叵测，为谋取私利而大搞阴谋诡计，危害社会。在《白门柳》里，作家却不想把人物写得如此黑白分明，他尽量避免简单地从道德角度评价人物，力图写出人物的复杂性。但是，作家的道德评价仍然体现在人物形象中。黄宗羲毫无疑问是这部小说中作家最为肯定的形象，而史可法、刘宗周、陈贞慧、吴应箕、侯方域、余怀、沈士柱、柳敬亭、方以智、冒襄等复社中人，也是作家基本上正面肯定的人物，马士英、阮大铖则明显被作家鄙视。至于钱谦益，却是一个十分复杂的人物，他有为一己私利而替阮大铖张目的行为，也有清军过江后，领头降清的历史污点。然而，他后来在北京辞官回江南，又在柳如是的策动下，参与江南士民的反清活动，与马、阮又不完全一路。作家对上述知识分子的不同评价，并非以是否忠诚于崇祯为标准，也并不以是否拥戴汉人政权为界限。在对明王朝的忠诚度上，黄宗羲显然不如史可法、刘宗周，甚至比陈贞慧、吴应箕、侯方域等人还差。因为他居然在监狱里，开始怀疑他以前所尊崇的信条的正确性："君子出仕于朝，是为天下，还是为君王？是为万民，还是为一姓?"① 把"天下"与"君王"对立起来,这无疑是对明王朝不忠的表现。但在小说中,作家对他的评价甚高。这是因为,处于晚期封建主义的黄宗羲,已经从他的政治实践和思想探索中,萌生了对封建主义皇权的怀疑。站在历史发展的角度看,他是中国民主主义思想的先驱者,他代表了中国的未来。正因为使用了"体现人类理想和社会进步"② 这样一个标杆,作家才不会因为马士英并未降清而肯定他。可见,同样对笔下人物有道德之褒贬,但两位作家所持道德标准的差别极大。而且,二月河对人物的道德评议泾渭分明,好人全好,坏人全坏,而刘斯奋致力于写出人物内涵的复杂性,尤其是对复社中人,作家在基本肯定的同时,也写出了这些知识分子存在的历史局限性。凌力、唐浩明、熊召政等人的小说,也具有这样的特征,因此,他们小说中的知识分子形象,从道德评价的角度看,很难用一两个字来概括。

第三,从处世态度上看,知识分子又可分为积极入世与消极遁世两类。中国古代的知识分子,大多信奉儒家学说,而儒家倡导积极入世。孔子主张:"邦有道,则仕。"③ 出仕,就是为了实现自己的人生理想。程颢、程颐认为"学贵乎成,既成矣,将以行之也。学而不能成其业,用而不能行其学,则非学也。"④ 儒家推崇人生"三不朽":"太上有立德,其次有立功,其次有立言,虽久不废,此之谓不朽。"⑤ "三不朽"又被称为"三立",儒家的最大人生目标,就是能达到这样的崇高境界。儒家提倡忠君、爱国、为民,士子应有"先天下之忧而忧,后天下之乐而乐"的奉献精神,以天下为己任,"天下兴亡,匹夫有责",在危急关头甚至应该"杀身成仁,舍生取义"。这种精神千百年来,已经融入中华民族的主流精神之中,积淀为民族的传统美德。

与积极入世的人生态度相对,传统文化还有消极避世的另外一端。

---

① 见《白门柳·秋露危城》第二章,中国青年出版社 1998 年版,第 597 页。
② 刘斯奋:《〈白门柳〉的追述及其他》,《文学评论》1994 年第 6 期,第 26 页。
③ 《论语·卫灵公》。
④ 《二程集·粹言》卷 1,转引自邓鸿光《个人·社会·历史——中国传统的人生价值观与民族精神》,浙江人民出版社 1994 年版,第 12 页。
⑤ 《左传·襄公二十四年》。

这一思想的代表者，是道家的老子和庄子。老、庄都主张为了个体的人格自由，应该远避尘世，洁身自好。老子说："人法地，地法天，天法道，道法自然。"① "为学日益，为道日损。损之又损，以至于无为。无为无不为。"② "圣人处无为之事，行不言之教。"③ 庄子认为仁义道德对人是一种束缚，哪怕对于"圣人"，仁义道德也成了像"黥"刑一样的刑法。④ 在中国历史上，不乏实践老庄思想的著名文人，严子陵、陶渊明、林逋就是著名的例子。他们为了维护自己高洁的人格，不为五斗米折腰，辞别尘世，与青山绿水为伴，成为后世文人羡慕的榜样。其实这种隐居或独处的倾向，在儒家身上也有体现，如孔子就说过："笃信好学，守死善道，危邦不入，乱邦不居。天下有道则见，无道则隐……"⑤ 又说，"用之则行，舍之则藏。"⑥ 孟子也说："古之人，得志，泽加于民；不得志，修身见于世。穷则独善其身；达则兼善天下。"⑦ 虽然儒家的独善其身与道家追求心灵的自由，其意义不完全相同，但在后来的知识分子心中，两者的意义逐步重叠与融合：出仕，即为儒家的积极用世；退隐，则是道家的修身养性，自得其乐。

以表现历史上的政治风云变化为己任的当代传统形态历史小说主要是社会政治小说（当然也有一些小说表现古代的一些思想家、艺术家、军事家的生平事迹，如《老子》《孔子》《孙武》等），所以，从知识分子形象的塑造来说，小说中多数是积极入世的儒家信奉者。像曾国藩、张之洞、杨度、张居正等不用说，社会地位和历史功绩稍低一些的文人，如《张居正》中的吴中行、赵用贤、艾穆、沈思孝等人，他们上书反对张居正夺情，虽铁枷、廷杖、贬官、充军也在所不惜，其中当然有与张居正政见不合的因素，但更重要的，是他们从维护纲常的立场出发与无道之朝廷的斗争，没有这样的理由，他们不会迸发出如此强烈的勇气与

---

① 《老子·第二十五章》。
② 《老子·第四十八章》。
③ 《老子·第二章》。
④ 《庄子·大宗师》。
⑤ 《论语·泰伯》。
⑥ 《论语·述而》。
⑦ 《孟子·尽心上》。

朝廷对抗。看到这些人受大刑而神色不变，甚至戴着铁枷跪在午门外联诗言志，其精神气度，着实让人敬畏。虽然他们维护封建纲常的行为在现在的人看来，是多么迂腐，但这些行为中蕴含的精神力量，仍然值得我们钦佩。

阅读当代传统形态历史小说，这类以建功立业为人生目的的儒家信奉者比比皆是。相对来讲，完全信奉道家的知识分子却不多见。也许，《张居正》中的何心隐可算一个。他与张居正一起参加科举考试，曾扬言，如不能考中甲科，今后再也不进考场。结果张居正金榜题名，他却名落孙山。从此他果然不再参加科举考试，转而投身学海，成了一名得陆王心学真传的大学者。在不入官场这一点上说，他可算隐士；实际上他仍然有极强的入世欲望。他办学授道，以有三万学生而沾沾自喜。他也没有完全忘记宦海，在张居正即将当上首辅前，他面见张居正谈当时的政治形势并献上三计。然而张居正并没让他当"国师"，他就在民间四处讲学，批评时政。他后来被湖北官员抓起来并处死，与他的这种异类入世有很大的关系。所以，从本质上说，他只是身隐而非"心隐"。

《少年天子》中的笑翁吕之悦倒是有道家风范。这是一位在凌力"百年辉煌"三部曲中起穿针引线作用的重要人物。他在小说中第二次出场，正是"在京的南边故交旧友"为陆健设宴饯行时。吕之悦晚到，陆健请他入席，吕之悦的回答很耐人寻味："'不必，不必！'吕之悦连连摆手。'你还不知我？最爱独坐独酌，听诸人言，观诸人行，细细品味，乐无穷也！……'"① 这虽然是吕之悦在介绍自己的性情爱好，但作家也是在介绍吕之悦的隐士品格，通过这种充满隐喻性的描写，吕之悦大隐隐于市的形象呼之欲出。吕之悦并非从来就如此仙风道骨，在《倾国倾城》中，他是一位名叫吕烈的将军，在明末的政坛上经历了大风大浪大喜大悲，当江山易主时，他死里逃生，成了一位明朝遗民。曾经沧海难为水，他对官场黑暗感同身受太多，而明清换代的残酷现实也让他对尘世充满厌恶。所以，当一个旁观者，世人皆醉我独醒，便是吕之悦的选择。不过，严格说来，他也不是一个典型的隐士。或许作家本来就无心塑造一位真

① 凌力：《少年天子》，北京十月文艺出版社 1987 年版，第 11 页。

隐士形象，吕之悦在三部小说中还扮演着一个重要的串台人物的角色。所以，在《少年天子》和《暮鼓晨钟——少年康熙》中作家安排他当顺治爱妃乌云珠少年时候的启蒙教师，后又受聘于安郡王岳乐当宾客，因为只有这样的社会地位，他才能够为陆健以及同春等人奔走出力，也才能够把当时的上层社会和下层社会连接在同一个艺术世界中。

从知识分子形象塑造的角度看，中国古代历史小说和当代传统形态历史小说存在着较大的差异。在古代历史小说中，知识分子主要扮演着三种类型的角色，第一种是面对君王（或政治强势人物）时的"国师"形象，如《三国演义》中的诸葛亮、庞统、程昱、鲁肃，《水浒传》中的吴用等。第二种是普通官员，又被分为清官和贪官两类。第三种是才子，在某些以历史为题材的话本小说中，文人们常以才子形象面世。中国古代对文人的褒贬标准，首先是道德评价，其次才是才能评价。然而在经历过数十年现代文化洗礼的当代社会，作家对古代知识分子的认识发生了很大的变化，因此在当代传统形态历史小说创作中，知识分子形象塑造呈现出多样性和丰富性的特色。在一些较多继承古代历史小说文化立场与艺术表达的当代传统形态历史小说中，我们仍能看到上述几种类型的知识分子，如二月河《雍正皇帝》中的邬思道就是雍正在众多皇子中脱颖而出，夺取皇位的重要谋士，堪称雍正的"国师"，这是一个极具古典色彩的知识分子艺术形象。在二月河笔下，也塑造出很多贪官和清官的形象，诸如贪官诺敏、张廷璐等，清官靳辅、施世纶等。但是，这样的形象塑造，总体上过于陈旧而缺乏创造性。笔者认为，当代传统形态历史小说在封建时代知识分子形象的塑造上，具有创新性的是以下两类形象。

第一，古代思想家形象。中国五千年文化积淀深厚，光辉灿烂。在思想文化史上，中国出现过不少思想家，为我们留下了许多宝贵的文化遗产，尤其春秋战国时期，更是一个思想家群星璀璨的时代。自汉以来，儒家备受各朝统治者的尊崇，孔孟最受重视，而道家思想的创始人老子和庄子也颇受历代文人的崇仰。但是，在古典文学作品中，尤其在叙事文学中，很难发现这类思想家的艺术形象，这大约因为社会长期以来对他们的神化，令人们只能把他们当作崇拜的对象，而不能具象化为一个可感可触的艺术形象。正如黄曼君所说："然而无论尊孔，崇老，还是批孔贬老，大多离不开将孔、老看作正反面道德教师，看作'道'本身，少有将他们作为有着生命个体而又凝聚着民族智慧的'这一个'具体的人来看待的。民族智慧结晶被僵死的'道'的教条肢解，'这一个'具体的人被'道'的阴影所淹没。"①杨书案《孔子》和《老子》，把这两位伟大的思想家请上了艺术的舞台，小说的艺术成就备受海内外受众的推崇。其实，比杨书案的小说更早，刘斯奋《白门柳》已经为我们塑造了一个近古的思想家艺术形象——黄宗羲。按照作家的创作谈，刘斯奋创作《白门柳》的动机，来自他对明末巨变及其为后人带来的精神遗产的思考。他认为这段历史最值得书写的，不是明清易代，也不是农民起义带来的惊天动地的大破坏，"而是以顾炎武、黄宗羲、王夫之为代表的我国早期民主思想的诞生"②。这一观点基本上与我国当代史学界的主流认识相一致，黄宗羲也因此被认为是明末清初中国的大思想家。但是，作家在描写这位思想家的时候，并没有神化他，而是把他置于明末一大群复社成员中展现。在小说开头的人物表上，他夹在一大群复社成员中，一点儿也不显赫：黄宗羲，字太冲，明末诸生，东林党人黄尊素之子，复社成员。他在小说中第一次出现，却是在大街上因手中一本宋版书被人撞到臭水沟里而与人争吵。跃然纸上的，是一个非常普通的士子，因性格执拗而又较真，给读者留下了深刻的印象。小说抓住他尚未真正成为思想家之前的行状进行刻画，拉近了这位日后的大思想家与读者的心理距离。作家曾经谈起对黄宗羲的认识："黄宗羲——同样生活在江南这么一个商品意识相对浓厚的地区，但与名士群体中的其他人相比，他的性格看起来却'单纯'得多，利欲之念似乎未能侵蚀他的心灵。就行动准则而言，他更接近于虔诚的正统儒家信徒。但是他的反叛也同样令人瞠目结舌——对封建制度的强烈质疑和愤怒批判，使他发出振聋发聩的惊世之论。究其原因，是由于他属于'思想型'的人物，视发现和坚持

---

① 黄曼君：《文化溯源与历史重构——评杨书案三部历史小说新作》，《文学评论》1994年第4期，第56页。

② 刘斯奋：《〈白门柳〉的追述及其他》，《文学评论》1994年第6期，第26页。

真理为人生意义的最高体现。与钱谦益等'生活型'的人物不同，他是从天下万民的宏观角度去拷问现实，进而发现'利欲'的内在合理性。因此他能够把这种观念升华为一种理想；而脱略其原始的、往往是粗鄙的外壳。毫无疑问，固执而且时带偏激，是这位人物的一大性格特征。但恐怕这也是许多思想家的'通病'。过于通达随和，充其量只能是一位实践家而已。"① 黄宗羲从小受到家庭的严格训育，尊奉儒家的信条，为人中正规矩。他也有世俗的一面，比如也渴望科举入士，看到自己的三弟黄宗会被录取为"选贡生"时，也会产生小小的妒忌。而参加复社，他也和其他社友一样，关心政治，积极参加社里的活动。他与其他复社成员的差异表现在，他具有很强的独立思考能力，如基于民本思想而提出的有关工商与农皆为本的主张；对有关中国传统文化弊端的思索；不排斥西方文化，反而表现出如饥似渴的求知欲；在与老师刘宗周磋谈阳明心学时，提出"气为万物之本"的观点；在得知崇祯死讯，刘宗周决心自杀以报君恩时，他能够不顾儒家师道尊严的规矩，用当众大声呵止的形式阻止刘宗周必死之决心；等等。上述思想和行为，在当时都可称为"大逆不道"，而这正体现了他敢于和善于独立思考的品质，为他日后成为大思想家做了极有说服力的铺垫。出身平凡，好学上进，遇疑惑善思考，虽不乏偏激但有个性，这是刘斯奋使用现实主义手法为读者塑造的一个极具生命活力和感染力的艺术形象。在传统形态历史小说的范畴里，这是一个具有开创性的成功艺术形象。

第二，循吏形象。循吏是从国家管理的角度看官员，它跳出了贪官、清官和忠臣、奸臣的旧道德窠臼，以才干、务实精神和管理能力的标准来衡量官员，在一定意义上具有某种现代精神。关于循吏的由来和定义，本书前一章已经做了介绍。循吏一词起源于汉代，《史记》《汉书》和《后汉书》，都有关于循吏的记载。其实，细细考察，循吏在不同时代的内涵是不一样的。在汉代，循吏担负着富民、教民和理讼的责任，在他们身上，政统和道统有机地融合在一起，因而是儒家的理想官吏，与法家的酷吏形成鲜明对比。但到了明代，循吏的定义发生了变化，已经融

---

① 刘斯奋：《〈白门柳〉的追述及其他》，《文学评论》1994 年第 6 期，第 28 页。

合了汉代儒法两家所谓好官的部分内涵，也就是说，明代的循吏，具有汉代的循吏和酷吏的大部分特征。明代的循吏与清流形成了对比，循吏是能贯彻上级政令，为官一任，造福一方的好官，而清流是不干实事，只会站在一旁指手画脚评论别人的言官和书生们。张居正说过，"芝兰当道，不得不涂"，这是他免好友汪伯昆之官时的评价。在他眼里，清流言官，大抵是好议论、好争斗的人。熊召政站在改革和国家管理的立场，对张居正的观点极为赞赏。在《张居正》中，可做循吏代表的是金学曾。这是一个进士出身，却多年未被授予实职的九品小官。他在胡椒苏木折俸事件中充当了一个令人瞩注目的焦点人物而进入读者的视野。正是因为他的较真，才发生了章大朗打死王崧的意外事故，其后又因为当着张居正和户部尚书王国光的面指责礼部侍郎王希礼的做法，尤其是他对当时官场某些现象的分析，表现出了他的精明头脑以及对现实的清醒认识，受到张居正的重视。此后，他被张居正当作一个干吏不断委以重任，从一个九品文官一直当到湖北学政。金学曾是一个道德上不无瑕疵的官员，待人接物精明而不宽容，常常得理不饶人，因而很容易得罪人。用假银票斗蟋蟀赢取一万两银子的事，虽然目的是为张居正的新政解困，但手段并不光彩。他对上司尤其是张居正的想法琢磨得透彻，能投其所好，因而受到张居正重用。但他也的确能干，被置于任何一个官位上，都能干出一番事业。与这位受张居正青睐的循吏相比，作家还拉出海瑞作比。这位曾经名扬天下、死后仍然受人尊敬的大清官，张居正当上首辅后却不被重用。这是因为，在张居正看来，海瑞政德很好，但政绩极差，而这正是清流的共同特征。在与杨博讨论是否任用海瑞的时候，张居正正式提出"少用清流，多用循吏"的用人策略。在与海瑞的对比中，金学曾的循吏形象，显得格外突出。其实，类似的艺术形象，在二月河的小说中也有不少，刻画得较成功的是雍正朝的田文镜。他同样是一个从传统道德上看并不完美，但干事认真，能力也特别强的一类人才。唐浩明《张之洞》也有贬低"清流"、崇尚循吏的思想倾向，主人公张之洞就是一个出身"清流"的循吏，后来受到慈禧的青睐，从督抚到宰辅，在风雨飘摇的晚清成为皇室依赖的重臣。唐浩明也同样把清流当作循吏的对立面来描写，如上卷第八章把清流大臣张佩纶和何如璋在马尾一役中的失败，反衬张之洞策划的中国人在越南对法国的谅山大捷，让读者自然得出清流无用，治国唯有依靠循吏的结论。循吏艺术形象在 20 世纪 90 年代传统形态历史小说中接连出现，凸显出作家们在改革走向深入的时候对当代社会的思考，而成功的循吏形象的塑造，也为历史小说人物画廊增添了新的艺术形象。

在当代传统形态历史小说中，知识分子作为重要形象出现，不仅意味着人物形象塑造上的拨乱反正，也寓意着作家的自我认识与反省。中国的知识分子是一个十分复杂的群体，但从总体上看，他们在历史上起着十分重要的作用。虽然长期受到儒家思想的桎梏，但是，知识分子始终是历史上每次改革的推动者和主导者。就以近代以来中华民族的现代化转型来说，没有明清之际的大思想家顾炎武、王夫之、黄宗羲等人对封建主义的质疑，没有清代以来戴震、龚自珍、严复、康有为、梁启超、谭嗣同、孙中山、陈独秀、胡适、李大钊、鲁迅、毛泽东、周恩来等知识分子从理论到实践的努力，中国的现代化决不会达到现在这样的高度。当然，知识分子也有其弱点。中国古代知识分子多数都志在天下，热衷于挤入统治阶级行列，或作统治阶级的谋士，或科举入士，为此他们殚精竭虑。不能说这些知识分子都只是图名谋利才如此，其中不乏为天下苍生奋斗的，但总体上，他们参与了国家管理，就成了统治阶级的一员，而封建社会就是一个少数人压迫多数人、少数人剥削多数人的社会，少数知识分子的努力，只是缓解阶级压迫的激烈程度而已。而那些并不以天下为己任的知识分子更不在少数，即使从儒家的道德考量，他们也是不合格的。历史小说能够站在今天的立场上，把这样一个复杂群体描写出来，无疑是极有意义的。当然，不同作家对历史的认知不可能完全一样，而这正好造成了这一艺术群像多姿多彩的风貌。

# 第五章

# 当代传统形态历史小说的叙事特征

在当代小说创作中，传统形态历史小说常常被批评为艺术上最落伍的一种文类，这在一定意义上说是对的。从总体的创作现状来看，这类小说恪守现实主义立场，强调题材来源的可靠性，在写作上偏于纪实风格。不能说小说创作的现代精神和现代方法没有影响它，但这种现代精神和方法一旦引诱它跨过了某个界限，它就不被承认为传统形态历史小说。然而，拉开距离，从整个中国文学史的宏观眼光来观照当代历史小说的艺术演变，我们还是能够看到当代传统形态历史小说与中国古代历史小说和中国现代历史小说的差异，而这种差异与时代风气有关，更与当代历史小说作家的思想及艺术观念的变化有关。

## 一 史诗品格与史传笔法

自从姚雪垠创作多卷本长篇历史小说《李自成》之后，中国大陆的传统形态历史小说几乎都与多卷本形式结下了不解之缘。刘斯奋《白门柳》三卷；凌力"百年辉煌"系列三卷；唐浩明"近代人物"系列，《曾国藩》三卷，《旷代逸才——杨度》三卷，《张之洞》三卷；二月河"落霞"系列，《康熙大帝》四卷，《雍正皇帝》三卷，《乾隆皇帝》五卷；熊召政《张居正》四卷，都堪称皇皇巨著。这样的现象，自新文化运动开始以来的中国现代小说创作中没有，晚清以降的中国近代小说创作中也没有。姚雪垠自己曾经解释他为何要写这么长的小说：一是中国历史悠久，二是历史小说已经有历史事件做梗概，构思起来比完全虚构的小说容易一些，三是作家拿工资，无生计之忧。① 这三个条件，除了第三个条件是新中国特有的，前面两个条件任何年代都存在，所以，如果没有第三个条件，它们无法起作用。我以为，还有一条理由姚雪垠没说，那就是作家的史诗情结。

普实克在评价中国现代小说的时候，使用了"史诗的"一词。李欧梵在介绍普实克的时候说："普实克虽然花了很多精力来分析晚清的小说作品（本选集中就有几篇论述），但在谈及这一时期文学的艺术成就时，却没有多加粉饰。他发现，大部分晚清小说——也许《老残游记》是个例外——缺乏表现现实所需要的那种高深技巧。就这一点来讲，他认为，从 1917 年到 1937 年的中国现代小说要强得多。他反复引证的例子是茅盾的小说作品。茅盾在创作中追求——并正在某种程度上达到了——普实克所说的'史诗'的质量。'史诗（的）'一词，在普实克笔下往往是形容词而不是名词，用来概括一个比诗歌更为广泛的文学体裁范围。它与'抒情（的）'一词相对立而成为艺术反映现实的另一个主要手段。如果说郁达夫和鲁迅的小说在抒情性方面使人联想到诗歌，茅盾的小说则以其大规模地、客观地表现生活和社会的艺术构思而具有'史诗'的气魄。"②

如果不拘泥于"史诗"一词的本来意义，那么，普实克的说法是对的。虽然陈平原在他的博士论文中并不赞同普实克用"史诗的"和"抒情的"来给中国小说分类，而提出了"史传"与"诗骚"对中国小说发展的决定性影响③，但如果注意陈平原主要论述的是晚清小说，而普实克

① 姚雪垠：《关于创作〈李自成〉的艺术追求和探索》，《华南师院学报》（哲学社会科学版）1980 年第 3 期，第 56—57 页。

② ［捷］普实克：《普实克中国现代文学论文集》，李燕乔等译，湖南文艺出版社 1987 年版，前言第 13—14 页。

③ 陈平原：《中国小说叙事模式的转变》，北京大学出版社 2003 年版，第 212 页。

文章中评论的是 1917—1937 年的中国现代小说，两者的论说对象有差异，普实克的观点不应该被忽略。当我们研讨当代传统形态历史小说的叙事特征时，笔者发现普实克的思路有利于我们对研究对象的认知。如果再加上陈平原提到的史传笔法，来自中外两个文学传统的艺术样式，在当代传统形态历史小说那里，却奇妙地结合在了一起。

史诗作为一种文类，出现在许多民族的早期阶段。它集神话、传说、故事等民间叙事文学的营养，也吸收了早期抒情诗的养分，表现的主要是一个民族的诞生和发展的创世纪事迹。巴比伦史诗《吉尔伽美什》、中国《格萨尔王传》、印度《摩诃婆罗多》《罗摩衍那》，就是这种史诗。古希腊的两大著名史诗《伊里亚特》和《奥德赛》被称为英雄史诗。欧洲有关史诗的理论，就建立在荷马史诗上。黑格尔在他的《美学》第三卷（下）中，对史诗有专门的讨论。他在里面谈道："一种民族精神的全部世界观和客观存在，经过由它本身所对象化成的具体形象，即实际发生的事迹，就形成了正式史诗的内容和形式。属于这个整体的，一方面是人类精神深处的宗教意识，另一方面是具体的客观存在，即政治生活，家庭生活乃至物质生活的方式，需要和满足需要的手段。史诗把这一切紧密地结合到一些个别人物身上，从而使这一切具有生命，因为对于诗来说，普遍的具有实体性的东西只有作为精神的活生生的体现，才算存在。"[①] 又说，"作为这样一种原始整体，史诗就是一个民族的'传奇故事'、'书'或'圣经'。"[②] 黑格尔反复强调的是史诗对"民族精神"的表现，强调创作主体的客观性原则。很显然，黑格尔对史诗特征的概括，主要以荷马史诗为范本。黑格尔之后，马克思对史诗也非常推崇，他在谈到历史和艺术发展的不平衡性时，曾说："关于艺术，大家知道，它的一定的繁盛时期绝不是同社会的一般发展成比例的，因而也绝不是同仿佛是社会组织的骨骼的物质基础的一般发展成比例的。例如，希腊人或莎士比亚同现代人相比。就某些艺术形式，如史诗来说，甚至谁都承认：当艺术生产一旦作为艺术生产出现，它们就再不能以那种在世界史上划

---

① 黑格尔：《美学》第三卷（下），商务印书馆 1981 年版，第 107 页。
② 同上书，第 108 页。

时代的、古典的形式创造出来；因此，在艺术本身的领域内，某些有重大意义的艺术形式只有在艺术发展的不发达阶段上才是可能的。"① "划时代的、古典的形式"和"有重大意义的艺术形式"，这是马克思能够给予史诗的最高褒奖。马克思是从人类社会历史发展的角度来看待史诗的，在他看来，史诗是民族精神的结晶，是人类在特定时期创造的不可企及的艺术范本。

　　史诗在今天已经不可能再生产，但从亚里士多德到黑格尔、马克思等人对史诗的推崇，令史诗成了一种特定的美学规范，后人开始用这种美学规范衡量一些长篇叙事作品。我们现在谈论的史诗，已经不是指这类早期的史诗，而是特指现代的大型叙事作品。像列夫·托尔斯泰《战争与和平》、肖洛霍夫《静静的顿河》常被文学史家看作史诗性作品。这类作品旨在对社会进行全景式描绘，以传达时代与民族的主体精神。普实克在论述中国现代小说的史诗品格时，常常以茅盾的长篇小说尤其是《子夜》为例，李欧梵介绍说："如果说郁达夫和鲁迅的小说在抒情性方面使人联想到诗歌，茅盾的小说则以其大规模地、客观地表现生活和社会的艺术构思而具有'史诗'的气魄。普实克认为，这一'史诗'的起源应当追溯到 19 世纪欧洲现实主义小说的传统。不过，他还是通过大量细致入微的研究来证明茅盾曾得益于欧洲现实主义和自然主义理论。"② 茅盾的小说不仅是中国现代小说史上极具开创性的史诗性小说，而且是成功的史诗性小说。其后，这类史诗性的长篇小说虽然不多，但如李劼人"辛亥革命三部曲"《死水微澜》《暴风雨前》《大波》，路翎《财主的儿女们》、老舍《四世同堂》等，也都具有这类史诗性特征。延安文学中以丁玲《太阳照在桑干河上》和周立波《暴风骤雨》为代表，用全景方式表现解放区土地改革给农村带来的变化，也很有史诗性特色。中国现代历史小说几乎没有这样的史诗性品格，这是因为这类文体的创作需要阅读大量的史料，与动荡的岁月无法让作家静下心来构思创作这类巨型

---

　　① 马克思：《〈经济学手稿〉导言》（1857—1858）。见《马克思恩格斯论艺术》第一卷，中国社会科学出版社 1982 年版，第 148 页。

　　② ［捷］普实克：《普实克中国现代文学论文集》，李燕乔等译，湖南文艺出版社 1987 年版，前言第 4 页。

长篇历史小说也有关。新中国成立后，因为意识形态的作用，这类作品首先在革命历史题材小说中产生。被当时的评论界肯定的《红旗谱》，就是其中的代表。而《李自成》第一卷，更是把宏观反映明清之际的整个社会当作自己的重任。正如姚雪垠所说："《李自成》用单线发展不能解决问题，为什么不能解决问题？因为我们希望这部书成为反映封建社会末期的百科全书，要使清朝的力量、明朝的中央力量和地方的矛盾，以及农民起义的矛盾，都要正面写进小说里去，单线发展根本不适合，单线发展不是《李自成》的气派。"① 虽然《李自成》受创作年代的历史限制，作家从阶级斗争的眼光看待整个社会，对人性的刻画远没有达到应有的深度，对主人公的描写也带着那个时代特有的"三突出"色彩，但姚雪垠在创作之初定下的这一目标，对整部小说的结构，仍然有明显的影响。姚雪垠所谓的"百科全书"，应该就是普实克说的"大规模地表现生活"。这是一种围绕着中心情节，力图尽可能多地把当时的整个社会描绘下来的全景式写作，如姚雪垠自己所说："《李自成》尽管是反映历史，但它是有计划、有目的创作的。它是封建社会后期一部百科全书。说是一部百科全书也不是样样都有。这个社会、这个历史阶段，它的各个阶级、各个阶层的互相关联、矛盾斗争、运动发展，统归一些主要人物贯串起来。通过这些人物，表现了那个时代不同阶级、不同阶层、不同地区的生活，包括他们的生活习惯、风俗、制度，所以一看，就是那一个时代。尽管是明末清初封建社会的后期，但一幅一幅的历史生活画面，展现在读者的面前。这就是要求。"②

小说《李自成》固然有不少缺点乃至缺陷，但历史地看，它对中国当代历史小说创作的影响是深远的，比较明显的，一是对"文化大革命"后期一批表现农民起义的传统形态历史小说在题材和创作视角上的影响，二是对"文化大革命"后传统形态历史小说的史诗性品格影响巨大。《白门柳》《少年天子》《曾国藩》《张居正》等就是受到这种史诗性品格影

---

① 姚雪垠：《关于创作〈李自成〉的艺术追求和探索》，《华南师院学报》（哲学社会科学版）1980 年第 3 期，第 62 页。

② 同上书，第 57 页。

响的成功之作。在这些小说中，都体现了史诗性品格特有的全景式社会风貌和客观描写的特点，也都尽可能地表现了作家所理解的时代精神。

　　所谓全景式社会风貌，包含了反映社会的深度和广度。如果说《李自成》的创作受制于阶级斗争学说和为政治服务的写作要求，因而在对人性刻画的深度上有较大不足，但经历了思想解放运动洗礼后的"文化大革命"作家们在这方面取得的成就远远超越了他们的老师。在刘斯奋笔下，无论黄宗羲还是钱谦益，无论冒襄还是陈贞慧，都刻画得栩栩如生。譬如第三卷讲述钱谦益进京为清政府效力，他的小妾柳如是在家与人偷情被抓，钱谦益南下回家获知此事后的一系列反应，一波三折地表现钱谦益和柳如是两人在这时代风雨交加中的心态，如果作者不是深入了这两位历史人物的内心世界，是绝不可能写得如此精彩的。刘斯奋在《白门柳》的跋中说："我的小说试图再现的那段历史，确实属于中国封建时代一个'天崩地解'的乱世。它正值明清两个朝代更迭的当口，阶级矛盾、民族矛盾、统治阶级内部的矛盾都空前激化；再加上新旧观念的对立和激荡，不同文化的冲突与融合，交织成一幅色彩斑斓、惊心动魄的图景。其中邪恶与正义，征服与反抗，卑鄙与崇高，腐朽与新生，绝望与追求，野心与情欲，把这一时期形形色色的人性，展现得极其充分，又异常彻底。"① 在时代的动荡中刻画人性，《白门柳》十分成功。《少年天子》对少年皇帝顺治的内心刻画，也远胜于《李自成》对崇祯的描写，雷达称赞这部小说已经从历史的人进展到人的历史，对小说达到的人性深度的肯定，笔者非常赞同。至于历史的广度，《白门柳》抓住明清交替之际，东南一隅的知识分子的人生遭遇，来表现这个非常时期，结构上设立三条主线，分头并进，艺术上具备了明显的复线结构。《少年天子》和《暮鼓晨钟——少年康熙》把统治阶级上层的斗争和民间的生存和苦难同时呈现，力图复原那个时代的社会全景，也是主副线结合的复线结构。

　　作为一种史诗性叙事作品，反映时代精神是一个重要的特点。每个

---

　　① 刘斯奋：《白门柳·跋》，《白门柳》第三部《鸡鸣风雨》，中国青年出版社1998年版，第624页。

不同的历史时期的时代精神是什么，不同的作家有不同的认识，有时候一个作家在不同时期也会有不同的认识。姚雪垠当年接受唯物史观和阶级斗争学说的影响，把李自成领导的农民革命看作明清之际时代精神的体现。这样的选择，让他能够在十七年时期以一个戴罪之身，理直气壮地提笔写这部长篇历史小说。直到1989年，他发表创作谈之时表示，仍然把李自成的农民革命作为全书的主体写，所以，他原计划把描写崇祯之死的《李自成进北京》放在第五卷的开头，以提纲挈领，总括第五卷全书。然而，到了1992年，他已经认识到这场农民革命不能完全体现时代精神，所以改变了小说的构架，让崇祯在第四卷就自缢身亡，把《多尔衮率清兵南下》放在第五卷的开头单元，他解释这样改动的理由是："首要的一个原因，这是第五卷开始的单元，而第五卷全部写满汉之间的民族战争，我必须将山海关大战和以后许多战争的性质，清楚地告诉读者。"① 从这篇文章中我们不难看出，姚雪垠对明清交替之际的认识，和他创作之初相比，已经有了很大发展。在后来的他看来，当时的社会主要矛盾，已经从农民起义军与明王朝的矛盾，转变为汉族与满族之间的矛盾，或者说，是汉族人民与满族贵族阶层之间的矛盾，而且，从此后的历史发展看，以多尔衮为首的满族贵族阶级已经成了这对矛盾的主要矛盾。其实1989年发表在《文学评论》上的长文《创作体会漫笔——〈李自成〉第五卷创作情况汇报》，他已经在批评李自成和他领导的这次农民起义，明确李自成建立的只能是封建政权。显然，在姚雪垠看来，李自成的"革命造反"已经开始变质，不值得为他无原则地歌功颂德，但全书构想仍然围绕着李自成和农民军转，没下决心做根本的改变。有人批评说姚雪垠修改第五卷的重心，是"对小说结构'中轴线'的完全脱离"②，这从姚雪垠原先定的主题来说，批评得有道理，但是，这样的改变，恰恰表现了这位老作家对这段历史的新认识。这不仅对姚雪垠本人很有意义，也充分证明了后"文化大革命"时期中国作家主体意识的

---

① 姚雪垠：《从历史研究到历史小说创作——从〈李自成〉第五卷的序曲谈起》，《文学评论》1992年第4期，第64页。

② 邓经武：《"自恋"与"自贱"的悲剧——论姚雪垠及其〈李自成〉》，《西南民族学院学报》（哲学社会科学版）2001年第3期，第135页。

强化。

对明清之交时代精神的认识，正如本书前面说过的，刘斯奋、凌力和姚雪垠有着不同的理解，所以，他们都选取了自认为最能代表那个时代精神的人和事。姚雪垠写的是李自成领导的农民革命，凌力关注的是清廷内部的改革与保守的斗争，刘斯奋则着力描述江南地区以复社为中心的知识分子群像，以及在他们身上反映出来的江南资本主义的萌芽。不能说，哪位作家的选择一定正确，其他的作家对历史的认识有误。其实，对时代精神的认识，尤其是像明清之交这样一个复杂的历史时期，不同的作家看到的时代精神不相一致，是完全可能的。我们重视的，恰恰不是人云亦云的流行观点，而是这种对历史的独特认识，这正是史诗性作品的重要因素之一。20 世纪 80 年代以来成功的传统形态历史小说创作，无不包含着这样的时代精神。

传统形态历史小说的史诗性品格基本上来自西方文学的影响，但这类小说还继承了传统文学的另一种审美特性，那就是陈平原所说的史传笔法："'史传'之影响于中国小说，大体上表现为补正史之阙的写作目的、实录的春秋笔法，以及纪传体的叙事技巧。"[1] 与晚清小说不同的是，当代传统形态历史小说并没有明显的补正史之阙的写作目的，但是，纠正正史或史学界流行观点的谬误，创一家之说的想法，在当代历史小说家中不乏其人。姚雪垠在创作谈中多次说到自己如何突破史载与史论的错误，找到他自认为的历史真相。他纠错的目标不仅是封建时代流传下来的正史和野史传说，还对郭沫若《甲申三百年祭》描述的李自成及其领导的农民军提出不同看法。这种历史的翻案在 80 年代以来的传统形态历史小说中成了一种风潮。这个时期以历史翻案著称的传统形态历史小说，莫过于二月河"落霞"系列三部曲和唐浩明《曾国藩》《旷代逸才——杨度》和《张之洞》。虽然在史学界，对清初康熙、雍正和乾隆的评价相对比较理性，但清朝贵族为夺取和巩固政权对汉族人民的大屠杀，毕竟是难以抹去的历史污点。而长期以来中国各族人民为摆脱清朝统治，在民间广造舆论，尤其是辛亥革命之后，对清朝统治者的评价更趋负面，

---

[1]　陈平原:《中国小说叙事模式的转变》，北京大学出版社 2003 年版，第 212 页。

新中国成立后，又多从阶级斗争的角度看待清朝统治者。这一切，都令国人对清朝持较多否定评价。面对这样的情势，要正面写康熙、雍正和乾隆，难度的确很大。二月河对这段清史进行深入研究，抓住两点，第一，摒弃"民族正统观"，把满族和其他各族人民同等看待，康乾当然就能进入秦皇汉武、唐宗宋祖之列；第二，清朝前几任皇帝勤政为民，开创了"康乾盛世"。从国力和民生看，中国16—18世纪堪称中国封建社会的最后辉煌。而这，与满族在刚入主中原时，英气勃发、励精图治的精神状态有关。清朝虽然崛起于东北，新中国成立时还处于奴隶制，但它比明朝有生气，善于学习，也能从明朝的覆灭中吸取教训，因此，换来了这一百多年社会相对稳定、人民生活安康富足的局面，这是比任何理论都更有说服力的证据。而达到这一点，正是与从顺治开始的几任皇帝的努力有关。二月河经常对人说的是，他查阅到的《雍正朱批谕旨》就达60册，一千多万字，可见雍正的勤政。二月河抓住这两点展开翻案，效果是明显的。

曾国藩在历史上的污点，一是凶狠镇压太平天国，二是逆历史潮流，扶助腐朽的晚清政权，三是处理天津教案时的媚外崇洋姿态。唐浩明为他做的翻案，并非想洗白这些污点，而是抓住这位晚清重臣的一生追求与时代的错位，写出了主人公的悲剧人格。小说中展现的曾国藩，已经不能简单地使用好或坏来评价，他遵循儒家教义，企图挽狂澜于既倒，然而，"他的悲剧表现在他自己的理想与他所处的时代的矛盾上。他生在一个百孔千疮、行将就木的封建王朝，时代的潮流是要将这个王朝彻底摧毁，而他却幻想在这片残破的河山上重建周公孔孟之业，这难道还不可悲吗？他的信仰又是那样的坚定，为之付出的心血又是那样的多，因而他的悲剧色彩也就愈加显得浓重"①。

而这一切，都建立在对人物的深度理解上，这需要作家对历史的深入把握和解读。据唐浩明介绍，他在决定创作《曾国藩》时，已经参与编辑《曾国藩全集》，标点出版《曾国藩家书》，并发表了研究曾国藩的论文十多篇。这样的积累，令《曾国藩》一出版就广受好评。

---

① 唐浩明：《〈曾国藩〉创作琐谈》，《文学评论》1993年第6期，第121页。

当然，要做好翻案文章，仅仅有史识还不够。文学与历史的区别，就在于前者比后者更感性、更微观。当大历史的叙述停止的地方，正是文学展开想象的翅膀自由翱翔之处。翻案小说不仅应该诉诸理性，更应该让所创造的文学形象感染读者。《雍正皇帝》中的雍正，在做皇子的时候就以冷面王著称，尤其对权贵豪强不讲情面。做了皇帝后，为改变康熙晚年政治松弛的现状，雍正整顿纲纪，任用酷吏，拨乱反正，为乾隆朝打下了坚实的基础。然而，他也并非只是一个工作狂人，小说深入他的情感世界，虚构了小福和引娣的故事，最后还让雍正死于父女恋引发的悲剧。虽然这样的结局受到不少人的批评，但作家希望通过这样的描写，让人物更具艺术感染力，这样的努力还是值得称道的。

陈平原所说的"实录的春秋笔法"，在新文学运动之后的中国小说界，被从西方引入的现实主义手法取代。作家们普遍接受虚构为小说之本质的观念，不再把实录生活当作小说创作的主要方法。即使作家的创作与现实生活确实有很大的重合性，作家也往往不对这种作品的现实蓝本特别声张，读者也并不关注作品后面的这类生活原型。当然，在讲述小说的情节时，有意或无意地插入大的历史事件作为背景，这在一些作家的创作中仍然有，比如茅盾的小说，几乎就把五四到抗日战争时期的中国 20 世纪上半叶的历史背景，统统写入他的长篇小说中，被学者看作他的小说的一个重要特征。但茅盾这样的写法，在五四之后的中国小说中并不普遍。传统形态历史小说却与现实题材小说不同，它不能依靠完全的虚构，必须凭借历史记载的人与事作为小说的基本骨架，所以常被人称作"戴着镣铐的舞蹈"。本章第三节专门讨论历史真实与虚构的问题，在此从略，但总体上看，历史小说所写的本事，必须放在此事发生的历史背景中，而小说写的人与事也往往曾经被历史记载，所以与陈平原所说的"实录的春秋笔法"相近。最有意思的是"纪传体的叙事技巧"，这种曾经被现代历史小说抛弃的写法，居然一定程度在当代传统形态历史小说创作中"复活"。纪传体是司马迁的创造，他改造了之前的史书以时间为主干、以事件为中心的编年体结构，创造出以人物为中心的传记式写法。在史学上，这样写既突出了杰出人物在历史中的作用，也令史书的可读性大大增强。在《史记》之后，纪传体写法被后继者定位为正史的标准写法。中国古代历史小说的创作，也颇受这种写法的影响。不仅所谓的英雄传奇以历史上的杰出人物为主人公，就是历史演义也这样写。但在中国现代文学史中的第一个 10 年，鲁迅的现代历史小说不仅不以政治史的视角看待历史，也基本不写帝王将相，在他的《故事新编》中，八篇小说没有一篇是用主人公的名字命名的，《非攻》《理水》《采薇》《出关》《起死》《补天》《不周山》《奔月》《铸剑》，郁达夫的两篇历史小说《采石矶》和《碧浪湖的秋夜》也没采用主人公的名字当题目。也许短篇无法概括一个历史名人的一生，因而避免用主人公的名字给小说命名？但查看郭沫若、茅盾、郑振铎、施蛰存等作家的历史小说，也有《豹子头林冲》《鸠摩罗什》《石秀》这样的小说名，说明短篇小说也能以主人公的名字命名。冯至的中篇小说《伍子胥》倒是采用了主人公的名字当题目，但现代小说史中两部长篇小说，即李劼人《死水微澜》和谷斯范《新桃花扇》，却偏偏没有用主人公姓名取题。可见，鲁迅给自己的历史小说取名时舍弃以主人公名字做小说标题，不是一个个案。五四作家们虽然主张个性解放，能并不重视个人英雄，到了后 20 年，更多作家是从社会意义上看待历史事件和历史名人。如李劼人就说："你写政治上的变革，你能不写生活上、思想上的变革么？你写生活上、思想上的脉动，你又能不写当时政治、经济上的脉动么？必须尽力写出时代的全貌，别人也才能由你的笔，了解到当时历史的真实。"① 写社会史、政治史、经济史、风俗史，而不是写某个影响历史的英雄，这可能是当时很多作家的共同想法。即使姚雪垠写《李自成》，所追求的也是这样的目标。如果说短篇小说作家不愿像中国古代历史小说那样把历史写成帝王将相的秘史，那么，长篇历史小说作家则因为史诗情结，更不愿把写作的重心放在一两个杰出人物身上。

但是，到了新时期以后，历史小说家似乎不再把写帝王将相的历史当作一种忌讳，从《少年天子》开始，《曾国藩》《康熙大帝》《雍正皇帝》《乾隆皇帝》《暮鼓晨钟——少年康熙》《孔子》《庄子》《张之洞》

① 李劼人：《〈大波〉第一部书后》，《李劼人选集》第二卷中册，第 953 页。转引自王富仁《中国现代小说论》，《鲁迅研究月刊》1998 年第 6 期，第 27 页。

《张居正》等小说，居然不约而同都用了主人公的名字给小说命名。在这样的趋同后面，包含着作家们对纪传体写法的某种继承。这样一来，当代传统形态历史小说在结构美学上，自然地把史诗风格与史传笔法结合起来。一方面，突出主人公在小说中的核心作用，成为小说艺术内宇宙中的太阳，所有的其他人物都围绕着这个太阳转，犹如凌力在《少年天子》创作谈中提到小说结构时说："《少年天子》中写了几层人物。不恰当地比喻，仿佛是一个复杂的恒星系统，数层行星按自己不同的轨道围绕着恒星运动。这个恒星，自然是顺治帝福临。""全书的主要线索，是以福临为代表的君权与满洲贵族势力的矛盾和斗争。福临的命运和性格发展，就贯穿在这主要线索上。""《少年天子》没有像《星星草》那样正面写两军对垒、金戈铁马的大规模征战，也没有直接去表现朝廷内外、整个国家机构的具体变革过程，只是选择了福临这个人物，选择了以宫廷生活为主的社会生活的这一部分，作为表现的主要内容，力图通过社会历史的这一侧面，去反映那个时代，再现历史的面貌和特征，力图揭示某些规律性的、反映历史本质的东西。因为有了这样的结构，便于多层次多线索地交错编织，构成一幅较为广阔的社会生活图景，使作者的意图得以实现，使作品有了一定的深度和广度，小说的总体感觉因而也就较为完整严密了。"①

这样的结合可称为中西合璧，以"纪传体"为经，突出主要人物的主导作用，以史诗为纬，写出社会全景，辐射整个时代，从而勾画出整个时代精神来。它令中国当代历史小说具备了全新的审美品格。

## 二　变俗为雅与雅俗共存

在当代小说中，传统形态历史小说常常被人看作通俗小说，这与古代历史小说起源于说书有关。中国的小说有两个源头，一个是文人笔记，

---

① 凌力：《从〈星星草〉到〈少年天子〉的创作反思》，《少年天子》，北京十月文艺出版社 1987 年版，第 704—706 页。

一个是兴旺于宋代的说书，历史小说主要来源于说书中的讲史。"'讲史'为宋代说话四家之一，它和'小说'一家，分庭抗礼，都是很受当时市民欢迎的伎艺。'讲史'说长篇小说，'小说'说短篇时事，各擅胜场……元王朝严酷的民族压迫剥夺了人民以自己的观点说唱时事的自由，人民就借历史上反侵略的反暴政的英雄，特别是宋代抗辽抗金和农民起义的英雄来激励自己的斗争意志，'讲史'就在宋代已有的基础上大大发展，具有一定民族意识或民主精神的宋代历史英雄故事成为'讲史'的新节目，加强了'讲史'的思想性，开拓了'讲史'的领域。"① 讲史以及后来出现的长篇历史演义，虽然都刻印成书，但多数民众还是通过说书艺术和戏曲的方式获得相关内容。这样的传播方式，使历史小说更具有通俗的特征。

文学的雅俗之分，由来已久，它来之于社会的阶级分野及相应的文化分层。

据学者考察，在中国文化史上，最早有关雅俗之分的记载，出自《荀子·王制》："使夷俗邪音，不敢乱雅。""雅"即"正"，与高尚相通，"俗"即非"正"，与平庸相连。② 而这两个概念的提出，与当时的社会两极分化有紧密联系，雅通向贵族阶级，俗则和下层民众有关。正如马克思所说，一个社会的意识形态就是这个社会的统治阶级的意识形态，所以有关雅俗的评价也出自统治阶级，贵雅贱俗成了整个社会的普遍认知。这样的价值评判深入我们的文化深处，在许多词语上都有反映。如雅致、高雅、文雅、典雅，都是表达美好的词语；而粗俗、陋俗、低俗、俗不可耐，都是带有贬义的词汇。文化上的雅俗之分反映到文学上，也就有了雅文学和俗文学的区别。

雅文学通常是受过较高文化教育的文人创作的，因而显得精致；而俗文学往往是民众尤其是劳动者创造的，其表现形态相对粗犷。郑振铎先生《中国俗文学史》指出俗文学有六大特征：（1）是大众的；（2）是无名的集体的创作；（3）口传的，流传许久方定型的；（4）新鲜的但粗

---

① 胡士莹：《话本小说概论》下册，中华书局1980年版，第694页。
② 邢福义主编：《文化语言学》，湖北教育出版社1996年版，第280—281、412、444页。

鄙的；（5）想象力是奔放的，不保守，少模拟；（6）勇于引进新的东西。这样的概括大致上是合理的。雅文学和俗文学在近世以来，概念上又有了进一步的分化。俗文学的概念可以再分为民间文学和通俗文学，雅文学也可再分为精英文学（文人文学）和官方文学（庙堂文学）。民间文学是指人民大众创造的文学，郑振铎先生说的俗文学，其实就是民间文学。民间文学和通俗文学在创作形态上有很大的不同。民间文学是民众抒发情感或消遣休闲的作品，如鲁迅在论述文学的起源时所说："诗歌起于劳动和宗教。其一，因劳动时，一面工作，一面唱歌，可以忘却劳苦，所以从单纯的呼叫发展开去，直到发挥自己的心意和感情，并偕有自然的韵调……至于小说，我以为倒是起于休息的。人在劳动时，既用歌吟以自娱，借它忘却劳苦了，则到休息时，亦必要寻一种事情以消遣闲暇。这种事情，彼此谈论故事，而这谈论故事，正就是小说的起源。"① 从这段话可以看出，在鲁迅看来，文学的滥觞是民间文学，其动力是自娱。而通俗文学的创作更多地是为了娱人。通俗文学是指文人为娱乐民众而创作的，具有商品性质的文学。施蛰存先生曾经把民间文学和通俗文学做过严格的区别，他说："'通俗文学'这个名词，以汉字所表达的意义来看，应当是作家为文化水平不高的人民大众写的文学作品。这就意味着，它不是民间文学。""通俗文学——有作者姓名，是作者个人的创作，供文化水平不高的工人、农民、小市民阅读的文学作品，例如才子佳人小说，武侠小说，公案小说。"② 冯梦龙在托名"绿天馆主人"作的《古今小说序》中也这样说："若通俗演义，不知何昉。按南宋供奉局，有说话人，如今说书之流。其文必通俗，其作者莫可考……暨施、罗两公，鼓吹胡元，而《三国志》《水浒》《平妖》诸传，遂成巨观……大抵唐人选言，入于文心；宋人通俗，谐于里耳。天下之文心少而里耳多，则小说之资于选言者少，而资于通俗者多。"③

---

① 鲁迅：《中国小说的历史的变迁》，《鲁迅全集》第9卷，人民文学出版社1981年版，第302—303页。

② 上海书店：《中国近代文学大系》，转引自陈必祥主编《通俗文学概论》，杭州大学出版社1991年版，第2页。

③ 转引自陈洪《中国小说理论史》，安徽文艺出版社1992年版，第20页。

从受众角度考察，接受和欣赏雅文学的通常是精英阶层，俗文学则受到人民大众的普遍欢迎。但这样的现象也不是绝对的，因为雅俗文学在社会的发展过程中会发生转化。俗文学作品向雅文学的转变，一般有两种途径：第一种是作品随着时间的推移和后人的加工而经典化。《诗经》中的《国风》是统治阶级收集到的各地民歌，本是俗文学，但一经孔子编删（当然也包括官员在搜集过程中的修饰），便进入了大雅之堂。到了后世，随着儒家和孔子地位的日益提高，跟随着整部《诗经》的经典化（特别是历代儒家的阐释），《国风》便成了雅文学的典范。第二种是人们对某种文体的认知发生了变化，从而引发了对这类文体中的优秀作品的重新认识。《三国演义》和《水浒传》就是这样经历由俗到雅的转变，他们是随着小说这种文体从文学的边缘向中心的位移而雅化的。

中国小说作为一种文学样式，一直都属于俗文学的范畴，被称为"小道"。但是，近代以来，它经历了一次由俗变雅的过程，转变的主要原因是中国社会的现代化转型。小说虽然因其通俗而受到精英知识分子的鄙视，但其可感的特性使它深受大众读者喜欢，流传远比儒家经典广。严复和夏曾佑在《本馆附印说部缘起》中这样说："夫说部之兴，其入人之深，行世之远，几出于经史之上，而天下之人心风俗，遂不免为说部所持。"[1] 这个阶段，中国的政治改革家们还只注意到小说对大众的影响力。梁启超曾大声疾呼："欲新一国之民，不可不先新一国之小说；欲新政治，必新小说；欲新风俗，必新小说；欲新学艺，必新小说；乃欲新人心，欲新人格，必新小说。何以故？小说有不可思议之力支配人道故。"[2] 在这个现代化进程中，小说是第一次被赋予如此崇高的社会责任。十多年后，新文化运动的主将们，再一次把小说推上文学盟主的地位。"'五四'新文学倡导者反复强调：'施耐庵、曹雪芹、吴趼人皆文学之正宗'；'小说为近代文学之正宗'；'小说为文学之大主脑。'"[3] 理论上的提倡和现实政治的需求，逐渐让社会接受了小说的新的地位，而以鲁迅

---

① 转引自徐德明《中国现代小说雅俗流变与整合》，社会科学文献出版社2000年版，第28页。

② 梁启超：《论小说与群治之关系》，《新小说》1902年第1号。

③ 转引自杨义《中国现代小说史》第一卷，人民文学出版社1986年版，第84页。

为代表的现代小说创作，让现实题材小说完全从边缘移位到了文坛的中心。

现实题材小说从俗到雅的转变，细究起来大约有这样几条原因：

第一，社会改革的需要。小说相比经典诗文，通俗易懂，可感性强，特别对一些粗通文墨的人效果更好。严复、夏曾佑说："且闻欧、美、东瀛，其开化之时，往往得小说之助。"① 梁启超总结小说对读者的四种影响：熏、浸、刺、提，把小说的影响力说得很形象。从戊戌变法失败后的改良派，到新文化运动的主将，都认识到改革中国，必须唤起民众，而唤起民众的有效手段，并非面对民众的政治演讲，而是茶余饭后人们阅读的小说，因此深受大众欢迎的小说，就成了最重要的思想传播手段。

第二，西方文学观念的影响。在中国的现代化进程中，西方文化是非常重要的催化剂。在这一接受过程中，西方的文学观念也影响了中国的文学工作者。中国人翻译西方小说的第一次高潮在戊戌变法前后。"1897 年康有为刊行《日本书目志》，其中'小说门'收入日本小说（包括笔记）1058 种，并有'识语'云：'亟宜译小说而讲通之'；1897 年严复、夏曾佑作《本馆附印说部缘起》，论述小说功用甚详，并拟出版'译诸大瀛之外'的小说；1898 年梁启超作《译印政治小说序》，更明确地表示：'今特采外国名儒所撰述，而有关切于今日中国时局者，次第译之，附于报末。'自此以后，域外小说的翻译介绍，才得到晚清思想文化界的真正重视。"② 之后有大批西方小说被翻译进来，尤其是林纾翻译的《巴黎茶花女遗事》，更是风靡一时，读翻译小说，成了一种时尚的行为。在这一过程中，以前不入上流的小说，成了文学的上品。新文化运动的主将们敢于大声疾呼推小说为文学正宗，和这样的文化背景有极大关系。

第三，小说传播形式的变化。即如本书所说，中国的古典小说，其源头虽然有两个，即以唐传奇为源头的文人小说和以宋话本为源头的通俗小说，但主流是宋话本——明清演义。虽然宋话本和明清演义早已刻

---

① 《本馆附印说部缘起》，《国闻报》1897 年 10 月 16 日至 11 月 18 日。

② 陈平原：《中国现代小说的起点——清末民初小说研究》，北京大学出版社 2005 年版，第 29 页。

印成书，其在大众中的传播却以说书为主。进入晚清后，小说的传播模式发生很大变化，如陈平原指出的那样："稿费制度的出现，使中国文学史上第一次有了真正意义的专业作家；新教育的迅速发展，培养了一大批现代小说的读者；再加上报刊连载小说以及出版周期的缩短，使作家的创作心态由拟想中的'说—听'转为现实中的'写—读'。"①

但是，主要出身于说书艺术的历史小说，没有跟上现实题材小说的转型步伐。究其原因，一是当时社会的改革主流把目光投向现实的变革，改革人士把历史仅仅看作现实落后的根源而鄙视之，历史小说自然也不会受到新知识群体的欢迎。二是历史题材不如现实题材更能让作家直抒胸臆，表达对社会的看法。虽然 20 世纪二三十年代有鲁迅、郭沫若、郁达夫开创现代历史小说，但并未引发青年作家的跟风创作。而在文化革新圈之外的社会底层，《三国演义》《水浒传》《说唐》《说岳全传》等旧历史演义和英雄传奇故事，仍然受到广泛欢迎。而蔡东藩《中国历朝通俗演义》，也在通俗读物市场中颇有销路。也就是说，在受文化启蒙思潮影响的城市知识群体之外，底层受众接受的多数是古典历史小说。30—40 年代，历史小说的创作相对兴盛起来，但主流文学已经进入政治革命时代，进步作家撰写历史小说的目的，已不是如五四文学那样表达个人对世界的感受，重心转向了唤起民众参与阶级斗争和民族斗争。从左联时期开始，作家们主动采用文艺的民族形式，也使这个时期的历史小说开始向古典形式靠拢，因而使历史小说的现代转型受阻于为现实服务的要求。笔者这样说，并非完全否认以鲁迅为代表的现代历史小说的成绩。但是，与现代文学史上成绩斐然的现实题材小说相比，历史小说创作的数量和影响毕竟都要小得多。

进入新时期后，知识分子浴火重生，经过几代人的积累，觉醒了的主体意识如地火暗运，一旦进入政治清明的时期，他们便如火山爆发似的显示出来，历史小说创作的真正转型也在这个时候出现。新时期以来的传统形态历史小说创作之所以被称为中国历史小说创作的第三浪潮，不仅在于作品的数量和质量，更在于其与前两次小说浪潮的迥异之处。

---

① 陈平原：《中国小说叙事模式的转变》，北京大学出版社 2003 年版，第 249 页。

较强的主体意识，宽松的政治文化环境，以及与中国古代不同的文学传播环境和不同的受众，已经使历史小说在总体风格上向严肃文学转变，也就是变俗为雅。仍然用旧的眼光看待当代历史小说，把它看作通俗小说，在解读上就会出现不应有的误差。

考察20世纪80年代以来传统形态历史小说从俗向雅转变的第一个原因，就是作家主体意识的强化。鲁迅先生开创的现代历史小说传统，引领中国作家在正史面前昂然站立起来，新的历史观也让作家们能够重新审视这些历史记载。当代很多高品质的历史小说不再只是对着历史记载进行摹写和扩写，每一部都蕴含着作家对历史的认知、作家的审美趣味、作家的艺术想象和作家的艺术创造。姚雪垠笔下的崇祯，不同于凌力笔下的崇祯；凌力笔下的康熙，也不同于二月河笔下的康熙；同是明末清初的天崩地解时刻，姚雪垠、刘斯奋和凌力的感受和关注点都大异其趣。

第二个原因，是严肃文学的浸染和影响。如前所说，虽然历史小说在很长一段时间没有完成从俗向雅的转变，但是，已成蔚然大观的严肃文学，对历史小说的创作影响非常深远。20世纪的中国小说，呈现出多种流派和创作方法并存的局面，但是，主流的创作方法还是现实主义。注重人物形象的典型性，注重社会环境的描述，以塑造人物性格为艺术的最高目标。这些观念和方法，对当代传统形态历史小说的创作影响深远。从目前我们看到的当代传统形态历史小说观察，艺术水准较高，受到评论界和读者好评的历史小说，不约而同都采用了现实主义创作方法。这种共同的选择，一是和传统形态历史小说自身的特点有关，即必须使用历史上著名的人和事为题材，小说的框架结构也受制于题材；二是与这批40—50后作家的文学素养和知识结构有极大的关系。这一代作家一般是在新中国成立后开始接受文学熏陶，现实主义文学对他们的影响最大，无论西方19世纪批判现实主义，还是苏联社会主义现实主义，或者我国20世纪以来的现实主义传统，都给这些作家留下深刻印象。虽然从现在的眼光看，这样的创作方法有点老套，但仍然比中国古代以说书艺术为基础的历史小说雅得多。

第三个原因，是历史小说传播方式的改变。现实题材的小说传播方式在晚清就开始发生变化，但古代历史小说的传播方式因为主要受众是文化水准不高的底层民众，所以说书和曲艺的形式仍然在长时期中成为传播历史小说内容的主要媒介。在五六十年代，国内很多城市尤其是江南城镇，还有相当数量的说书场所，历史演义是他们讲述的重要内容，"文化大革命"中这类说书场所大多被关闭。80年代开始，历史小说尤其是新创作的传统形态历史小说，已基本上不再以说书的形式向受众传播，也不需要使用报纸连载的形式（有些受关注的历史小说也在报纸上连载，如《李自成》，但这与在报纸上首发不一样）。与晚清和民国时期相比，80年代的受众文化程度要高得多。总之，从这个时期开始，传统形态历史小说完全以一种书面化的形式传播。就如同陈平原分析晚清新小说时一样，这样的书面化传播方式，让作家在创作时的心态与以前大不一样，他不用想着如何设计一个接一个的悬念，不用只抓住人物的动作做文章。环境描写、人物心理，这些在通俗小说中通常被忽视的方法，现在大量使用在传统形态历史小说的创作中，这使传统形态历史小说表现出非常明显的文人化色彩。

虽然笔者在这里论证当代传统形态历史小说由俗向雅的转化，但不可否认的是，20世纪90年代商品经济的重新兴起和大众文化的勃兴，强化了小说的娱乐功能，令许多原来隶属于精英文学的长篇小说主动向通俗文学靠拢，传统形态历史小说以古代名人和他们的事迹为创作题材，再加上长篇小说本身倚重情节的先天性因素，传统形态历史小说的这种从俗到雅的转化无法根本完成，它呈现给我们的仍然是雅俗并存的面貌。这种雅俗共存，一方面，表现在多数传统形态历史小说仍然带有部分无法避免的俗文学特征，另一方面，是很多创作质量不高的传统形态历史小说，还停留在通俗小说范畴里，如题材上主要依赖正史加野史笔记，叙事手段上的全知型视角，重视情节而非人物性格，等等。即使受到读者普遍好评的二月河"落霞"系列三部曲，也因为作家过度讨好大众读者而呈现出明显的通俗文学色彩。当然，我们也不能过于苛求这类雅俗共存的传统形态历史小说。从文学的多样性角度讲，雅俗共存的作品也是读者所需要的，尤其是大众读者，能够在阅读快感中获得相应的历史文化知识和作家对历史的认知，无论如何也是一种双赢。

# 三 历史写真与艺术虚构

历史小说，是一种以历史上曾经存在过的人物为描述对象，以他们的真实故事为主要情节线索的文学作品，而小说又是以语言为工具，以虚构为基本手段的一种文学体裁，是对生活的一种创造性的模拟。"历史"求真实，"小说"则须虚拟，一真一假，一虚一实，硬生生地要放在一起，的确是一件难事。

小说是什么？英国小说家、文艺评论家福斯特在他那本著名的《小说面面观》的导言里对小说下了这样一个定义：

> 阿比尔·谢括利在他的那本出色的小册子中已经给它（小说）下了定义……"小说是用散文写的具有某种长度的虚构故事。"这个定义对我们来说已足够了。我们也许可以把"某种长度"补充为不得少于五万字吧。任何超过五万字的虚构的散文作品，在我所作的演讲中均可称为小说。①

在福斯特看来，小说必须是：（1）虚构的；（2）用散文写的；（3）不得少于五万字；（4）小说就是故事。以今天的眼光来看，也许对这个定义中的五万字的规定以及把中心词落到"故事"上，很多人并不同意，但谁也不会反对"虚构"与"用散文撰写"这两个界定。亚里士多德就说过："诗人的职责不在于描述已发生的事，而在于描述可能发生的事，即按照可然率或必然率可能发生的事。历史家与诗人的差别不在于一用散文，一用'韵文'……两者的差别在于一叙述已发生的事，一描述可能发生的事。因此，写诗这种活动比写历史更富于哲学意味，更受到严肃的对待；因为诗所描述的事带有普遍性，历史则叙述个别的事。"② 史

---

① ［英］E. M. 福斯特：《小说面面观》，花城出版社 1984 年版，第 3 页。
② ［古希腊］亚里士多德：《诗学》第九章，《西方文论选》上卷，上海译文出版社 1979 年版，第 64—65 页。

书描述人和人的生活，只能是而且必须是生活中已经发生过的事实。历史研究以发生过的事实为依据，对人的社会生活做出分析、推理、判断和评价，离开了已经发生的事实，按历史的可能性去虚构历史事件，这样的历史研究就会一钱不值。但小说不一样，小说绝对不是对事实的实录。小说应该是对生活中可能会发生的事的描述，即使有些小说取材于作家个人生活或他周边的社会生活，他也无须字字照录生活，他遵循的不是事实，而是生活的逻辑。只有这样，作家才能充分发挥个人的创造力和想象力，创造出具有典型意义的人物，描绘出具有典型意义的社会生活画面。我国古代许多小说理论家也都持有类似观点，如叶昼在评点《水浒传》时就说过："《水浒传》文字原来就是假的，只为他描写得真情出，所以便可与天地相终始。即此回中李小二夫妻两人情事，咄咄如画，若到后来混天阵处都假了，费尽苦心亦不好看。"（第十回回末总评）又说，"天下文章当以趣为第一。既然趣了，何必实有其事，并实有其人？若一一推究如何如何，岂不令人笑杀？"（第五十回回末总评）① 所谓"趣"，就是审美愉悦，只要能给人审美享受，就不必要求"实有其事""实有其人"。谢肇淛也说："凡为小说及杂剧，须是虚实相半，方为游戏三昧之笔，亦要情景造极而至，不必问其有无也。"②

　　小说必须虚构，还因为小说描述的不仅是人物的外在生活，还包括人物的内在生活，小说艺术越是发展到现代，人物的内在生活在作品中的重要性越大。如美国作家利昂·塞米利安所说："当代小说创作的主要趋势是心理写实主义，其重点是描写个人的潜意识。我们不能仅仅满足于表面现象的写实主义。客观事件的描写无疑仍然是必要的，但我们对严肃的小说要有更高的要求。我们希望由人物健康的内心生活的种种片段来使小说成为完整的生活画面。不论作为读者还是作者，我们都希望从表面现象向深层挖掘。既有外部经历，又有内心体会，这样的小说才能具有深度。"③

---

① 转引自叶朗《中国小说美学》，北京大学出版社1982年版，第30、31页。
② 《五杂俎》卷十五，引自叶朗《中国小说美学》，北京大学出版社1982年版，第32页。
③ ［美］利昂·塞米利安：《现代小说美学》，宋协立译，陕西人民出版社1987年版，第170页。

即使作家描写的是一个现实生活中的人物，他的所有外在生活你可能目睹，但你永远无法进入人物的内在生活中去，你无法探测到他在此时此地心中到底在想些什么。因此，对人物的心理描写，只能用推测的方法。作家用己心推想彼心，依据自己的内在生活经验去推测、理解别人的内在生活，然后用语言描绘出来。而这，离开虚构是无法想象的。

但是，当我们把讨论的对象缩小到小说的一个分支——传统形态历史小说，问题就会变得相对复杂一些。所谓传统形态历史小说，如前所述，应该是以历史上的人物和故事为表现对象的小说。如唐浩明在构思《曾国藩》的时候设想的："我动手写小说之初，就有一个明确的认识：我写这部小说，不是敷陈20世纪中叶中国所发生的几件大事，而是要浓墨重彩，甚至可以说是要用千钧之力塑造出一个文学人物来。这个文学人物的名字既然用的是'曾国藩'三个字，他的大致历程就不能与历史上那个曾文正公相左。否则，读者决不会接受。但是我要塑造的是一个文学人物，而不是写传记，我必须要用文学的手法来写曾国藩，要把他写得形神兼备、血肉丰满、生动鲜活、呼之欲出。否则，读者又决不会喜欢。"①

在这种类型的小说中，亚里士多德所谓的"诗人"与"历史家"的分工原则似乎已经失效，历史小说家既是诗人，又是历史家，两种职责集中到作者一人身上。作家熊召政对历史小说的虚构有他自己的感悟："关于虚构，这是历史小说的另一个要害处，没有虚构就没有小说，这是常识。但历史小说的虚构必须在历史的框架里实现，这又有所约束。读者们阅读历史小说时，就某件事的发生与发展，常常会有一个'真'与'假'的直觉判断，同是虚构的情节，为什么会产生两种判断呢？这就说明虚构并非臆造，它必须有所凭借——在特定的历史环境下，这样一件事可不可能发生。而对历史环境的把握，则取决于作家的史学素养与艺术功力。"② 描述可能发生的事情，但这件事情又必须吻合历史环境。作

---

① 唐浩明：《〈曾国藩〉创作琐谈》，《文学评论》1993年第6期，第122页。
② 周百义、熊召政：《关于历史小说〈张居正〉的对话》，《出版科学》2002年第2期，第73页。

家的功力表现在"史学素养与艺术功力"的综合上，这真是历史小说家必须具备的条件。

从虚实关系的角度看传统形态历史小说的创作，这种艺术形式可称为"戴着镣铐的跳舞"。作家要照顾虚与实两个方面，仿佛表演走钢丝绳的杂技演员，对任何一面的过分偏重，都可能导致创作的失败。其实，历史小说家们本可以活得轻松一些：如果只是想虚构一个想象的世界，他只需创作非历史小说就能达到目的；如果想要再现历史，他也尽可以去撰写历史著作。显然，以历史为创作对象的小说家，他们的目的并不在此。笔者以为，多数作家创作历史小说的目的，是企望用艺术的方式探寻与把握历史，并把这种探寻和把握的结果艺术地传达给读者。

虽然，在历史小说理论史上，关于小说家应该"复原"历史还是"创造"历史的争论从来就没有停止过，但是，在我们看来，历史小说应该落实到"小说"一词上，它是小说的一个分支，而非历史书籍。所以，虚构是历史小说家创作时手中的重要武器。历史早已逝去，现代人面对的只是用文字记录下来的历史文本和先人们留下来的文物遗迹。要把这些用理性抽象过的历史文本转化成活生生的文学形象，要把大量存在于文物遗迹之间的历史空白添补出来，没有作家的虚构显然是无法做到的。这种历史档案中"没有"记载的东西，就是作家在深入了解和把握历史之后，通过艺术想象创造出来的虚构历史生活。然而，正如笔者曾说过的那样，在中国古代文学史上，历史小说家并不以创造艺术形象为自己创作的主要目标，他们更在意是否补历史之阙，是否被人看作"如史之作"。应该说，在中国古代历史小说作家或评论家中，持这样观点的不在少数。这多少会影响当代历史小说的创作。早在20世纪60年代，有关历史题材文学作品虚实问题的讨论就在一定程度上展开过。茅盾在《关于历史与历史剧》一文中提出了"历史真实与艺术虚构的结合"的观点。他说："总而言之，我以为我们一方面肯定艺术虚构之必要，另一方面也必须坚持不能随便修改历史；此两者并不矛盾，因为艺术虚构不是向壁虚构，而是在充分掌握史料，并用历史唯物主义和辩证唯物主义的观点和方法分析史料、对历史事实（包括人物）的本质有了明白认识以后，然后在这个基础上进行虚构的。这样的艺术虚构就能与历史真实相结合而达到艺术真实（在艺术作品中反映的历史）与历史真实（客观存在之历史）的统一了。"① 茅盾已经注意到"艺术真实"这个概念内涵与外延的不确定性，容易造成创作实际的复杂甚至混乱的状态，因为许多理论家强调，历史题材文学作品的艺术真实在于把握历史发展的内在规律，但是这种"历史发展的内在规律"具有很强的抽象性，因而在一定程度上较难把握。茅盾这篇长文就是针对当时出现的大写越王勾践卧薪尝胆、报仇复国的历史剧的文学现象而写的，在这批历史剧中，有较大一部分作品向壁虚构，为了所谓的与现实挂钩的目的，某些作品甚至杜撰了越国为备战用小高炉大炼钢铁的情节，完全不顾故事所处的历史背景，使得这些历史剧的艺术魅力大大减弱。正是为了纠正历史题材文学作品的这种错误倾向，茅盾才提出了他关于历史文学作品真实性的理论思想，他的观点得到了理论界大部分人的赞成：文学创作应该允许虚构，历史小说的创作也应该追求与表现历史的本质，而不是拘泥于非得是历史上曾发生过的人与事。

正如本书前面所述，思想解放运动打破了"左"倾文艺路线的文化专制主义，当代历史小说家的思想得到极大解放，他们不仅不再像古代历史小说家那样受正史的束缚，也逐步挣脱了主流意识形态的控制。在处理写实与艺术虚构的关系上，他们的自由度也非常大，从近于绝对的写实，到近于绝对的戏说，在这两个极端之间，各位作家掌握的尺度不尽相同，就是同一位作家，在他的不同作品中，表现也不完全一样。这里所说的"绝对的写实"，是指小说写得与历史记载丝丝相扣，人物必须是历史上真实存在过的，事件也必须是确实发生过的。任光椿《辛亥风云录》就是非常典型的例子。《辛亥风云录》在写到辛亥革命的起因时，作者花费了很多时间和精力，搜集大量的历史史料写入小说中，这样的写法真则真矣，却少了许多文学的灵性，让人感到是在读历史著作而非文学作品，这是"镣铐"太重而"舞"却没有跳起来。而"绝对的戏

---

① 茅盾：《关于历史与历史剧》，《茅盾评论文集》，人民文学出版社 1978 年版，第 209、216 页。

说"是指只借用一些历史人物的名字，或借用重大的历史事件，但作家在叙述的时候，完全突破这些人物或事件的束缚，有时候甚至天马行空，挥洒自如。刘震云《故乡相处流传》很有代表性。在这部小说中，作者虽然使用了很多历史人物的名字，如曹操、袁绍、朱元璋、陈玉成等，但作者仿佛只把这些人物当作他手中的傀儡，他写的只是自己心中的历史。读这部小说，就如同看一出现代舞，表演者在自己的脚上系一根绳子就当作"镣铐"，跳的舞却是行云流水，任情挥洒。还有一些以娱乐读者为主要创作目的的通俗历史小说，也可归于此类。即使以本书重点探讨的几部当代传统形态历史小说来看，《李自成》《白门柳》与《曾国藩》《张之洞》等相对重视史料，写作时尽量不在大的方面违背历史记载，这样写，有信史的品格，但可读性会打一些折扣。《倾城倾国》《少年天子》《暮鼓晨钟——少年康熙》《康熙大帝》《雍正皇帝》《乾隆皇帝》和《张居正》等小说自由发挥更多一些，追求神似而非形似，因而更显得灵动。特别是二月河，被业内称为讲故事的高手，他的构造情节和细节的能力，令读者捧起小说就不愿放下，但很多故事其实与史实并无多大关系。

一部历史小说的艺术质量，自然不能用真实与虚构的比例来衡量，关键看作家是否用满蘸情感的笔进行创作，有没有通过艺术创造去激活对象。但对传统形态历史小说来说，必须基本符合历史的走向，写出历史的真实氛围，对重要的历史事件不能任意杜撰，人物的性格、行为、语言和人物之间的关系不能脱离历史的规定，另外，在语言、民俗、服饰、建筑、器皿、饮食等文化细节上基本不出差错，这样的要求并不高。这不仅是尊重历史，也是尊重读者。因为任何一名读者在阅读传统形态历史小说时，都有一种心理预期，小说如果与读者的这种心理预期反差太大，立即会给读者以虚假的感觉。所以，写出历史的氛围，就是不让读者产生虚假感。在这样的真实基础上，作家自然可以充分发挥艺术想象力，作必要的艺术虚构，从而完成艺术创造。平心而论，姚雪垠、凌力、刘斯奋、唐浩明、二月河和熊召政等几位作家的作品，都程度不一地达到了上述要求。

新时期以来，历史文学的创作与整个中国当代文学的创作一样，对真实与虚构关系的看法有一个发展过程。由于"四人帮"时期的文学作品太虚假，"文化大革命"结束后的一段时间里，在文学创作中人们普遍重视真实，强调真实是文学的生命。同时，当时的文学仍然具有极强的"遵命"属性，为了把自己的作品与"文化大革命"中的帮派文艺区别开来，作家们便不约而同地强调自己作品的"真实性"，在历史题材文学作品创作领域里更是如此。陈白尘在话剧《大风歌》首演时就强调："既然是历史剧，就必须基本上忠实于历史，失去历史的真实，也将失去艺术的真实。"①《大风歌》在当时是一部颇有影响的话剧，主题鲜明，形象生动，戏剧冲突集中，而且还有极强的现实意义。但作家在作品问世时的心理是十分矛盾的，他害怕被人指责为影射文学，所以特别强调剧本题材的真实性。随着思想解放的不断深入，人们在理论上不再把文艺仅仅看作教化与认识的工具，文艺的审美价值与娱乐价值日益受到重视，所以在具体创作时，虚构与想象也越来越被作家看重。王蒙说得好："生活真实好比飞机场的跑道，如实的记录和描写，就好比是飞机的起落架。虚拟就好比是它的翅膀。有了翅膀，飞机才能飞起来。小说的'真'和它的'假'是相依存的；没有真就没有小说，没有假也没有小说。没有假只有记录。"②中外文学史上不乏这样的例证：有些作家写出来的作品，哪怕是很细微的细节，都经得起历史学家的考查，有的地方简直可以说是"字字有出处，个个有考据"，但读者就是不爱看、不欢迎。在这方面，蔡东藩《中国历朝通俗演义》就非常典型。他在这部举世无双的六百余万字的浩瀚巨著中，由于不适当地在创作中贯彻了所谓"以正史为经，务求确凿""附史家之羽翼"的演义观，把历史文学纳入"通俗史学"的格局，结果使自己作茧自缚，把小说写得如同历史教科书一样枯燥乏味，鲜有魅力。前人的失败教训，艺术魅力的日益受人重视，使80年代中期之后的我国传统形态历史小说创作在基本尊重历史真实的前提之下，也越来越注重艺术虚构的作用。

考察近30年当代传统形态历史小说的创作，作品的虚构对象主要有

---

① 陈白尘：《〈大风歌〉首演献辞》，《浙江日报》1979年2月28日。

② 王蒙：《漫话小说创作》，上海文艺出版社1983年版，第78页。

这样三种。

（1）虚构人物。人物是现代小说着力的重心。衡量一部小说成功与否，人物塑造得好坏是关键。历史小说的主要人物绝大多数应该在历史上实有其人，但根据小说情节发展的需要，可以甚至必须虚构一两个主要人物，至于次要人物的虚构，在任何一部历史题材小说中都是必需的。例如，凌力《少年天子》中的梦姑、冰月、假三太子、乔柏年，寒波《龚自珍》中的飞镖鲁二和他的徒弟石柱。如果不虚构、增添这一类次要人物，小说就不能够写得血肉丰满，故事情节也难以生动。

（2）虚构事件。历史小说对历史事件的处理，应该尊重基本事实，但这并不是说对事件一点儿也不能虚构。为了主题表达和人物塑造的需要，对某些事件可以进行艺术加工。例如，我国古典小说《三国演义》，为了塑造诸葛亮和周瑜这两个人物的需要，在描写蜀、吴联合抵抗曹魏的赤壁之战时，虚构了诸葛亮与周瑜斗智斗勇的情节，使得"赤壁之战"一节成了《三国演义》中写得最成功的篇章。姚雪垠《李自成》第一卷关于潼关南原大战的描写，根据作者的介绍，是出自民间传说而非历史事实，但经过作者的艺术加工，较好地表达了小说的主题思想。

（3）虚构细节。比起人物与情节来，细节的虚构更多些。原因很简单，虽然我国古代文、史、哲不分，许多历史文本文学味较浓，但与小说相比，其细节的描摹还是简陋得多。例如，三国赤壁之战前，刘备派遣诸葛亮渡江说服孙权联合抗曹，在陈寿《三国志·诸葛亮》中不足七百字，但在《三国演义》中，仅《诸葛亮舌战群儒　鲁子敬力排众议》一章，就有六千字。其中许多细节，绝非当时现场笔记，而是作者用心体验后想象出来的。而经过作者这样一渲染，整个故事就显得形象鲜明，生动可感，读之让人如临其境。当代历史题材小说在细节的虚构上，也颇有功力。试看下面这段摘自凌力《少年天子》中的文字：

> 步奥的黄幔一掀，一个身穿明黄团龙朝袍，头戴小毛貂皮缎台冠、脚蹬蓝缎朝靴的少年，走了出来。
>
> ......
>
> 在伏地的一片红蓝相间、如同厚厚的地毯似的人丛中，以金黄

色衣着为主调的少年从容而立，不但显得高大轩昂，而且如黄金铸就的一般闪闪发光。他就是满洲入关后的第一代天子——顺治皇帝福临。

呼喊停息，福临缓缓下舆，庄重地走向教堂大门。他远远望见汤若望那部金色的大胡子，眼睛一亮，唇边闪过抑制不住的笑容，浑身一紧，眼看就要跑起来。很快，他又皱皱眉头，熄灭了一脸兴奋的光彩，恢复了原有的庄重。①

这是小说中顺治第一次出场时的描写，凌力描写得多么细腻，顺治的衣着，脸部表情，他的心理，栩栩如生地出现在作家的笔下，似乎这是一个仍然活在读者面前的人物。而这一切，其实都是凌力艺术想象的产物。

在虚构的手段上，当代传统形态历史小说大致采取了这样三种方式：

（1）填补法。历史文本给后人留出来的空白，作家必须用虚构的手段填满它，才能满足主题表达和人物塑造的需要。作家往往以前后有关史实为参照，触类旁通，充分发挥自己的想象力、创造力，将这段因种种原因失载的历史空隙重新加以艺术地表现，使之成为艺术链条中的有机一环，以完成艺术创造任务。这是当代传统形态历史小说作家们经常使用的方法。例如，马昭创作描写杜甫形象的长篇历史小说《草堂春秋》，就充分运用了填补法。杜甫是我国唐代伟大的诗人，他创作的诗歌被誉为"史诗"，但是，杜甫的生平流传下来的不多，人们至多只能在他的诗歌里觅到一星半点有关他自己生活的信息。马昭在这部小说的后记中写道：

杜甫，不像李白那样有许多浪漫的故事流传于人间。况且研究杜诗的学者名流是那么多，这就要求杜甫这篇小说有更高的真实性，就是一个奇想联翩的作家，也不可以随心所欲地任意杜撰和编造情节的。

---

① 凌力：《少年天子》，北京十月文艺出版社 1987 年版，第 23—24 页。

我翻遍杜诗的各种版本，以及能收集到的所有诗话，关于杜甫的事迹可以称之为故事的，只有杜甫在严武幕中不慎，险些被严武所杀的一则，而这一则却还是众说纷纭，被许多专家所否定。从杜诗中挖掘杜甫的生活，也比从李诗中挖掘李白更难。我研读了很久才恍然透彻，说杜诗是"诗史"，是说他用诗的史笔，史诗一样地记载了那个动荡年代的足迹，关于他自己的家庭生活，除有限的诗中反映出来一些，其余则很难寻觅，可以说，只是给我提供了一条探求的线索。①

作家根据这简单的线索，居然给我们演绎出28万字厚厚实实的一部长篇小说来。再如二月河笔下的邬思道和李卫，历史上虽然有其人，但与小说中的不完全相同。史上的邬思道只是田文镜的幕僚，但在小说中，他才思机敏，料事如神，成了雍正称帝前的智囊。而出生于富裕人家的李卫，在小说中被写成小乞丐出身，此后那一副无赖的做派，都与这底层出身挂起钩来，让人不免想到金庸笔下的韦小宝。从塑造人物的方法上说，这也是一种填补法，即在历史真实人物身上，加一些其他人物的特征，塑造出一个全新的艺术形象。

（2）挪移法。所谓挪移法，类似园艺学中的嫁接法，用成语来表述，就是张冠李戴。作家为了人物塑造、主题表达或者情节发展的需要，把历史上某位人物做的事，挪移到另一位人物身上来。当然，这样做，决不能违反历史本质的真实，也不能违反人物的内在性格逻辑规律，总之，应该合情合理。凌力《少年天子》中就使用了这样的方法。在这部小说中，顺治皇帝与王公贵族之间围绕着改革还是守旧这一主要矛盾展开了激烈的斗争，为了突出矛盾，完成主要人物顺治皇帝的形象塑造，作者除了对大量繁复的史料整理加工、为人物的典型化进行必要的取舍之外，还对作品中的人物、情节等展开大胆的虚构。凌力《从〈星星草〉到〈少年天子〉的创作反思》中回顾说：

---

① 马昭：《草堂春秋·后记》，春风文艺出版社1984年版，第380页。

济度发动政变，史书没有记载。福临要杀康妃的事，也是发生在清代的其他皇帝身上而被写进宫词里去的。然而，到顺治十六年，由于福临的一系列体制政策的变革，皇帝和贵族之间的矛盾已经非常尖锐，关系十分紧张，几乎到了破裂的边沿。贵族中威望最高、地位最尊、同父亲济尔哈朗的保守一脉相承的简亲王济度，是无法忍受皇帝的"胡闹"的。他领过兵，打过仗，本人又武艺高强，性情刚烈、正直，对爱新觉罗氏祖先忠心耿耿，正逢康妃险些被杀，这如同危险信号向他示警。为了保国保民和自保，他完全有可能发动一次废除福临的政变。至于福临要杀康妃，则是由他那暴戾的、喜怒无常的性格所决定，因而也是合理的。事实上，由于这样的虚构基本上合情合理，把福临的悲剧推上了高潮，使他最后的心灰意懒、出家作和尚有了更充分的依据，读者也没有觉得突兀、牵强，反而增加了作品的真实感（着重号为笔者所加）。①

（3）推测法。依据一定的史料为线索，按照艺术构成的需要进行合乎逻辑的揣测和推理。歌德说他听人家讲几句话，就可以代他再讲几十句，这就是推测的本领。推测，往往是弥补现成史料的不足，是对个人经验范围的突破。它虽然并非作者纯粹主观的臆想，可能还含有一定的史实成分，但属于一种创造性的、生发性的审美想象活动。《少年天子》中对董鄂妃的处理，就是一例。凌力对此有一个说明："史料记载，董鄂妃是顺治帝的宠妃，这可以从顺治帝的《御制孝献皇后行状》及顺治朝大学士金之俊所撰《董皇后传》里得到证实。但关于她的来历，史书中却讳莫如深，不见踪迹。历史学家陈垣先生根据《汤若望回忆录》考证推断，认为董鄂妃原是顺治帝的弟弟、皇十一子博穆果尔的妻子。看了他提到的一些原始史料，同史书记载相印证，我认为这个推论是正确的。明末清初的社会动乱，造成满、汉两大民族文化——农业文化与草原文化——的互相冲突、互相渗透和互相融和；清入关初年，存在着大量奴隶社会遗迹和满洲由关外带来的落后风俗；在这样的特殊历史条件下，

①  凌力：《少年天子》，北京十月文艺出版社 1987 年版，第 699—700 页。

出现乌云珠这样一朵满汉交融的奇葩，产生这样一段奇特的爱情故事，我认为是可能的，不违背历史。所以，以此为前提，以虚构补充史料，完成乌云珠的形象，谱写了福临和乌云珠一段相知相爱的刻骨铭心的感情生活。"① 在《少年天子》中，顺治和乌云珠的爱情是小说的关节点。一方面，这是小说刻画年轻皇帝人性美的重要一笔；另一方面，在顺治的改革中，乌云珠是顺治的坚定支持者，他们的爱情，象征着顺治主张的满汉文化的融合。因而，顺治为捍卫这一爱情与反对势力展开的斗争，和他的政治事业紧密关联。因此，作家对这一爱情过程的推测，是抓住了这部小说的文眼，那曲折迂回、回肠荡气的爱情，令小说生动无比，也把小说主题充分地表现了出来。这种合乎人物身份和性格逻辑的想象与推测，不仅是作家的权利，而且是必须具备的素质。生活真实的链条往往是间断的，艺术真实的链条却是相连的，所以艺术真实比生活真实更真实。作家黎汝清曾经在《皖南事变·代后记》中对历史题材小说的虚构提出了他的看法：

> 我所说的虚构，就是按照严格的历史事实，所作的符合人物性格逻辑的推理。如果仅仅记述事实而不作推理，很可能记载的是现象而不是本质。有些表象可以直接反映出本源，有些假象却跟本质恰恰相反。世界上许多人和事都叫"真事隐、假语存"。……历史是人类创造的，研究历史，必须进入人的心态。只有综合分析和判断，只有合乎性格的逻辑推理，才能探真索微，才能剖析人物评价历史。②

凌力也说：

> 严格说起来，当代人所写的历史小说，绝大部分都是依靠虚构和想象来完成的。谁也无法证明小说中的人物形象、场景以及大量

---

① 凌力：《从〈星星草〉到〈少年天子〉的创作反思》，《少年天子》，北京十月文艺出版社1987年版，第699页。

② 黎汝清：《皖南事变·代后记》，上海文艺出版社1987年版，第855页。

的语言、动作、表情、心理活动等等，确实存在于历史中；只要虚构得合情合理，就不会损伤作品的历史感。①

不仅历史小说创作需要这样的虚构，而且，这种合理的虚构，正是作家充分显示其艺术才能的重要途径，因为它更能突破作家直接性个人经验的局限，充分发挥文学创造中的艺术自由性特征。在历史小说创作中，把这种合理虚构用得最多的是次要人物和次要事件。例如，《李自成》中的慧梅，就是一个完全由作家虚构出来的人物，此人于史无存，但作为一个艺术形象，它是《李自成》中一个不可或缺的人物，而且是该书中塑造的数百个人物中的佼佼者，尤其是她的悲剧性结局，催人泪下。

在反映历史社会生活时，传统形态历史小说的创作，通常可分为两种类型，一种类型以影响和推动历史发展的著名历史人物为作品的主人公，另一种类型是虚构一两个人物来串联故事，借小人物的悲欢离合反映宏观历史社会。前者可以罗贯中《三国演义》为例，后者如列夫·托尔斯泰《战争与和平》、狄更斯《双城记》。在我国的小说史上，早期历史题材小说以第一种类型为多，大多数历史演义小说均可归入这种类型。到了近代，后一种类型的历史题材小说逐渐多了起来，如曾朴《孽海花》、吴趼人《恨海》、彭养鸥《黑籍冤魂》等。相对来说，后一种类型的写法虚构色彩更为浓郁。在当代传统形态历史小说的创作中，比较成功地使用这种结构方法的，当推鲍昌《庚子风云》。这部小说以 20 世纪初震惊中外的义和团运动为表现对象，真实地描述了义和团以异军突起之势，由南而北，自东向西，展开的一场波澜壮阔的反帝爱国斗争。从义和团起事、北进直隶到八国联军入侵、慈禧太后仓皇西逃等一系列历史事件，在小说中得以一一展现，作品描写了众多性格鲜明的艺术形象，也写出了当时清皇朝宫廷内部及王公大臣之间错综复杂的斗争，慈禧、光绪、荣禄、李莲英一直到义和拳的五世传人、义和团运动的最早发轫

① 凌力：《从〈星星草〉到〈少年天子〉的创作反思》，《少年天子》，北京十月文艺出版社 1987 年版，第 697 页。

者之一赵三多，真实的历史人物写到了几十人。但是，解构整部小说的中心线索，却是李大海一家的悲欢离合。尤其是李大海这一人物形象，成了整部小说结构的中心点。凌力《梦断关河》也是这一种类的历史小说。

但是，我们也注意到，自 1985 年以来，引起文坛关注的传统形态历史小说，却不约而同地采用了第一种类型的基本结构，如《少年天子》《白门柳》《暮鼓晨钟——少年康熙》《曾国藩》《康熙大帝》《雍正皇帝》《乾隆皇帝》《醉卧长安》《张居正》等，都是直接以重要历史人物为主人公，大开大阖地抒写历史。当然，作家们在如此抒写历史时，也不忘记适当地虚构一些人物，使作品更血肉丰满一些。如凌力《少年天子》和《暮鼓晨钟——少年康熙》中的梦姑，就是作者着力虚构的一个人物形象。我们可以看出，梦姑在小说中的作用十分重大，她的曲折经历不仅穿针引线地把上层社会与底层社会巧妙连接了起来，她与同春等人作为最底层、最普通的老百姓，在小说中也与皇帝大臣们遥相呼应，一起构成了那一个动荡不安的时代，让读者清晰直观地看到了那个时代的社会全景图。是不是因为梦姑这一人物的成功塑造，才让凌力在《梦断关河》中改用虚构人物作为小说主人公，而且取得了不俗的佳绩？

# 结　语

―――――――――――――

　　哲学的主体性问题与文学的主体性问题，在 20 世纪 80 年代由李泽厚先生和刘再复先生提出，当时就引发了热烈的讨论。转瞬 20 余年过去，现在再来谈论主体性话题，似乎有些过时。然而，我在思考中国当代传统形态历史小说的创作时，发现主体性理论能够用来较好地解释这一文学现象。固然，作为中国历史小说创作的新高潮，没有出现在 20 世纪上半叶，也没有出现在新中国成立后的前 30 年，这与社会和文化的大环境有很大的关系。但是，这个大环境，决不仅仅是建立在社会的稳定和经济的高速发展的基础之上。笔者认为，与文学创作的外围环境相比，创作主体的变化具有更深层的意义。虽然 20 世纪中国走向现代化的道路一波三折，但是，人的觉醒是一个不可逆转的历史潮流，而走在前列的，就是中国的知识分子。"文化大革命"的遽然结束，不仅宣告了"左"倾思潮的破产，也宣告了旧中国走向现代化的行程中，一段最动荡不安、最艰难曲折的时期的结束。在暴风雨过去后，凤凰涅槃。国家，已非原来那个国家；民族，已非原来那个民族；个人，也已非原来那个个人。作为个体的每一个中国人，仍然是鲁迅所说的"历史中间物"，但与封建时代、民国时期和新中国成立后 30 年时期的人相比，当代中国人从内心到外表都发生了翻天覆地的变化。其实，新时期以来的整个中国文学，也都因人的主体性意识的觉醒，发生了并且仍然在发生着巨变。

在中国当代社会和文化的急剧转型中，在中国知识分子主体性意识高扬的背景中，我们看到了传统形态历史小说创作从主题、人物塑造和艺术表现上的巨大进步。这种变化，既有呼应社会文化转型的成分，也饱含获得创作相对自由的作家们对历史的思考。让人欣喜的是，迄今为止的传统形态历史小说创作所获得的成就，与作家们的主体性个人创造密切相关。现实题材的文学创作与历史题材的文学创作存在着很大的差别。这种差别，不仅在于题材，也不仅在于全部虚构和部分虚构的差异。正如本书所指出的，整个 20 世纪，中国文学与国家的现代化进程密切相关。这种情况一直延续到 20 世纪 80 年代中叶。可以说，摆脱这种过重的社会责任，让中国文学真正走向艺术的自觉，成了 80 年代以来中国文学界的一个重要目标。从新时期以来当代现实题材小说的审美趋势看，突出作家创作的主体性，在强化文学的审美特性的同时，淡化文学的社会内涵，成了文学创作的一种主流倾向。在这样的文学背景中，传统形态历史小说创作却显示了独特的审美方向，历史小说家似乎更重视文学的社会文化内涵，也更关注国家与民族的发展。与 20 世纪前 80 余年的文学创作相比，这种选择不是强制性的，而是小说家和传统形态历史小说文体的一种共谋。本书的主要目标，是在揭示笔者对传统形态历史小说的这样一种认知。在笔者看来，传统形态历史小说因为这样的审美抉择，所以在不到 30 年的创作中，已经体现出其强烈的文类特征。例如，其与当代文化思潮的共振，其对另类宏大叙事的自觉追求，其风格上的雅俗转化与共存。

当然，本书的阐释，并非在说明当代传统形态历史小说已经是一种非常完美的文类。

首先，从宏观上看，近 30 年来传统形态历史小说的创作成果非常多，但质量良莠不齐，有一些作品片面追求出版数量，为迎合读者而自降身份，以暴力、色情、神秘等要素作为吸引读者的手段，令这类活跃于地摊和车厢的所谓文学作品的品位十分低下。同时，我们也看到那些达到了较高艺术水准的作品，也存在着某些问题与缺陷。例如，在创作方法上，这类小说基本秉持现实主义传统，艺术手法过于陈旧；在处理历史材料与文学虚构的关系上，也相对保守。传统形态历史小说还存在着一个生存的危机，就目前来说，这一种文类的作家呈现青黄不接的态势。笔者注意到，从年龄上进行统计，至今从事传统形态历史小说创作的作家，从以杨书案为代表的"30后"，到以熊召政为代表的"50后"，几乎都处在偏老的年龄层次上。大批在现实题材小说领域很活跃的20世纪60年代后出生的作家，很少有人涉及这类小说体裁的创作。即使有少数人涉足，也往往溢出传统形态历史小说的范畴而走向新历史小说。造成这种现象的原因很多，比如创作传统形态历史小说，需要深厚的历史文化知识，也需要作家具备强烈的社会责任感，仅仅靠写作上的才华是远远不够的。如今活跃在这一领域的作家渐渐老去，还会有年轻的作家加入这个行列吗？

其次，对当代传统形态历史小说的评论，也存在着一种令人纠结的状况。一方面，一些思想充实、艺术完美的作品很受读者的欢迎，图书市场非常热销，很多小说一旦拍成电视剧，甚至能在短时期里造成某种作品热，海外读者也非常喜欢这类作品，所以，像刘斯奋、凌力、唐浩明、杨书案、二月河、熊召政等人的小说，往往在大陆出版的时候，同时会在香港、台湾等地由当地出版社出版繁体字版本；另一方面，虽然评论界有一部分评论家相对比较关注这一文类的创作，但与现实题材的文学作品相比，它们仍然受到一定程度的冷遇。造成这种状况的原因，一方面，是传统形态历史小说创作中思想和艺术的相对保守，另一方面，这也反映了当代文学评论界的思想与艺术视野的保守。从总体上看，当代文学评论界比较关注纯文学，特别对一些有独创性的作家与作品不吝笔墨，这自然不错，但这也容易造成对其他创作群体和文类的忽视。"80后"创作群体现在仍然较少受到评论界关注，就是一例。这似乎成了评论界一个不需要证明的定律，只要某种创作群体或文类特别受图书市场的欢迎，他们似乎就是缺乏艺术性的。受读者欢迎——通俗——艺术品位低下，成了一道无须证明的公式。基于这样一种事实，笔者对马振方、吴秀明、刘起林、刘忠等中年与青年学者专注于历史小说的评论和研究，十分钦佩。一个创作群体和文类的发展，离不开评论界的关注，历史小说创作也是如此。

写完初稿后重读一遍，我很害怕本书给人留下一个印象，似乎在

"文化大革命"前，我们的主流意识形态对文学创作有过多的束缚，而"文化大革命"后就如云开日出一般，我们的文化大环境已经非常美好。从这个时代过来的人都知道，主流意识形态对文学艺术的管制，是逐渐放松的，而且，直到目前为止，作家们的创作境况也仍然不能说非常理想。而且，市场经济作为一种新的束缚，又出现在作家面前。本书不仅立足于作家的主体性角度解读当代传统形态历史小说的创作，也渴望作家们能充分认识和强化这种主体性，从而写出更好的历史小说。

人们把传统形态历史小说创作看成是一种戴着镣铐的舞蹈，这是非常确切的。自由与限制是相对的，有限制才有自由，自由是对限制的适应和突破，正如黑格尔所说："无疑地，必然作为必然还不是自由，但是自由以必然为前提，包含必然性在自身内，作为被扬弃了的东西。"① 不完全为镣铐所束缚，能在限制中充分发挥作家的艺术创造能力，这应该是这个文类努力的重要方向。如果有更多的作家参与创作历史小说，而这些作家的文化素养和文学才华又能够比刘斯奋、凌力、二月河、唐浩明、熊召政等作家更高，那么，历史小说的创作成就一定会比现在更高、更璀璨。我们期待着这样的时期到来。

---

① ［德］黑格尔：《小逻辑》，商务印书馆1980年版，第323页。

# 主要参考文献

[1] 艾恺:《世界范围内的反现代化思潮》,贵州人民出版社 1991 年版。

[2] 鲁思·本尼迪克特:《文化模式》,浙江人民出版社 1987 年版。

[3] 柏拉威尔:《马克思和世界文学》,生活·读书·新知三联书店 1982 年版。

[4] 巴尔:《叙述学·叙事理论导论》,中国社会科学出版社 2003 年版。

[5] 陈序经:《文化学概观》,中国人民大学出版社 2005 年版。

[6] 陈平原:《中国小说叙事模式的转变》,北京大学出版社 2003 年版。

[7] 陈平原:《中国现代小说的起点——清末民初小说研究》,北京大学出版社 2005 年版。

[8] 陈思和:《写在子夜》,上海人民出版社 1996 年版。

[9] 陈思和:《中国当代文学关键词十讲》,复旦大学出版社 2002 年版。

[10] 陈顺馨:《1962:夹缝中的生存》,山东教育出版社 2002 年版。

[11] 陈晓明等:《现代性与中国当代文学转型》,云南人民出版社 2003 年版。

[12] 陈必祥:《通俗文学概论》,杭州大学出版社 1991 年版。

[13] 陈洪:《中国小说理论史》,安徽文艺出版社 1992 年版。

[14] 曹文轩:《中国八十年代文学现象研究》,北京大学出版社 1988 年版。

[15] 丁帆:《重回五四起跑线》,人民文学出版社 2004 年版。

［16］邓鸿光：《个人·社会·历史——中国传统的人生价值观与民族精神》，浙江人民出版社 1994 年版。

［17］杜维明：《一阳来复》，上海文艺出版社 1997 年版。

［18］费孝通：《乡土中国》，上海人民出版社 2006 年版。

［19］弗里德连杰尔：《马克思恩格斯和文学问题》，上海译文出版社 1984 年版。

［20］福斯特：《小说面面观》，花城出版社 1984 年版。

［21］方锡德：《中国现代小说与文学传统》，北京大学出版社 1992 年版。

［22］辜鸿铭：《中国人的精神》，广西师范大学出版社 2001 年版。

［23］黑格尔：《美学》，商务印书馆 1981 年版。

［24］洪子诚：《中国当代文学史·史料选：1945—1999》（上、下），长江文艺出版社 2002 年版。

［25］洪子诚：《问题与方法——中国当代文学史研究讲稿》，生活·读书·新知三联书店 2002 年版。

［26］黄仁宇：《放宽历史的视界》，中国社会科学出版社 1998 年版。

［27］胡士莹：《话本小说概论》（上、下），中华书局 1980 年版。

［28］蒋承勇：《西方文学“人”的母题研究》，人民出版社 2005 年版。

［29］克鲁克洪等：《文化与个人》，浙江人民出版社 1986 年版。

［30］昆德拉：《小说的艺术》，生活·读书·新知三联书店 1992 年版。

［31］卡瓦拉罗：《文化理论关键词》，江苏人民出版社 2006 年版。

［32］鲁迅：《鲁迅全集》，人民文学出版社 1981 年版。

［33］梁漱溟：《中国文化要义》，学林出版社 1987 年版。

［34］陆贵山、王仙霈：《中国当代文艺思潮概论》，中国人民大学出版社 1989 年版。

［35］蓝爱国：《解构十七年》，华东师范大学出版社 2003 年版。

［36］李欧梵：《中国现代文学与现代性十讲》，复旦大学出版社 2002 年版。

［37］李泽厚：《中国现代思想史论》，东方出版社 1987 年版。

［38］李泽厚：《中国近代思想史论》，天津社会科学出版社 2003 年版。

［39］李泽厚：《美学三书》，安徽文艺出版社 1999 年版。

［40］李泽厚：《世纪新梦》，安徽文艺出版社 1998 年版。

［41］李世涛主编：《知识分子立场——激进与保守之间的动荡》，时代文艺出版社 2000 年版。

［42］李世涛主编：《知识分子立场——自由主义之争与中国思想界的分化》，时代文艺出版社 2000 年版。

［43］李世涛主编：《知识分子立场——民族主义与转型期中国的命运》，时代文艺出版社 2000 年版。

［44］老舍：《老舍论创作》，上海文艺出版社 1980 年版。

［45］刘俐俐：《隐秘的历史河流》，天津人民出版社 2002 年版。

［46］马克思、恩格斯：《马克思恩格斯选集》第一至第四卷，人民出版社 1972 年版。

［47］马克思、恩格斯：《马克思恩格斯论艺术》第一、第二卷，中国社会科学出版社 1982 年版。

［48］马丁：《当代叙事学》，北京大学出版社 1990 年版。

［49］茅盾：《茅盾评论文集》（上、下），人民文学出版社 1978 年版。

［50］马振方：《在历史与虚构之间》，北京大学出版社 2006 年版。

［51］南帆：《文本生产与意识形态》，暨南大学出版社 2003 年版。

［52］内田道夫：《中国小说世界》，上海古籍出版社 1992 年版。

［53］欧阳健：《历史小说史》，浙江古籍出版社 2003 年版。

［54］浦安迪：《中国叙事学》，北京大学出版社 1996 年版。

［55］普实克：《普实克中国现代文学论文集》，湖南文艺出版社 1987 年版。

［56］裴毅然：《中国知识分子的选择与探索》，河南人民出版社 2004 年版。

［57］瞿林东：《中国史学散论》，湖南教育出版社 1992 年版。

［58］钱穆：《中国文化史导论》，生活·读书·新知三联书店 1988 年版。

［59］钱理群等：《中国现代文学三十年》，北京大学出版社 1998 年版。

［60］塞米利安：《现代小说美学》，陕西人民出版社 1987 年版。

［61］孙隆基：《中国文化的深层结构》，广西师范大学出版社 2004 年版。

［62］申丹：《叙述学与小说文体学研究》，北京大学出版社 1998 年版。

［63］唐德刚：《晚清七十年》，岳麓书社 1999 年版。

［64］汤因比：《历史研究》（上、中、下），上海人民出版社 1962 年版。

［65］陶东风：《社会转型与当代知识分子》，上海三联书店 1999 年版。

［66］汤哲声：《中国当代通俗小说史论》，北京大学出版社 2007 年版。

［67］伍蠡甫：《西方文论选》（上、下），上海译文出版社 1979 年版。

［68］吴晗、费孝通等：《皇权与绅权》，天津人民出版社 1988 年版。

［69］吴晗：《明朝大历史》，陕西师范大学出版社 2010 年版。

［70］王蒙：《漫话小说创作》，上海文艺出版社 1983 年版。

［71］韦勒克、沃伦：《文学理论》，生活·读书·新知三联书店 1984 年版。

［72］王德威：《被压抑的现代性——晚清小说新论》，北京大学出版社 2005 年版。

［73］王岳川：《中国镜像——90 年代文化研究》，中央编译出版社 2001 年版。

［74］王晓明：《人文精神寻思录》，文汇出版社 1996 年版。

［75］吴秀明：《历史的诗学》，浙江人民出版社 1994 年版。

［76］吴秀明：《长篇历史小说的文化阐释》，文化艺术出版社 2007 年版。

［77］吴秀明：《历史小说评论选》，湖南人民出版社 1983 年版。

［78］韦君谊：《思痛录》，北京十月文艺出版社 1998 年版。

［79］王增进：《后现代与知识分子社会位置》，中国社会科学出版社 2003 年版。

［80］王元骧：《审美反映与艺术创造》，杭州大学出版社 1991 年版。

［81］王铁仙等：《新时期文学二十年》，上海教育出版社 2001 年版。

［82］谢立中、孙立平主编：《二十世纪西方现代化理论文选》，上海三联书店 2002 年版。

［83］徐德明：《中国现代小说雅俗流变与整合》，社会科学文献出版社 2000 年版。

［84］夏晓虹编：《梁启超文选（上、下）》，中国广播电视出版社 1992 年版。

［85］许纪霖编：《20 世纪中国知识分子史论》，新星出版社 2005 年版。

［86］殷陆君：《人的现代化》，四川人民出版社 1985 年版。

［87］郁达夫：《郁达夫全集》，浙江大学出版社 2007 年版。

［88］叶朗：《中国小说美学》，北京大学出版社 1982 年版。

［89］余英时：《中国思想传统的现代诠释》，江苏人民出版社 1989 年版。

［90］余英时：《文史传统与文化重建》，生活·读书·新知三联书店 2004 年版。

［91］杨义：《中国现代小说史》，人民文学出版社 1986 年版。

［92］杨联芬：《晚清至五四：中国文学现代性的发生》，北京大学出版社 2003 年版。

［93］朱光潜：《西方美学史》（上、下），人民文学出版社 1979 年版。

［94］朱东润：《张居正大传》，陕西师范大学出版社 2009 年版。

［95］曾纪鑫：《历史的刀锋——剖解影响中国历史的 11 个关键人物》，中国友谊出版公司 2006 年版。

［96］朱维铮：《音调未定的传统》，辽宁教育出版社 1995 年版。

［97］张志忠：《1993：世纪末的喧哗》，山东教育出版社 1998 年版。

［98］查建英：《八十年代访谈录》，生活·读书·新知三联书店 2006 年版。

［99］张光芒：《中国近现代启蒙文学思潮论》，山东文艺出版社 2002 年版。

［100］朱栋霖等：《中国现代文学史》（上、下），高等教育出版社 1999 年版。

［101］张德礼等：《二月河历史叙事的文化审美建构》，人民出版社 2005 年版。